万葉の生活

高岡市万葉歴史館論集 17

高岡市万葉歴史館［編］

笠間書院

万葉の生活　【目次】

万葉の生活

万葉の「衣」

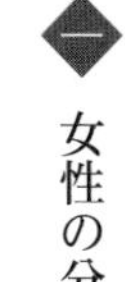 女性の分業

二十九年の春二月の己丑の朔にして癸巳に、半夜に厩戸豊耳皇子命、斑鳩宮に薨りましぬ。是の時に、諸王・諸臣と天下の百姓、悉に長老は愛児を失へるが如くして、塩酢の味、口に在れども嘗めず。少幼は慈の父母を亡へるが如くして、哭き泣ちる声、行路に満てり。乃ち耕す夫は耜を止み、舂く女は杵せず。云々（以下『日本書紀』の引用は、新編日本古典全集の訓読に拠る）

右は、『日本書紀』推古天皇二十九年条の聖徳太子の薨去の際の記事である。ここに見えるように、日本古代においては、田起こしは男性の仕事、稲搗きは女性の仕事というように分業が行われていた。同様に衣服に関する仕事も、分業として女性の分野であり、万葉の衣服に関する歌々は、分業としての女

性の仕事を背景として生まれたものが多い。

養老三年（七一九）に常陸国守となり、養老五年ごろ常陸国守を離任した藤原宇合に、常陸娘子が贈った歌、

藤原宇合大夫、遷任して京に上る時に、常陸娘子が贈る歌一首

庭に立つ　麻手刈り干し　布さらす　東女を　忘れたまふな　（巻四・五二一）

では、「庭」に植えていた織布の材料としての麻を「刈って」、「干して」、そして織って布にしたものを「晒す」（曝す）という作業過程が詠みこまれ、それが東女のする仕事として歌われており、そんな鄙の女である私だけれどお忘れなさいますなと、都に帰る貴人・宇合に歌いかけている。娘子は宇合在任中に愛された女性であったのだろう。女性は実際は百姓娘などではなく、国庁での宴に侍る遊行女婦の類であろうとする説もあるが、いずれにせよ、歌に詠われた作業は、東国の女性の作業の実態であったと考えられる。

ここでいう「庭」は、庭園のそれではなく、作業する場所をいう語で、こんにちでも農家においては、庭仕事として収穫物を整理したり、干したりする場をニワというが、

庭に立つ　麻手小衾　今夜だに　妻寄しこせね　麻手小衾　　（巻十四・三四五四）

という東歌もあり、衣服の素材としての麻が、身近なものとして庭にも植えられていた東国の実態が知られる。

庭に植えられていた「麻」はおそらく実が食用にもされるクワ科アサ属の一年草の「大麻」であったと考えられるが、『魏志倭人伝』に、「禾稲、紵麻を種え、蚕桑緝績して細紵、縑緜を出す」と記されているように、紵麻（からむし）も栽培されていた。『日本書紀』持統七年三月条の記事には「丙午に、詔して、天下をして、桑・紵・梨・栗・蕪菁等の草木を勧め殖ゑしむ。以ちて五穀を助くとなり」と見え、養蚕のための桑とともにカラムシの栽培が奨励されている。

中国では周漢時代から初子の日に「帝王躬耕・皇后親蚕」（帝王が自ら田を耕し、皇后が自ら蚕を飼う）の儀式が行われており、日本にもその風習が伝わって、宮廷の年中行事になっていた。夙に『日本書紀』雄略天皇六年三月丁亥条の、少子部連蜾蠃の賜姓に関わる記事に「天皇、后妃をして親ら桑こかしめて、蚕事を勧めむと欲す」と見え、また、継体天皇元年三月戊辰の詔にも「曰はく、『朕が聞けらく、士年に当りて耕らざること有らば、天下其の飢を受くること或り。女年に当りて績まざること有らば、天下其の寒を受くること或りときけり。故、帝王躬ら耕りて、農業を勧め、后妃親ら蚕して、桑序を勉めたまふ。況むや厥の百寮、万族に曁るまでに、農績を廃棄して、殷富に至らむや。有司、普く天下に告りて、朕が懐はむことを識らしめよ』とのたまふ」と記されている。
その実際が、

二年春正月三日に、侍従豎子王臣等を召し、内裏の東の屋の垣下に侍はしめ、即ち玉箒を賜ひて肆宴す。ここに内相藤原朝臣勅を奉じ宣りたまはく、諸王卿等、堪に随ひ、意の任に歌を作り并せて詩を賦せよ、とのりたまふ。よりて詔旨に応へ、各心緒を陳べ、歌を作り詩を賦す。未だ諸人の賦したる詩并せて作る歌を得ず。

初春の　初子の今日の　玉箒　手に取るからに　揺らく玉の緒　（巻二十・四四九二）

右の一首、右中弁大伴宿祢家持作る。但し、大蔵の政に依りて、奏し堪へず。

という歌と題詞に残されている。箒は蚕棚を掃くためのもので、養蚕と農耕を勧める意味として天平宝字二年の初子の日に用いられた目利箒と手辛鋤とは正倉院宝物として南倉に今も遺る。

二　衣服の素材とその表現

五二一歌に衣服の素材として詠われていた「麻」は、万葉集中に「あさもよし　紀」（巻一・五五）、「夏麻

引く 海上潟」（巻七・一一七六）、「続麻なす 長柄の宮」（巻六・九二八）など枕詞の例も含めて二六首三五例の多きを数える。『日本書紀』天武五年八月十六日条の詔では、大祓に際して用いる物として、国造や郡司が準備する祓えの物に加えて、「戸毎に麻一条とせよ」と見えるように、麻は庶人の生活の中で極めて一般的な素材であった。「絹」が「絁」の一例も含めて全三例であるのとは大きな差である。

それ故、「麻」を歌った歌の表現に、万葉時代の衣の様相が見てとれる。

麻衣 着ればなつかし 紀伊の国の 妹背の山に 麻蒔く我妹 （巻七・一一九五）

の歌のように種植えから始まり、そして、五二一歌に歌われたように育った麻を刈り取り、干して乾燥させ、麻引きをして、糸に縒り、布に織り、曝して、染めて、裁断し、衣服に縫い、男性に着せるまで、もっぱら女性によって行われていた。

小垣内の 麻を引き干し 妹なねが 作り着せけむ 白たへの 紐をも解かず 一重結ふ 帯を三重結ひ 苦しきに 仕へ奉りて… （巻九・一八〇〇）

では、「庭に立つ 麻手刈り干し」と歌われていた麻刈りの作業は、この歌では「引き干し」と歌われており、『管見』では「麻を引ほしトハ、麻ヲ手引ノ苧にして、日にほすこと也」とし、『代匠記』も「麻ハ皮ヲ剥テ池ニ浸シテマタ乾ス物ナレハ、引干トハイヘリ」と麻茎から麻の繊維を取り出す精麻の作業の麻引きと解されていたが、『古義』に「作服異六(ツクリキセケム)は、麻を引(キ)て日に暴し、剥(キ)て苧になし、績紡(ウミツム)ぎ織縫(オリヌヒ)て衣に作り……」と、畑から麻を引き抜く意に解してから、「刈り干し」と同様の麻の収穫作業と考えられている。麻引きには、畑からの引き抜きと、表皮を取り除く麻挽(おび)きの両義があるものの、こんにち残し伝えられている麻栽培の伝統技術[1]から考えて、前者の意と考えられる。

夏麻引く(なつそびく)　海上潟(うなかみがた)の　沖つ渚に　舟は留(とど)めむ　さ夜ふけにけり　（巻十四・三三四八）

夏麻引く　うなひをさして　飛ぶ鳥の　至らむとそよ　我(あ)が下延(したは)へし　（巻十四・三三八一）

など「引く」に「夏麻」が上接しているのは精製過程のものでないことをうかがわせ、枕詞としてウナに掛かるのは麻を引く「畝」の意でかけたとされていることも納得できる。枕詞として「夏麻引く」が慣用化していること、麻の用例二六首中四首にわたり「夏麻引く」の枕詞が用いられていることに、その労働がいかに人々の心に印象深いものであったかが知られる。

上野(かみつけの)　安蘇(あそ)のま麻群(そむら)　かき抱(むだ)き　寝(ぬ)れど飽(あ)かぬを　あどか我(あ)がせむ　（巻十四・三四〇四）

はそういった麻を引き抜く作業で歌われた労働歌であろう。『新編全集』に、

麻は二メートル以上のものから一メートル足らずまで丈に差があるが、その高さに応じて上・中・下の三段階に分けて抜き取られ処理される。そのうち最も長い麻を抜くには、麻群の中央より少し上、自分の肩の高さ辺の所を両手で抱き、しだいに手を上にずらしながら体を後ろに倒して短いものをはじきのけ、最後に残った数本ないし十数本の上方を握って抜き取る。その抱きついたまま体を倒すさまが男女の抱擁に似るところから、カキ抱キ寝を起す比喩の序とした。

とその詳細が述べられている。麻引きも女性の作業であるが、真夏に行われる引き抜き作業は重労働であり、男性の協力もあったものであろう。稲刈りにおいて、

秋の田の　穂田(ほだ)の刈りばか　か寄りあはば　そこもか人の　我(わ)を言(こと)なさむ　（巻四・五一二）

の歌では男女の共同作業が行われているように、麻の根引きの共同作業の中から生まれてきた民謡であろう。

葛布においても、その素材の収穫は、

大刀(たち)の後(しり)　鞘(さや)に入野(いりの)に　葛引く我妹(わぎも)　ま袖もち　着せてむとかも　夏草刈るも　（巻七・一二七二）

と女性の仕事であった。

精製された麻は、女性によって紡がれた。

麻をらを　をけにふすさに　績まずとも　明日着せさめや　いざせ小床に　（巻十四・三四八四）

「績む」は麻・苧などを細く裂き、長くつないでよりあわせる意である。ちょっときわどいこの歌は、東国の民謡として人びとによって謡われた糸紡ぎ歌なのであろう。「ふすさ」は、「ふさ」（総、房）と関係ある語で、どっさりの意の「ふすふす」などと同根の語と考えられるが、東歌であることを考えると、(2)「伏す時になって」（寝る時になって）の意も掛けているのであろう。ヲウミの作業は単調な根気のいる仕事であり、はかがいくように集団で行う中、このような歌をうたって楽しんだのであろう。(3)誘いかける主体は男であるが、歌の誦謡自体は男女関係なく謡われ、楽しまれたと考えられる。

タタリという道具に打ち柔らげた麻を巻き付けて績む作業を序にした「娘子らが　続麻のたたり　打ち麻掛け　うむ時なしに　恋ひ渡るかも」（巻十二・二九九〇）、績んだ糸を入れた「麻笥」の中の糸は長いので「長門の浦」の序にした「娘子らが　麻笥に垂れたる　続麻なす　長門の浦に……」（巻十三・三二四三）、績んだ糸を掛けるカセを地名「鹿背山」の序とした「娘子らが　続麻掛くといふ　鹿脊の山　時し行ければ　都となりぬ」（巻六・一〇五六）など、麻績みの道具や作業が多く歌われている。

そういった麻績みの歌々を背景として、三輪山伝説に関わる

綜麻かたの　林の前の　さ野榛の　衣に付くなす　目に付く我が背　（巻一・一九）

の歌も生まれているのであり、麻糸を巻いたヘソの糸筋を詠み込んだ一首の意味合いは当時の人々には容易に理解できたものと思われる。(4)

糸縒りの作業も恋の歌に歌われている。

片搓りに　糸をそ我が搓る　我が背子が　花橘を　貫かむと思ひて　（巻十・一九八七）

片縒りの糸は、切れやすい。

玉の緒を　片緒に搓りて　緒を弱み　乱るる時に　恋ひざらめやも　（巻十二・三〇八一）

の歌では、その切れやすい特徴を三句の序にして「玉の緒を一本の糸だけで搓ったために緒が弱くて切れて玉が乱れるように、思い乱れる時に恋しないでいられようか」と、心の「乱るる」ことを導いた相

聞歌である。

片糸もち　貫きたる玉の　緒を弱み　乱れやしなむ　人の知るべく　（巻十一・二七九一）

の歌はその類歌で、やはり片糸の弱さの特徴を三句の序にして、「一筋の縒り糸でもって貫いた玉の緒が弱くて切れて玉が乱れるように、私の心は乱れるのではなかろうか。他人が気づくほどに」と恋心の「乱れ」を歌っている。

糸は合わせて縒ることによって強度を増す。

ひとり寝て　絶えにし紐を　ゆゆしみと　せむすべ知らに　音のみしそ泣く　（巻四・五一五）

と歌を贈って寄こした中臣朝臣東人に、

我が持てる　三つあひに搓れる　糸もちて　付けてましもの　今ぞ悔しき　（巻四・五一六）

と答えた阿倍女郎の歌には、三本の糸を合わせて縒った糸が歌われている。『新編』頭注には、正倉院の衣服の縫糸は一般的に二本縒り合わせたいわゆる双子糸が用いられているとを指摘する。片糸が片思いの比喩であることからすれば、双子糸は相思の比喩となる。ここでは、相思の意を含む双子糸ではなく、それよりも強い私の持っている三子（みこ）の糸（三本の単糸を合糸した糸）でしっかり付けてあげればよかったのに、今となっては残念ね、と相思の関係でないことを含めて巧みにいなしているのであろう。

それなのに、一九八七歌において「片搓りに」糸を縒るのは不用意に思われる。

河内女（かはちめ）が　手染めの糸を　繰（く）り返（かへ）し　片糸にありとも　絶えむと思へや　（巻七・一三一六）

の場合は、染色によって強度が増した手染めの糸を「繰り返し」と何度も重ねてくるべきに掛けて縒るのだから、通常は切れやすい片糸であっても「絶えむと思へや」（たとえ片思いであっても、絶えようとは思はない）と言っているのである。

とすると、一九八七歌は「片縒りに」縒るというところに意味があるのであろう。すでに『代匠記』に「片よりといへるは、かたおもひの譬なり。花橘をぬくをは、事のなるにたとふるなり」と指摘して以来、諸注釈「片縒り」を片思いの意を込めたものと解するが、それは「片糸もち　糸をそ我が縒る」とも、「片緒もち　糸をそ我が縒る」ともいわず、「片縒り」と表現したところに意味があったのである。

秋の田の　穂向きの寄れる　片寄りに　君に寄りなな　言痛くありとも　（巻二・一一四）

秋の田の　穂向きの寄れる　片寄りに　我は物思ふ　つれなきものを　（巻十・二二四七）

などに見える「片寄り」を意識した表現である。「片寄り」は単なる片思いとは異なる。相手が如何に思おうともただひたすらに相手に思いを寄せるのが「片寄り」である。そのひたすらな一方的な思いを表現しているのであって、『窪田評釈』のように、

糸を搓るのは、下の花橘を貫く緒を作らうとしてのことで、それをするには二筋の糸をそれぞれに搓つて強くした上で、更にそれを搓り合せて強い緒にするのである。「片搓り」は、その一筋の糸を搓る工作の称である。ここは、その片搓りをした時のことを云つてゐるもので、嘆きをもつて強く云つてゐるのである。それは夫に対しての自分の状態は片思ひで、合はせ搓り、すなはち相思ひには較べられない弱いものであるとしてである。

と理屈に落ちた解ではなく、『全註釈』のいうように、「一方の向きにだけ絲に搓りをかけること。絲のよりは一方にきまつているが、ひたすらによる意に、特にいうのだろう。片思いの心をこれに寄せている」と解すべきである。

縒った糸は機織りにかけられ布となる。

かにかくに　人は言ふとも　織り継がむ　我が機物の　白き麻衣　（巻七・一二九八）

は初句が旧訓「千名」となっており、江戸期の注釈のほとんどがその訓を踏襲するのに対し、『古義』が「こは古写本の傍書に、名字を各と書り、これによりて考るに、千は干字の誤にて、干各なるべし、千干相誤れる例集中にあり」として「干各」の本文でカニカクニの訓を提出し、こんにちほぼ定訓となっている。その中で、『釈注』は音仮名のあとに読み添えをすることは原則としてありえないとする蜂矢宣朗説（「万葉集読添訓の研究（四）」『天理大学学報』第13巻3号など）に拠り、「千名」の本文を採り「千の名に」とするが、

かにかくに　人は言ふとも　若狭道の　後瀬の山の　後も逢はむ君　（巻四・七三七）

の上二句を参考すれば『古義』の説に拠るべきと考えられる。当該歌以外の集中のカニカクの用例は、巻五の仮名書き例の二例（巻五・八〇〇、八九七）を除く四例はすべて「云々」でありニは読み添えられており、この場合は音仮名ではあるがニを読み添えることに抵抗がなかったのであろう。

その解釈において、『代匠記』は「人ハイカニ云トモ、織ソメシ布ヲ、ハシタニテヤマスシテ、オリツ、ケテ、機ヨリオロス如ク、見ソメシ人ニ志ヲ遂ムトナリ」とし、『古義』も「なほ思つぎて、つひに

あはむと云意をたとへたり」とするのに対し、『井上新考』では、
一首の意は人ハ色々ニイヒサワグトモ心ヲ変ゼズシテツギテ逢ハムといへるにて既に逢ひての後の歌なり。巻四（七九三頁）にも

かにかくに人はいふとも若狭ぢののちせの山ののちもあはむ君

とあり

として解を異にする。

七三七歌を参考にすることに加えて、「継がむ」の語を持つ

伊豆の海に　立つ白雲の　絶えつつも　継がむと思へや　乱れそめけむ　（巻十四・三三六〇ノ或本歌）

などが参考になろうが、何よりも集中において機織りの歌は七夕歌に多く見られ、白い衣を織るという表現の歌は、当該歌以外は七夕歌である。

我（わ）がためと　織女（たなばたつめ）の　そのやどに　織る白たへは　織りてけむかも　（巻十・二〇二七）

と歌うのは、牽牛の立場から天上の恋を想像した歌。

君に逢はず　久しき時ゆ　織る服の　白たへ衣　垢付くまでに　（巻十・二〇二八）

は、織女の立場からの歌として白い衣が歌われている。七夕歌が背景にあると考えると、既に逢ったことのある男を対象にしていると考えられる。『新考』の解に拠るべきであろう。

織女の立場からの歌は、ほかに

棚機の　五百機立てて　織る布の　秋さり衣　誰か取り見む　（巻十・二〇三四）
古に　織りてし服を　この夕　衣に縫ひて　君待つ我を　（巻十・二〇六四）
足玉も　手玉もゆらに　織る服を　君が御衣に　縫ひもあへむかも　（巻十・二〇六五）

など見え、機織りが女性の仕事であったことは七夕歌に象徴的である。

一二九八歌の解釈において『窪田評釈』に、

「人は云ふとも」は、周囲の人が批評しようともで、女が織つた麻衣に対して云ふのである。家族の衣服の料の布は、女が織ることになつてゐたので、部落生活をしてゐる女にとつては、それが恰好な話題で、好んでよしあしの批評をしたのである。

と述べているように、機織りは当時の庶人の生活の中にあった。

娘子らが　織る機の上を　ま櫛もち　掻上げ栲島　波の間ゆ見ゆ　（巻七・一二三三）

では、主意「栲島が波の間から見える」を導くため、「掻上げ」までに機織りの実際が歌われているが、そのような具体が序に用いられることにも機織りの労働の一般性が覗える。

一日中機に向かう機織りの労働はきつい仕事である。そのことが知られるのは次の旋頭歌である。

君がため　手力疲れ　織りたる衣ぞ　春さらば　いかなる色に　摺りてば良けむ　（巻七・一二八一）

布を漂白する曝しの作業には、『万葉考』に「先水に漬て後に日にてさらすなり」と見えるように、川曝しと日曝し作業とがあり、『万葉集』にはその二つとも詠まれている。川曝しの作業を歌っているのは次の武蔵国の東歌である。

多摩川に　さらす手作り　さらさらに　なにそこの児の　ここだかなしき　（巻十四・三三七三）

武蔵国多摩郡内の一部に現在の調布市がある。「調布」という名称は古代の税である租・庸・調の調として布を納めていたことに由来する。古代の武蔵国の農民はこういった歌を謡いながら、布曝しの作業にいそしんでいたのである。

日曝しは、「昔、老翁有り、号を竹取の翁といふ。この翁、季春の月に、丘に登り遠く望む。忽ちに羹を煮る九箇の女子に逢ひぬ……」と題詞に始まる竹取翁の歌に、

……打麻やし　麻績の子ら　あり衣の　宝の子らが　うつたへは　経て織る布　日曝しの　麻手作りを……　（巻十六・三七九一）

と見える。川曝しだけでもそれなりに漂白効果があるようであるが、灰汁に浸けて天日に曝すことによってより漂白効果が益し、さらに臼で搗き布を柔らかくした。『木曽路名所図会』（一乾）「野洲川」の条に「川水をせき入て布をさらしける者多し。至りて白し」と記された野洲晒では、川中で臼で布を打つ絵が描かれている。奈良晒では灰汁をかけながら十日余り日光に晒し、大釜に入れて灰汁で煮て、水で洗い、日光に晒すことを繰り返し、最後に木臼でつき、水で洗ったうえ張り干して晒し上げたが、晴天数十日を要したという。[5] その製法は古代からそれほど変化しているとは考えられない。『古典全集』に「うつたへは　経て織る布」について「ウツタへは木綿を打ち柔らげて製した布か」とするが、おそらく、麻を砧などで打ち柔らかにする作業がここに歌われているのであろう。

「麻手作り」は、『古義』に「紵は、和名抄に、白絲布ハ天都久利乃奴乃、字鏡に、紵繍ハ弖豆久利、と

あり」と記すように、『和名類聚抄』にも見えることばで、『類聚名義抄』「紵」の訓にテヅクリノヌノとし、図書寮本では「手作布」にアサヌノとも記す。『新撰字鏡』にも「紵」に「弖豆久利」の和訓を記す。

 染色と仕立て

調えられた布は、あるいは染められ、あるいは生のまま衣服に仕立てられた。

……勝鹿の　真間の手児名が　麻衣に　青き衿付け　ひたさ麻を　裳には織り着て　髪だにも　掻きは梳らず　沓をだに　はかず行けども……

（巻九・一八〇七）

では、手児名は衿には青い染色を施しているものの、裳は生のままの麻であったことが知られる。また、染色していない白い麻衣は、高市皇子挽歌において

……使はしし　御門の人も　白たへの　麻衣着て　埴安の　御門の原に　あかねさす　日のことごと　鹿じもの　い這ひ伏しつつ……

（巻二・一九九）

と歌われているように、喪服として用いられてもいた。

染色は、先掲歌に「君がため　手力疲れ　織りたる衣ぞ　春さらば　いかなる色に　摺りてば良けむ」（巻七・一二八一）とあったように、織り上がった布を染める場合と、「河内女が　手染めの糸を　繰り返し　片糸にありとも　絶えむと思へや」（巻七・一三一六）のように糸の段階で染める場合があった。また、次の歌のように縫製した衣を染める場合もあった。

月草に　衣は摺らむ　朝露に　濡れての後は　うつろひぬとも　（巻七・一三五一）

かきつはた　衣に摺り付け　ますらをの　着襲ひ狩する　月は来にけり　（巻十七・三九二一）

摺染めは、ことに月草染めは褪色しやすく、「月草に　衣色どり　摺らめども　うつろふ色と　言ふが苦しさ」（巻七・一三三九）とも歌われている。庶民に利用しやすい染めであったと思われる。

難波宮行幸の折に清江娘子が長皇子に進上した歌、

草枕　旅行く君と　知らませば　岸の黄生に　にほはさましを　（巻一・六九）

で有名な住吉の黄土を歌った歌は集中六首を数えるが、その黄土を探し求めて阿倍野区帝塚山の地で発見し、黄土染めを復元した金子晋氏[6]によると、黄土染めは糸で染めた方が発色がよいとのことである。それぞれの素材・用途に応じて染色されたと考えられる。

「衣服令」によって、礼服は皇太子は黄丹、親王・諸王および諸臣の一位以上が深紫、二位以下五位以上の諸王および三位以上の諸臣は浅紫。諸臣の四位は深緋、五位は浅緋等々と定められていた。「大宰帥大伴卿、大納言に任ぜられ、京に入らむとする時に、府の官人ら、卿を筑前国の蘆城の駅家に餞する歌四首」と題するうちの一首、

韓人の　衣染むといふ　紫の　心に染みて　思ほゆるかも　（巻四・五六九）

は、『攷証』に「旅人卿、この時、正三位なれば、紫衣なるによりて、卿を紫によそへて、さて、こゝろにしむとはいへるなり。こは、別れの悲しさの心にしみておぼゆる也。一首の意くまなし」と指摘するように、規定に応じた衣服の着用をもとにした歌である。また、「大納言大伴卿、新しき袍を（うへのきぬ）摂津大夫高安王に贈る歌一首」と題する歌、

我が衣　人にな着せそ　網引する　難波壮士の　手には触るとも　（巻四・五七七）

では、『全注』の【考】に「袍は、和名抄に『袍、宇倍乃岐沼、一云朝服』とあり、朝服の最上に着る衣。袖丈が身丈より長く、左の衽を上にして着、一般に脇明であった。朝服は朝廷の公事に着る服で（衣服令）、続紀大宝二年正月の条に、親王及び大納言以上の者がはじめて礼服を着、諸王臣以下は朝服を着た、とある。大納言になった旅人はほとんど袍を着る機会がなくなったのであろう。なお、高安王などの五世王の朝服の色は薄紫で、旅人のいらなくなった袍と同じ色である。降りる時席を譲った人格者。この気さくさがまた旅人の人間的魅力の一つであった」と詳しいように、やはり規定に添って心延えを見せている。

染色では紅染めが最も多く歌われている。クレナヰは、呉（くれ）の藍（あい）の約で、中国から伝わり、藍のように染料にする紅花（べにばな）の異称で、

よそのみに　見つつ恋ひなむ　紅（くれなゐ）の　末摘（すゑつ）む花の　色に出（い）でずとも　（巻十・一九九三）

と歌われたように目立つ色であった。

紅の　深染（こぞ）めの衣（きぬ）を　下に着ば　人の見らくに　にほひ出（い）でむかも　（巻十一・二八二八）

のように、紅色の下着をひそかに着るのは当時の女性のお洒落だったのだろう。紅色の染色も、渡来系の人たちの技術によったようで、河内国が盛んであった。『令集解』の職員令の古記に引用された「官員令別記」には、「織部司」に所属する染戸として「河内国の緋染七十戸、藍染三十三戸」と記す。その緋染めと藍染めの技術をもった河内の女性たちが染める糸を歌った歌が先掲巻七・一三一六である。

古今変わらずに男性のお洒落も行われ、裁断に注文を付け、ゆったりした着心地を求めた万葉の伊達男もいた。

夏影の　つま屋の下に　衣裁つ我妹　裏設けて　我がため裁たば　やや大きに裁て（巻七・一二七八）

こんにちでいうとテーラーに服を注文するように、大陸から渡来した高い技術をもった女性に乗馬服を作らせた洒落た男性もいた。

住吉の　波豆麻の君が　馬乗り衣　さひづらふ　漢女を据ゑて　縫へる衣ぞ（巻七・一二七三）

この歌では「波豆麻」が不明のことばで、『見安補正』に「地名か」としたのを承けて、『拾穂抄』以下『童蒙抄』『万考』『問目』『略解』『古義』など多くの注釈が地名説を採った。『万葉考』では「すむ地をさして云に疑ひなし」とまで述べているが、契沖は「波豆麻公」で「ナミツマキミ」と訓み、「波妻君トハ、波ハ花トモ見エテウツクシム物ナレハ、ウツクシ妻ノ意ナリ。第十三ニ、浪雲ノウツクシ妻ト云ヘルニテ知ヘシ」とし、『問目』も「なみつまとよみて、地の名か、播磨にいなみつまでふ地有と見ゆる如く、住吉にはさる名有か」とした。『井上新考』では本居宣長の誤字説を採り「宣長は二三句の波豆麻君之を波里摩著之の誤、乗を垂の誤としてハリスリツケシマダラノコロモとよめり」とし、『総釈』も「榛即ち萩の花を摺りつけたの意である。住の江の榛が名物ともいふべき物となつてゐたと取れる」とした。『金子評釈』は第二句を「波志豆麻君之」と原本にない「志」を補い「はしづまきみ（愛夫君）」と訓み、「可愛い夫の君といふこと」とした。『私注』は、

「波豆麻」は難語とされて居るが、船の泊てる所の意で、住吉の埠頭をさしたものであらう。波止場のハトを泊つの転とするならば、ハツマは正にハトバの原形であらう。天平五年國郡未詳計帳に粟田忌寸波豆麻の名が見える。波豆麻呂の誤だらうといふ説もあるが、此の家族には廣島、多比、海藻、濱など、海に關する名が見えるから、波豆麻も、此の歌の波豆麻と等しく埠頭を意味する名ではあるまいか。住吉は開港地であるから、其の埠頭の人間、ハツマノキミは飛びきりのハイカラであつたと見てもよい。

とし、『注釈』はそれに従った。『全集』は『私注』の挙げた計帳をもとに、「正倉院文書にも『粟田忌寸波豆麻』（天平五年国郡未詳計帳）とある。開港場住吉の通りを行くしゃれ男の名であろうか」とし、『集成』

『新編』もそれを継ぐ。『新大系』は「住吉の小地名か」とし、『釈注』は、「『波豆麻』は地名または人名というが、未詳。次歌の『住吉の出見の浜』などを参照するに、住吉の小地名とすべきであろう」とする。
以上のように諸説定まらぬままであるが、契沖の「波ハ花トモ見エテウツクシム物ナレハ、ウツクシ妻ノ意ナリ」は強引で、また宣長や『金子評釈』の誤字説脱字説には無理がある。その点私注や全集の天平五年国郡未詳計帳をもとにした人名説は説得性があるようだが、「波止場」の語の使用例は天保年間まで下るようであり、また、集中の歌に詠みこまれた人名は、だいたいが一・二人称的人名であり、悪口・ひやかしの相手の名や、家持の氏族意識による名など特殊なものを置けば、おおむね伝説的世界の人名であり、ほとんどが一般性を持った人名で、一般的でないものでもだいたい題詞等にその名が明らかにされた人物であって見れば[7]、従いがたい。

集中に「住吉の」の句を第一句に据えた短歌は八例を数えるが、「住吉の　岸」と続くもの三例、「住吉の　浜」二例、「住吉の　小集楽」一例、「住吉の　敷津」一例、「住吉の　津守」一例と、すべて土地が後に詠まれている。また、「……の君」の用例も、「背の君」七例、「この君」二例の他は、「隣の君」（巻九・一七三八）「越の君」（巻十八・四〇七二）の例だけであり、ここも地名と考えるべきであろう。

その地名が不明であるが、或いは「波豆麻」は「波里麻」の誤写で「はりま」ではあるまいか。播磨ならば住吉の地に近世から見える地名である。「豆」と「里」は、元暦校本を見ても間違い易い字である[8]。

いずれにせよ、その男性の乗馬服は「漢女を据ゑて」縫った乗馬服だというのである。「漢女」は『全註釈』に「アヤメは漢土の女。織縫の技にすぐれていた。日本書紀雄略天皇の巻に『身狭の村主青等、呉の国の使と共に、呉の献れる手末の才伎漢織呉織及び衣縫兄媛弟媛等を将て、住吉の津に泊つ』とある。それらの子孫か又は新来の者であろう」とするように、大陸から渡来した高い裁縫技術をもった女性であったと考えられ、住吉の波豆麻の地の男性は、こんにちでいうとテーラーに服を注文するように、その大陸から渡来した女性に乗馬服を作らせたお洒落な男性だったのであろう。

「麻」以外の素材とその表現

衣服の材料として、麻のほかに葛や藤も歌われている。これらは丈夫で耐久性があり、庶民の衣服の材料であったと考えられる。

大刀の後　鞘に入野に　葛引く我妹　ま袖もち　着せてむとかも　夏草刈るも　（巻七・一二七二）

をみなへし　佐紀沢の辺の　ま葛原　いつかも繰りて　我が衣に着む　（巻七・一三四六）

藤づるの繊維を紡いで糸にして作る藤衣は、麻衣よりも耐久性が強いが、

須磨の海人の　塩焼き衣の　藤衣　間遠にしあれば　いまだ着なれず　（巻三・四一三）

とあるように、また「藤」の枕詞として、「荒たへの　藤江の浦に　すずき釣る　海人とか見らむ……」（巻三・二五二）と「荒栲の」が用いられるように、目が粗く、肌触りも荒く、主に海人の着る衣として歌われている。

絹織物は昔から高価で、身分の高い貴族たちの着る服の材料であった。年老いて病気をかかえて苦しむ山上憶良が子どもを思って作った歌に、

富人の　家の子どもの　着る身なみ　腐し捨つらむ　絁綿らはも　（巻五・九〇〇）

と「絁」が歌われている。アシギヌは「悪しき絹」の詰まったことばで、「絹」に比べて粗悪な品質の太さがふぞろいの糸で織った平織り絹布のことで、「太絹」とも言った。また、

荒たへの　布衣をだに　着せかてに　かくや嘆かむ　せむすべをなみ　（巻五・九〇一）

とも歌っており、絁どころか楮の繊維で作った目の粗い粗末な布の着物すら子どもに着せられない貧し

さを歌っている。とはいえ、憶良は筑前国守で現在の福岡県知事のような身分の官人であり、文学作品としてややオーバーに表現したものであろう。

「綿」は、九州地方の特産品であり、『続日本紀』神護景雲三年（七六九）三月の記事に、「始めて毎年に大宰府の綿廿万屯を運びて京庫に輸す」と見え、正倉院文書や平城宮出土木簡にも筑前や肥前、肥後、豊前の国々の調綿の記録が載る。

しらぬひ　筑紫の綿は　身に付けて　いまだは着ねど　暖けく見ゆ　（巻三・三三六）

という沙弥満誓の歌は、この大宰府からの調綿と関わって歌われたものであろう。綿は真綿であったことは、『三代実録』の元慶八年（八八四）五月庚申朔の条に、「大宰府の年貢綿十万屯、其の内の二万屯は、絹を以て相転じ之を進る」と願い出ていることによって知られる。木綿の渡来は、延暦十八年（七九九）七月に崑崙人が三河に漂着し、その資物を調べると綿種（木綿の種）があったのが最初といわれている。

絹製品は平城京の市で売買されてもいた。市は西の市と東の市があり、市の営業時間は、正午から日没まで。平城京の市では、絹や木綿といった布や帯などの繊維製品、櫛・針・筆・墨、食器などの日用品のほか、油・塩・米や農産物・海産物などの食料品、弓・大刀などの武器や馬具などさまざまなものが売買されていたと考えられる。その市での歌に、

西の市に　ただひとり出でて　目並べず　買ひてし絹の　商じこりかも　（巻七・一二六四）

などという歌もある。高価な絹を買うのに独り決めして失敗した粗忽者が今と変わらず昔もいたのである。

 「衣手」と「袖」

ところで、万葉歌に見える「衣手」（コロモデ）と「袖」（ソデ）とは意味的に相違があるのであろうか。辞書の類を見るに（以下辞書の用例は省略）、『岩波古語辞典』では、「衣手」に「①袖。②〔枕詞〕袖を水にひたす意から、地名「常陸」（ひたち）にかかる」とし、「袖」には「《ソ（衣）テ（手）の意。奈良時代にはソテ—ソデの両形がある》①衣服の、手を通し両腕をおおう部分。古く筒袖で、上流の人のは長く手先にたれた。②たもと。③牛車（ぎっしゃ）・輿（こし）などの、前後の出入口の左右の部分。袖の内面を『裏』または『内』、外面を『袖表』という。〈以下略〉」と記され、『時代別国語大辞典（上代編）』には、「衣手」に「①袖。着物の手に当たる部分。衣=手。恋愛の感情を表現するために用いられることが多く、濡れた袖を干すのは、妹に逢うことであり、袖を折り返すことは、自分の心を相手に通じさせる呪術であった。これらの現われ方は、ソデにおいても一致している。②袖から転じて、着物全体をいう」とし、「袖」に

「衣の袖。衣（ソ）＝手（テ）かといわれるが、衣（ソ）は乙類で、問題がある。」と記されている。『日本国語大辞典』には、「衣手」には「[一]袖。[二]〔枕詞〕①（袖を水にひたす意から）地名『常陸（ひたち）』にかかる。②「葦毛」にかかる。かかりかた未詳」とするが、「袖」には、「①衣の、両腕を覆う部分。②袂。③鎧の肩からひじを覆う部分。（以下略）」と記した上で、[語誌]の箇所に「『衣（そ）手（て）』という語源説は、衣は乙類であり、『袖』の『そ』は甲類であって、成り立たない。歌では万葉集以来『衣手（ころもで）』と共に用いられてきたが、『衣手』は『袖』の歌語であるらしく、『万葉集』の用例は多く恋愛の感情を表現するために用いられている。しかし、八代集では、むしろ恋愛の表現は「袖」の方に多く、「衣手」は多く衣の意を洗わすようになる。（以下略）」と説明されている。

注釈書では、『略解』に「衣手は袖なり。衣を古語そといへり。されば衣の手にて、そでと同じ語なり」とし、『講義』に「『衣手』は袖なり。『ソテ』の『衣（そ）』もころもなり」とし、近世から現代までほとんどが「衣手」と「袖」とは同じ意として解している。

諸注釈のうち、『窪田評釈』（1・五歌のコロモデの語釈）は「『ころもで』は、衣の意にも用ゐるが、ここは袖。当時の窄袖は、長めの物で、風に翻りやすかったのである」とし、『金子評釈』では、「ころもで(1) 袖。コロモとソとは同物異名。「で」は料の意。(2) 衣のこと」とし、『新編全集』には「衣手―袖の歌語。転じて上衣そのものをさすことも多い。当時男女とも筒袖の服を着用し、袖丈が手より長いこともあった」としており、「衣手」には、「袖」と違って衣全体をいう意があること、また「袖」と違って歌語であることなどの若干の相違を指摘している。

『万葉集』の歌語という時、一般に「鶴」をタヅ、「蛙」をカハヅと称する、歌において用いられることばを想起する。その場合、「……神風乃　伊勢処女等　相見鶴鴨」（巻一・八一）のように完了の助動詞「つ」の連体形「つる」の訓仮名として用いられたり、樹木の「楓」の表記に「蝦手」（巻八・一六二三）と記していることから、万葉の時代にツルやカヘルという語が無かったわけではなく、和歌に詠まれる語と日常生活に用いられている語の位相の違いを示すものであり、歌においては、ツルやカヘルということばを用いず、タヅ、カハヅということばを用いたわけであった。しかしながら、コロモデとソデの場合は、両方が用いられているのであり、これらの歌語とは相違することとなる。

　コロモデとソデとは、一方が歌語というより、語形が相違するのと同じく、語義が相違することばではないか。『金子評釈』や『新編全集』にはコロモデに衣そのものをさすことがあると指摘するが、ソデにはそのような意をもつ例がない。つまり「袖・袂」の義を両語はもちつつ、相違する部分をもつのである。

ま日長く　川に向き立ち　ありし袖　今夜まかむと　思はくの良さ　（巻十・二〇七三）

などと歌われるように相聞歌において、コロモデもしくはソデは互いにまき交わすものとしてあった。

共寝を歌って

…しきたへの　衣手交へて　己妻と　頼める今夜　秋の夜の　百夜の長さ　ありこせぬかも　（巻四・五四六）

…朝には　庭に出で立ち　夕には　床打ち払ひ　白たへの　袖さし交へて　さ寝し夜や　常にありける…　（巻八・一六二九）

と両語が用いられ、逢えない嘆きを、

玉くしげ　明けまく惜しき　あたら夜を　衣手離れて　ひとりかも寝む　（巻九・一六九三）

白たへの　袖離れて寝る　ぬばたまの　今夜ははやも　明けなば明けなむ　（巻十二・二九六二）

と両語ともに「衣手離れ」「袖離れ」と表現する。それ故、別離の際の妻恋しい思いを、

妹とありし　時はあれども　別れては　衣手寒き　ものにそありける　（巻十五・三五九一）

と歌いもする。それは衣手をまき交わすことができないことによる寒さであり、

上つ瀬に　かはづつま呼ぶ　夕されば　衣手寒み　つままかむとか　（巻十・二一六五）

の「衣手寒み」のそういう意味で用いられているものといえようが、

秋の夜は　暁寒し　白たへの　妹が衣手　着むよしもがも　（巻十七・三九四五）

夕されば　衣手寒し　高松の　山の木ごとに　雪ぞ降りたる　（巻十・二三一九）

などは、ソデとは解し難い歌で、これらは衣服そのものを指して「衣手」といっていると考えられる。「袖—寒し」という組み合わせ自体が集中には見えない。

以下、一方にあって、もう一方にはない表現を列挙すると次のようになる。

○「衣手」にはあって、「袖」にはない表現

枕詞（「衣手の　田上山」「衣手の　高屋」「衣手　常陸の国」「衣手の　真若の浦」「衣手を　打回の里」）、「（衣手の）かへり」、「（衣手に）取りとどこほり」、「（衣手を）取り持ち」、「（衣手に）斎ひ留む」、「（衣手に）水渋付く」、「（衣手）寒し」、「（衣手は）またそ継ぐ」、「（衣手）着く」「（衣手）着る」（ただし「袖を笠に着」巻十二・三一二三とい

う表現はある)。

○「袖」にはあって、「衣手」にはない表現

枕詞(「妹が袖　巻来の山」)、序詞(「(娘子らが　袖布留山」「石上　袖布留川」)、「(袖)振る」、「(袖)吹き返す」、「(袖を)見る」、「(袖)たづさはる」、「(袖もちて)隠す」、「(袖に)巻き隠す」「(袖)解き交ふ」、「(袖)(袖)さし交ふ」、「(袖)湿つ」、「(ま袖もち)着す」、「(袖さへ)にほふ」、「(袖)漬く」、「(袖)つぐ」、「〈ホトトギスが〉袖に)来居つつ」、「(袖)巻き上ぐ」、「(袖に)あられたばしる」、「(袖は)まゆふ」、「(袖を)頼む」、「(袖を)笠に着る」、「(袖の)なる」(「白たへの　袖のなれにし」馴ルを起こす序詞)、「(袖)枕く」、「(袖)片敷く」、「(袖に)入る」、「(袖に)扱き入る」、「(袖)振り返す」、「(袖)振り交はす」、「(袖)垂る」、「(袖もち)撫づ」、「(袖も)しほほに泣く」、「(ま袖もち)涙を拭ふ」、「袖付け衣」、「(花橘を　袖に)受く」、「(袖に)触る」「(大御袖)行き触る」

これらを比較して判る相違は、「袖」は袂のある袖と考えられる場合があることである。

我妹子が　袖を頼みて　真野の浦の　小菅の笠を　着ずて来にけり　(巻十一・二七七一)

ただひとり　寝れど寝かねて　白たへの　袖を笠に着　濡れつつそ来し　(巻十二・三一二三)

のように歌われるには、筒袖では具合が悪く、やはりそれなりに笠のように覆うだけの幅をもった袖で

なくてはならない。万葉の頃の袖は長いといっても筒袖では笠のように着るわけにはゆかぬであろう。

引き攀ぢて　折らば散るべみ　梅の花　袖に扱入れつ　染まば染むとも　（巻八・一六四四）
池水に　影さへ見えて　咲きにほふ　あしびの花を　袖に扱入れな　（巻二十・四五一二）
風に散る　花橘を　袖に受けて　君が御跡と　偲ひつるかも　（巻十・一九六六）

などの歌は、袖に梅やあしびの花を入れて保つ空間、あるいは橘の花を受ける幅の広さがあることを前提にした表現である。

岩崎雅美（「筒袖と大袖考」『古代服飾の諸相』二〇〇九年東方出版刊所収）は、正倉院所蔵など現存する奈良時代の衣服の多くは筒袖であるが、「果たして奈良時代の一般の衣服が筒袖であったと言ってもよいであろうか」として、当時の絵画や彫像資料なども合わせて考察して、「皇帝及び宮廷人など身分の高い人々は垂領・大袖の衣で、その襟や袖口には別布の縁飾りが見られる」と指摘する。(9)

とはいえ、

我が母の　袖もち撫でて　我が故に　泣きし心を　忘らえぬかも　（巻二十・四三五六）

に見える防人の母が大袖の衣を着ていたとは考えがたいので、ここでいう「袖」は、筒袖の長い部分で撫でたものであろう。

江林に　伏せる猪やも　求むるに良き　白たへの　袖巻き上げて　猪待つ我が背　（巻七・一二九二）

の歌は、腕まくりといった様子で、明らかに上腕部を含まない肘から下の部分の袖の巻き上げである。「袖」は肘から下の部分を覆う、袂をも含めた部分を中心としたことばであろう。

一方「衣手」は、

逢はなくに　夕占を問ふと　幣に置くに　我が衣手は　またぞ継ぐべき　（巻十一・二六二五）

の歌からすると、幣にするためにほどく場合がある部分を指している。その場合、

宮人の　袖付け衣　秋萩に　にほひ宜しき　高円の宮　（巻二十・四三一五）

と歌われたような、袖口に更に付ける別裂の、いわゆる端袖を指すもの[10]とは考えがたい。

白たへの　我が衣手を　取り持ちて　斎へ我が背子　直に逢ふまでに　（巻十五・三七七八）

と歌われているように、旅立つ折にその人の形見として取り持ち無事を祈るものであってみれば、ここにいう「衣手」は見頃に縫い付ける全体の袖を指していると考えられる。

　つまり、「袖」が肘から下の部分を覆う部分を中心としたことばであるのに対し、「衣手」はその部分をも含めて肩方から先の部分をいったものと考えられる。それ故、「衣手」は衣服全体を意味する場合があり得たと考えられる。「衣手」と「袖」はその語構成からも共通し、共通する意味の重なりをもちつつ、若干の相違をもつ二語と考えるべきであろう。

結び

　万葉の衣服については、尾崎元春「万葉集に現れた服飾」（『万葉集大成第八巻』昭和28年、平凡社刊）や、関根真隆『奈良朝服飾の研究』（昭和49年、吉川弘文館刊）、増田美子『古代服飾の研究』（平成7年、源流社刊）など、すぐれた先行研究がある。詳しくはそれら諸賢の論に譲って、本論では万葉歌における衣の表現について、二、三の見解を述べた。

　いずれにせよ、女性の作業をもとにして生まれてきた万葉の衣は、万葉歌に豊かな表現性を与えているといえよう。

※『万葉集』の引用は、塙書房刊『萬葉集CD－ROM版』を使用。

注1　現在「岩島麻保存会」により伝統技術が伝えられ、製品は宮内庁や伊勢神宮、明治神宮等に献納されているという。(『朝日新聞（朝刊群馬全県）』2009-09-17)

2　大久保正「萬葉集東歌の掛詞について」（上・下）『萬葉』61 62号、昭和41 42年

3　『民俗資料選集3　紡績習俗Ⅰ』（昭和50年刊、文化庁文化材保護部編）には、「新潟県の紡織習俗」の章があり、夜なべ仕事のヲウミのことが記されているが、夜なべしてやっと三匁～五匁くらいが標準の仕事量であり、布一反分の所要量が二百問目ということで、かなりの日数を要したこと。大変な根気仕事で「ひとりで続けているとは、なかなかはかどらない。そこで村うちでオウミ仲間をつくり、オウミ宿をきめて寄り合い、みんなでオウミ作業をしあう。そして中休みの時間を設け、余興やあみだくじなどをして楽しんだ」ことが記されている。古代のヲウミの実態が想像される。

4　佐竹昭広「蛇婿入の源流―「綜麻形」解読に関して―」(『国語国文』第23巻9号、昭和29年9月所収)は、カタの語が糸筋であることを明らかにして、三輪山伝説との関係を論じている。

5　『南都布さらし乃記』には、佐保川で「水を臼にてつき水にさらすてい」「ぬのを芝のうへにのべてあくをうち日にほしさらすてい」が描かれており、また、灰汁を入れた大釜で布を焚くシーンが描かれている。

6　金子晋『よみがえった古代の色』（平成2年、学生社刊）

7　拙稿「『諸弟らが練の村戸』試案―歌と人名―」（『萬葉』第96号、昭和52年12月）

8　元暦校本は次のように記す。　紀州本の第四句の「豆」も「里」に似る。

播磨の地名は、「播磨塚」に由来するというが、被葬者は明らかでない。或いは古くからの地名ではあるまいか。

9　岩崎氏は形状から判断して「袖丈が十五センチ～二十四センチまでを細い筒袖、二十五センチ～三十五センチを中筒袖、それ以上を大袖と区分」されている。

10　「袖付け衣」について、『全注』には関根真隆『奈良朝服飾の研究』を参考に「袖のない肩衣に対して、袖の縫い付けてある衣をいう。ここは袖口に更に別裂の付いた、いわゆる端袖付きの朝服をいうのであろう。正倉院に残る袍の類は裄が長く、一メートルもあす上に、約一五センチもの端袖が付いており、手先よりはるかに長い。絹製の袍はその用裂の織幅が狭いため端袖を付けることが多く、この歌の袖付ケ衣もその種の袍であったろうという」と延べている。

万葉和歌と「食」

影山尚之

 万葉集と食生活

和歌は貴族社会の文芸であり生活実態との距離が遠いため、万葉びとの食文化をそこから探ろうとしても制約がある。

家にあれば　笥（け）に盛る飯（いひ）を　草枕　旅にしあれば　椎（しひ）の葉に盛る

（巻二・一四二　有間皇子）

紀伊国牟婁温湯へ連行される有間皇子が岩代で詠んだという右の一首を根拠にして、旅先で飯を椎の葉に盛って食べるのが万葉びとの習慣だった、と短絡することがあったら致命的な誤りだ。通常の旅よりもはるかに不自由で不本意な待遇を強いられている皇子が、これまで何も意識することなく過ごしてい

た「笥に盛る飯」というあたりまえの暮らしを貴く愛おしいものと思い起こし、憤懣と慨嘆を込めて訴える窮状が「椎の葉に盛る！」なので、写し取られているのは異常な事態——事実を超える事態——である。山上憶良が平城京都市民の貧困をとらえて、

…かまどには　火気（ほけ）吹き立てず　甑（こしき）には　蜘蛛の巣かきて　飯炊（いひかし）く　ことも忘れて　ぬえ鳥の　のどよひ居るに…

（巻五・八九二）

と描いたのは有名だが、甑に蜘蛛の巣のかかった状態を数日間継続しているのだとするとこの家族の生存にはもはや望みがない。事実をそのままに描く責任と義務が和歌に課されているわけではなくて、これまた誇張と解するほかかない。

そのような制約の認識が広く共有されているにもかかわらず、『万葉集』や古代史に関する一般向けの書籍では「食」にかなりのページを割くことがある。たとえば阿部猛氏『万葉びとの生活』（東京堂出版、平成7年）は第五章を「衣と食」に当てているし、田辺征夫氏『平城京を掘る』（吉川弘文館、平成4年）も第三章を「平城びとの暮らしと愉しみ」と題して「塩」「菓子」「喫茶」「居酒屋」などが説明される。講談社現代新書・上野誠氏『万葉びとの宴』（平成26年）は楽しい本、実は酒を好まない著者が万葉の酒食をめぐり縦横に語っている。

飲食に関心の薄い人は少ないので、堅苦しそうな古典和歌の扉を開けるきっかけに「食」はなるほど相応しい。それに加えて、貴族社会の文芸でありながら『万葉集』という歌集がときおり日常生活を垣間見させることがあるために、もっと奥を覗いてみたい衝動が生まれるのであろう。先ほどの二首に詠まれた「飯」の語が『万葉集』に六例ほど見え、そのうち「夫君に恋ふる歌」と題した一首は、

飯食(いひは)めど　うまくもあらず　行き行けど　安くもあらず　あかねさす　君が心し　忘れかねつも
（巻十六・三八五七）

と明確に米食をうたっており、

味飯(うまいひ)を　水に醸(か)み成(な)し　我が待ちし　代(かひ)はかつてなし　直(ただ)にしあらねば
（巻十六・三八一〇）

のように米から酒を醸す工程をとらえたものもある。「酒」であれば大伴旅人「讃酒歌十三首」に独占的ながら『万葉集』中二十例近くを検出（用例数は歌文のみ）、「黒酒」「白酒」など「き」の語形を含めるとさらに増加する。ところが、平安時代の『古今和歌集』に「飯」とか「酒」とかを詠み込んだ歌は一首もなく、八代集、つまり『古今集』から『新古今集』までに拡げても「飯」は『拾遺和歌集』に一例だけ、「酒」はまったく見当たらない。その「飯」を詠む一首も聖徳太子伝説の断片であって平安和歌の埒外にある。

しなてるや　片岡山に　飯に飢(う)ゑて　臥(こや)せる旅人　あはれ親なし　（拾遺・哀傷20・一三五〇）

試みに、『万葉集』に詠まれた食品・食材を任意に選んで八代集と比較してみる。もっとも、当該の素材を食品・食材と認識しているかどうかは歌によって区々だが、いまはそれを問わない。

	万葉	古今	後撰	拾遺	後拾	金葉	詞花	千載	新古
粟	5	0	0	0	0	0	0	0	0
稲	4	2	2	3	1	1	1	2	3
芋	1	0	0	0	0	0	0	0	0
瓜	1	0	0	2	1	0	0	0	0
栗	1	0	0	0	0	0	0	0	1
芹	2	0	0	2	0	1	0	2	0
蕨	1	1	0	1	0	1	0	0	1
鮎	13	0	0	0	0	1	0	0	0
鰹	1	0	0	0	0	0	0	0	0
鯛	2	0	0	0	0	1	0	0	0
鰻	2	0	0	0	0	0	0	0	0
若布	2	0	0	0	0	0	0	0	0

「稲」「鮎」を除いてはすでに『万葉集』にも食品食材を詠む営みが稀少であるところ、平安時代和歌になるとますます例外的ということが知られる。いくら古典への誘いといっても、「新古今集の食文化」を章立てする和歌入門書は今後もおそらく出現しないだろう。

さらに、近年蓄積の進む木簡研究が古代の日常生活を浮き彫りにしつつあって、そこに記された食品名がときおり万葉集歌と合致することがある。

・「謹啓　今忽有用處故醤」／・「及末醤欲給恐々謹請　馬寮」　（『藤原宮木簡三』）

・「紀伊國无漏郡進上御贄礒鯛八升」　（『平城宮木簡二』）

・「武蔵國男衾郡川面郷大贄一斗〔鮒背割〕　天平十八年十一月」　（『平城宮木簡一』）

香塗れる　塔にな寄りそ　川隈の　屎鮒食める　いたき女奴　（巻十六・三八二八）

醤酢に　蒜搗き合てて　鯛願ふ　我にな見えそ　水葱の羹　（巻十六・三八二九）[1]

平成二十八年七月現在で奈良文化財研究所「木簡データベース」に登録されている、「醤」の語を含む木簡件数六十二件、「鯛」五十八件、「鮒」二十六件、万葉びとの食膳にそれらが上ったのだと想像してみることは愉快だ。木簡に基づいて復原された当時の食事風景の展示が歴史資料館等で人気を集めるのはもっともなことである。

たやすく気づかれるとおり、右のように食材をうたう歌は巻十六に集中的にあらわれる。戯笑歌や宴誦歌など、卑俗な作歌を好んで採集する巻である。「わかめ」を詠んだ歌も当巻に見出され、

角島の　瀬戸のわかめは　人のむた　荒かりしかど　我とは和海藻　（巻十六・三八七一）

右の「角島」は現山口県豊浦郡豊北町角島、小学館新編全集『萬葉集』頭注に指摘するとおり平城宮出土木簡の、

・「長門國豊浦郡都濃嶋所出穉海藻　〔天平十八年三月廿九日〕」　（『平城宮木簡一』）

がこれとまさしく符合している。『万葉集』は巻十六を通路にして日常生活と繋がっているように見える。

 玉藻刈り食む・海人の塩焼き

『万葉集』巻十六が「食」に寛容であるということは、和歌という文芸様式一般が「食」を積極的には取り込まない本質を側面から保証する。それはちょうど「汗」とか「よだれ」とかの身体から分泌される物質を詠まないのと同じで、身体に摂取するものはそもそも和歌の題材になりにくいのである。

衣手(ころもで)　常陸(ひたち)の国の　二並(ふたなら)ぶ　筑波の山を　見まく欲り　君来ませりと　暑けくに　汗かきなけ　木(こ)の根取り　うそぶき登り　峰の上を　君に見せれば…
（巻九・一七五三　高橋虫麻呂）

からたちの　茨(うばら)刈り除(そ)け　倉立てむ　屎(くそ)遠くまれ　櫛造(くしつく)る刀自(とじ)
（巻十六・三八三二）

「汗」の用例は『万葉集』中に右が唯一、「屎」は三例ほどを見るもののすべて巻十六所収歌であり、「よだり（れ）」「鼻水」の使用例は古代では散文にかぎられる。

亦唾(よだり)を以ちて白和幣(しろにきて)とし、洟(はな)を以ちて青和幣とし、此を用(も)ちて解除(はら)へ竟(を)はり…
（『日本書紀』神代上一書第二）

いま、摂食を意味する語として動詞「食（は）む」を例にとろう。『古典対照語い表』によって主要作品内におけるこの語の使用状況を確認してみると次のとおりだ。類義語「食（く）ふ」「食（く）らふ」についても参考に示しておく。

	万葉	竹取	伊勢	古今	土左	後撰	蜻蛉	枕草	源氏	紫日	更級	大鏡	方丈	徒然
はむ	13	0	0	0	0	0	1	0	0	0	0	2	0	1
くふ	2	4	5	0	2	0	10	20	14	0	2	1	0	23
くらふ	0	0	0	0	1	0	0	0	0	0	0	0	0	2

『万葉集』に「くらふ」の例は見えないが日本書紀古訓や日本霊異記訓釈には散見し、天治本新撰字鏡巻二にも「喫」字に「久良不」「波牟」の訓を載せていて、小学館『古語大辞典』は「上代から口語・散文語として存在したであろう」とする。「くふ」は『万葉集』には、

春霞　流るるなへに　青柳（あをやぎ）の　枝くひ持ちて　うぐひす鳴くも　（巻十・一八二一）
こもりくの　泊瀬の川の　上（かみ）つ瀬に　鵜（う）を八（や）つ潜（かづ）け　下つ瀬に　鵜を八つ潜け　上つ瀬の　鮎を食はしめ　下つ瀬の　鮎を食はしめ　くはし妹に　鮎を惜しみ　くはし妹に　鮎を惜しみ…　（巻十三・三三三〇）

など咥えもつ意に限定され、人による摂食を意味しない。『時代別国語大辞典上代編』「はむ」「くふ」それぞれの項の解説が要を得ている。

ハムは噛んで飲みこむことをいい、口にくわえることを原義とするクフとは異なるといわれる。名義抄には、クフ、ハム両訓を持つ字も多いが、クフには歯扁の文字が数例あって、ハムにはない。ハムに対してクフは、もと歯でくわえる意であり、それがかんで咀嚼するところから食べるの意に移ってきたものであろう。平安時代には堪（ア）フ（下二段）と複合したクハフ（下二段）の例がある。

観智院本『類聚名義抄』が掲出する、クフの和訓を持つ歯扁の字は、たとえば「齩　カム、クフ、カフ

ル」「齶　アキ、タツ、クフ、カフル」「齗　ハカミ、クフ」がある。

『古典対照語い表』でみるかぎり「くふ」「くらふ」いずれも『古今集』『後撰集』に用例数を記さないから、これらを非和歌的な動作であるとひとまず了解することができそうだが、「はむ」に関しては『万葉集』に十三例を数え、明らかに突出している。ここはぜひ全用例を見渡しておかねばなるまい。

ア　うつせみの　命を惜しみ　波に濡れ　伊良虞(いらご)の島の　玉藻刈り食む　（巻一・二四　麻続王）

イ　瓜食めば　子ども思ほゆ　栗食めば　まして偲(しの)はゆ　いづくより　来(きた)りしものそ　まなかひに　もとなかかりて　安眠(やすい)しなさぬ　（巻五・八〇二　山上憶良）

ウ　我が盛り　いたくくたちぬ　雲に飛ぶ　薬食むとも　またをちめやも　（巻五・八四七　大伴旅人？）

エ　雲に飛ぶ　薬食むよは　都見ば　賤(いや)しき我が身　またをちぬべし　（巻五・八四八　大伴旅人？）

オ　我が君に　戯奴(わけ)は恋ふらし　賜(たば)りたる　茅花(つばな)を食めど　いや痩(や)せに痩す　（巻八・一四六二　大伴家持）

カ　うつたへに　鳥ははまねど　縄延(なはは)へて　守(も)らまく欲しき　梅の花かも　（巻十・一八五八）

キ　馬柵越(うませご)しに　麦食む駒の　罵(の)らゆれど　なほし恋しく　思ひかねつも　（巻十二・三〇九六）

ク　春の野に　草食む駒の　口止まず　我を偲(しの)ふらむ　家の児ろはも　（巻十四・三五三二）

ケ　くへ越しに　麦食む小馬の　はつはつに　相見し児らし　あやにかなしも　（巻十四・三五三七）

コ　馬柵越し　麦食む駒の　はつはつに　新肌触(にひはだふ)れし　児ろしかなしも　（巻十四・三五三七　或本）

サ　波羅門（ばらもに）の　作れる小田を　食む烏　瞼腫（まなぶたは）れて　幡幢（はたほこ）に居（を）り　（巻十六・三八五六）

シ　飯食めど　うまくもあらず　行き行けど　安くもあらず　あかねさす　君が心し　忘れかねつも　（巻十六・三八五七　既出）

右十三例のうち、カ～サの六例は鳥獣の行為なのでいまは除外してよい。また薬の摂取をいうウ・エも別に扱うべきだから、結局のところ人による摂食を意味するものは残るア・イ（二例）・オ・シの五件に限られてくる。だが、少数とはいえ非和歌的性質の語が『万葉集』に取り込まれている現象は直視するべきである。もちろん、生活語彙を好んで使用する憶良（イ）、紀女郎との間に交わし合う軽妙で戯笑的な家持歌（オ）、卑俗な歌の収録に意欲的な巻十六の作（シ）というふうにそれぞれの存在を合理化することはできるものの、平安時代和歌とはやはり歴然とした位相の異なりがあることを知る。

　アの麻続王歌は巻一雑歌所載で笑いを狙ったものではないから、右四件とはまた質が違っている。当該歌第五句原文は「玉藻苅食」、「食」字に対する古写本の訓にはハムのほかシク、マス、メスがあり、『萬葉考』にヲスの提案がなされて『萬葉集私注』ほか従うものがあったが、現在はハムが優勢である。仮に将来改訓されることがあったとしても、摂食行為をあらわす和語が充てられることは動かない。

　アは次のような様態で『万葉集』巻一に掲載されている。

麻続王、伊勢国の伊良虞の島に流さるる時に、人の哀傷して作る歌

打麻を　麻績王　海人なれや　伊良虞の島の　玉藻刈ります　（巻一・二三）

麻続王、これを聞き感傷して和ふる歌

うつせみの　命を惜しみ　波に濡れ　伊良虞の島の　玉藻刈り食む　（巻一・二四）

右、日本紀を案ふるに、曰く、「天皇の四年乙亥の夏四月、戊戌の朔の乙卯、三位麻続王罪ありて因幡に流す。一子は伊豆の島に流し、一子は血鹿の島に流す」といふ。ここに伊勢国の伊良虞の島に配すと云ふは、けだし後の人歌辞に縁りて誤り記せるか。

左注に触れる日本書紀（天武天皇四年四月辛卯条）との齟齬および地理上の疑義は擱くとして、二首が成り立たせているのは伊良虞へ流される麻続王に時の人が同情を寄せて二三歌をうたい、それに促されて王が二四歌を和したという趣きである。「都人は、玉藻を刈る海人の姿を賤しい行為と見て嫌った」（伊藤博氏『萬葉集全注巻第一』）の説明が与えられるとおり、高位の皇族がまるで海人のごとくに身を窶したようすを二三歌はとらえるのであり、その眼差しには同情ばかりでなく揶揄さえこめられているように読める。麻続王唱和歌について『セミナー万葉の歌人と作品　第十二巻　万葉秀歌抄』（和泉書院、平成17年／内田賢徳氏項目担当）は次のように説いている。

ウチソヲヲミをウツセミノイノチヲヲシミに移し替えて、命惜しさにこうしているのだと、やや自

嘲的に和える。伝承の環境には同情と並んで諷刺もあったか。

枕詞を固有人名に前置させる「打麻を麻績王」にそもそも讃美的な響きがあったとするなら、それを類音の語列に「移し替え」て、生命維持に執着する卑俗な自己の告白に向かう二四歌には強烈な自虐がこもる。貴種の誇りをかなぐり捨てたといったところだ。

当該歌が「はむ」という、風雅な文芸様式からは排除されるべき行為をあえてうたった契機はかかる心理状態に求められるだろう。みやびとは対極の暮らしを強いられている我が身の侘しさがこの一語に凝縮している。在京時には覆い隠されていた、あるいは意識に上ることすらなかった生々しい感覚の表出。一首が実作であれ伝承であれ、生き延びるための摂食をうたうこの主体の内面が、無念・怨嗟・撞着など混じり合い激しく波打っていることを見届けなければならない。麻続王のアイデンティティはこのとき完全に崩壊している。不遇感の吐露が文芸の担う領域の一端であると見てよければ、麻続王歌の「はむ」は逆説的に和歌の情趣を獲得したと評価することも可能である。

なお、ことがらは「食」よりも労働に偏るけれども、『古今集』雑歌下に載る著名な在原行平詠は右と通じ合う面がある。

田村の御時に、事に当りて、津国の須磨といふ所に籠り侍りけるに、宮のうちに侍りける人に、遣はしける　　在原行平朝臣

わくらばに　問ふ人あらば　須磨の浦に　もしほたれつつ　わぶと答へよ　（古今雑歌下・18・九六二）

第四句は「しほたれ」（＝「泣く」の意）と「藻塩垂れ」を懸詞としたもの、詞書にある「事」の内実は不明ながら、不本意にも京を遠く離れて須磨海浜に蟄居する嘆きと愁いを「藻塩」に託している。もとより行平が藻塩生産に従事するはずはない、自らの置かれた境遇を海人に擬えて自嘲しているのである。

塩焼き（製塩）は海人の生業の一つとして『万葉集』に数多くうたわれる。

志賀の海人は　め刈り塩焼き　暇なみ　くしらの小櫛　取りも見なくに　（巻三・二七八　石川少郎）

縄の浦に　塩焼く火のけ　夕されば　行き過ぎかねて　山にたなびく　（巻三・三五四　日置少老）

名寸隅の　舟瀬ゆ見ゆる　淡路島　松帆の浦に　朝なぎに　玉藻刈りつつ　夕なぎに　藻塩焼きつつ　海人娘子　ありとは聞けど　見に行かむ　よしのなければ　ますらをの　心はなしに　たわやめの　思ひたわみて　たもとほり　我はそ恋ふる　舟梶をなみ　（巻六・九三五　笠金村）

製塩はすでに縄文時代に行われていたというが、本格的な土器製塩開始は弥生時代後半期から、とくに瀬戸内海沿岸地域で盛んになる（佐原真氏『食の考古学』東京大学出版会、平成8年）。奈良時代には内海航行時に目撃する情景として親しまれていたのだろう、

志賀の海人の　火気焼き立てて　焼く塩の　辛き恋をも　我はするかも　（巻十一・二七四二）

須磨人の　海辺常去らず　焼く塩の　辛き恋をも　我はするかも　（巻十七・三九三二　平群氏女郎）

などやるせない恋情の譬喩に取り込まれることもあった。塩焼きの景を序として導かれる心情「辛し」は味覚のそれと重ねられているので、ここには塩を口に入れたときの体験が踏まえられている。つまり、調味料としての役割が歌の構想にも機能しているのである。

右がすべて都人の目に映る景である点を見逃してはなるまい。現実にはきわめて過酷な作業であり、

大君の　塩焼く海人の　藤衣　なれはすれども　いやめづらしも　（巻十二・二九七一）

とうたわれるように上質の製品は中央政府へ搬送される貢上物でもあったが、和歌世界にあっては都市生活と対極的な、侘しくも心惹かれる景という位置を次第に確保し、平安時代にはついに「藻塩」の歌語化を見る。

浦近く　立つ秋霧は　藻塩焼く　煙とのみぞ　見えわたりける　（後撰秋中・6・二七三）

旅のそら　夜半の煙と　のぼりなば　海人の藻塩火　たくかとや見む　（後拾遺羈旅・巻九・五〇三）

藻塩くむ　袖の月影　おのづから　よそにあかさぬ　須磨の浦人　（新古今雑歌上・巻十六・一五五七）

「藻塩焼き」については乾燥させた藻を直に焼く方法とする見方があるけれども、それは誤っている。

歌語「もしほ」を論じるなかで德原茂実氏が、

晴天の下、大量の海藻を積み重ねた上から海水を注げば、海藻を伝ってゆっくりと滴り落ちる間に、直射日光や吹き付ける浜風のために水分が蒸発し、塩分の濃い塩水（鹹水）が得られる。それを集めて繰り返し海藻に注げば、さらに塩分濃度を上げることができよう。こうして得られた鹹水を塩釜で煮詰めて塩を作る。平安時代の歌人たちの多くが思い描いていた藻塩製塩法は、このようなものではなかったかと思う。（「歌語「もしほ」考」『百人一首の研究』和泉書院、平成27年／初出は平成6年）

と指摘するところが、古代の塩焼きの実態としてもおそらく正しい。[2]『常陸国風土記』には、

その海は、塩を焼く藻、海松・白貝・辛螺・蛤、多に生ふ。（行方郡板来村）

海松また塩を焼く藻生ふ。（行方郡行方之海）

の記事が見える。

藤原定家が、前掲金村九三五歌を本歌としつつ、

来ぬ人を　まつほの浦の　夕凪に　焼くやもしほの　身もこがれつつ　（新勅撰恋三・八四九）

と詠むに及べば、もはや海人のイメージも消去されて画面はセンチメンタルな夕景へと転じる。かれらの口にも藻塩の入る日常が当然あったはずだが、王朝和歌の「藻塩」は食品とも調味料とも認識されていないようだ。

通観法師と乾し鮑

或娘子等が包める乾し鮑を贈りて、戯れて通観僧の呪願を請ふ時に、通観の作る歌一首

わたつみの　沖に持ち行きて　放(はな)つとも　うれむそこれが　よみがへりなむ　（巻三・三二七）

さて、奈良時代にも高級品だったにちがいない乾し鮑を、おそらく海藻類に包んで若いむすめたちが通観法師に贈った。不殺生戒を持するべき出家者にである。しかもそのむすめたちは、すでに加工処理された鮑を法力によって放生せよという。さて法師はどうするか、中世の説話にも通う契機がここに孕まれている。

通観という人は同じ巻三に、

釋通觀歌一首

み吉野の　高城(たかき)の山に　白雲は　行きはばかりて　たなびけり見ゆ　（巻三・三五三）

を残すのみ、両歌が大宰府関係歌を挟んで前後に位置するところから生存時期を推し量る以外に得られる情報はない。使用例の少ない「うれむそ」（原文「宇礼牟曽」）を織り込んでいるあたりに僧侶ならではの口ぶりが露出しているのであろうか。[3]

鮑は養老賦役令によれば正丁一人あたり十八斤を調として毎年貢ずる定めだった。『延喜式』巻二十四主計寮に「御取鰒」「着耳鰒」「躭羅鰒」「放耳鰒」「長鰒」「短鰒」など調物各種の名称が見え、[4]

安房国。調、…（中略）…鳥子鰒・都都伎鰒各廿斤。放耳鰒六十六斤四両、着耳鰒八十斤、長鰒七十二斤…（下略）

若狭国。…（中略）…調。絹薄鰒。烏賊。熬海鼠。雑腊。鰒甘鮨。雑鮨。貽貝保夜交鮨。…（下略）

伊豫国。…（中略）調。…（中略）…長鰒卌六斤。短鰒三百卌斤。…（下略）

のほか十ヶ国以上に調および中男作物の鮑貢上が規定されている。『常陸国風土記』・『出雲国風土記』に郡内産物としての記載があり、木簡にも事例が夥しい。左は大宰府政庁本面築地基壇より出土した、筑前国の贄の出納に関する木簡である（『日本古代木簡選』岩波書店、平成2年）。

・「十月廿日竺志前贄驛□□留　〔多比二生鮑六十具／鯖四列都備五十具〕」／

・「須志毛　〔十古〕　割軍布　〔一古〕　（『大宰府木簡概報一』）

ここの鮑は珍しく生鮑、ほかに鯛・鯖・ツブ貝・昆布が列記される。「須志毛」は不明だが、やはり海産物の類であろう。

三二七歌については饒舌に語る題詞が楽しい雰囲気を想像させるため、諸注釈類の書き付ける評にも遊び心が看取される。新編全集の口語訳は次のとおりだ。

海原の　底に持って行って　放生したとて　どうしてこれが　生き返ろうか喝（かつ）

もっとも、乾し鮑が放生に堪えるはずのないことは自明だから、娘子らのふるまいの意図と通観の返答との背後に何らかの含意を想定する読解が試みられてくる。たとえば『萬葉集古義』は、

歌意は、たとひ海に持行て放つとも、いかでか、これが生かへるべき、わが咒願の及ぶべき所にあらず、と女の戯に、とりあはずいへるにて、色々すかしのたまふとも、出離の心をば、ふたゝびおもひかへさじを、といふ意を含めたるなり。

と言い、鴻巣盛廣『萬葉集全釈』にも、

物もあらうに、乾鮑を僧に贈るとは、随分ひどいいたづらである。呪願を請ふとは、どんな願か分らないが、娘子が僧を誘惑しようとしたものと思はれる。通観はそれと知つて、相手にならず、あつさりと串戯にしてしまつたのは、中々偉い坊さんだ。

と記して娘子らの誘惑を断固はねつける出家者の揺るぎない姿勢を読もうとする。一方で、西宮一民氏『萬葉集全注』巻第三は、

真に受けた僧通観が、海産物の蘇生復活を司る海神のいる沖深く持ち運んで放生しても、海神の力の及ばぬ乾し鰒のこととて、もはや僧侶の力では蘇生することはないと答えたのであって、戯れと真面目とのズレが爆笑を誘ったはずである。／詳しいことは分からないが、多分宴会の席で披露さ

れた滑稽歌であろう。

のように場の推定を含め当該歌の笑いの質を説いており、稲岡耕二氏の解釈も同趣旨である。娘子たちの戯れに大真面目でこたえたので笑いを誘ったのだろう（明治書院和歌文学大系『萬葉集』）娘子らによる戯れは乾燥鮑を贈って呪願放生を請うたところに十分に発揮されているので、さらに色仕掛けまでを累加させる必要はあるまい。しかも鮑は丁寧なことに包まれている。集中の次のような例が参照される。

高安王褁鮒贈娘子歌一首

沖辺行き　辺を行き今や　妹がため　我が漁れる　藻伏束鮒　（巻四・六二五）

紀女郎褁物贈友歌一首

風高く　辺には吹けども　妹がため　袖さへ濡れて　刈れる玉藻そ　（巻四・七八二）

天平元年班田之時使葛城王従山背國贈薩妙観命婦等所歌一首　副芹子褁

あかねさす　昼は田給びて　ぬばたまの　夜の暇に　摘める芹これ　（巻二十・四四五五）

橋本四郎氏「つつむ」（『萬葉』第八五号、昭和49年9月）によれば、六二五歌「藻伏束鮒」は藻をもって包んだ鮒であり、七八二歌の「玉藻」も、歌は藻そのものを贈るかのように装っているけれども、実は何らかの贈り物を藻で包んだのだという。首肯すべき知見である。鮮度を保つとともに贈り主の格別の心をこめて海藻などで品物を包むというのは当時の貴族の嗜みだったのだろう。右三首がどれも贈り物を謙るのでなく、それの入手にどれほどの苦労を要したかを訴え、値打ちの高さをアピールしている点が注意される。

橋本論文は当該歌の趣向について次のように指摘する。

三二七の題でことさらに「裹」字を用いたことは、逆にありきたりの包み方でないことを強調するためではなかろうか。乾燥したあわびには凡そ不向きなはずの、みずみずしい藻にくるんで差し出したものと見たいのである。放生に耐える生きた魚貝に対してこそ、その生命力を保つために藻に包む意味があったはずである。

なるほど、保存のきく乾燥鮑を海藻に包んで贈った——しかも品物の鮮度を誇示するようなことばを添えて——のだとすると、そこにすでに強烈な諧謔が含まれていることになるし、それをおもむろに開いたときの通観の驚く顔は生き生きと想像できよう。現場指示「これ」はその驚きの口吻を伝えていると受け止めることができる。

当該歌の第一おもしろさは、娘子が仕掛けた諧謔に通観が正直に乗り合わせ、「これが」と驚いてみせたところにある。僧の驚きは、品物が摂食を禁じられた生臭物であったことにも由来する。丁寧に包まれた贈り物だから、それが鮑であることは開けてみるまではわからない。少なくとも場面の趣向としてはそうだ。

驚いてみせた次に、通観がどのような行動に出たかを想像するなら、答えは一つしかない。食べたにちがいない。「わたつみの沖に持ち行きて」と、誰もそこまで要求していない極端な行為を示しながら仮定条件「とも」ですこしの間を置くのは、そんな面倒なことをする気が毛頭ないことを意味しており、下句に蘇生不可能を大仰に宣言して見せるのも、自身それを食べることの正当化である。最新の岩波文庫『万葉集』がそのあたりの呼吸をみごとに汲み取って解説している。

娘たちはわざと僧の食べられない乾鰒を布施し、呪願を求めてからかったが、僧通観は、放生しても今さら蘇生しない乾鰒だから戴きましょうと澄ました顔で詠ったのであろう。

それは明らかに破戒に相当するが、次の宴席詠などを見ても戒律や法令は平然と破られているのだから怪しむには足らない。


故郷の豊浦の寺の尼の私房にして宴する歌三首

明日香川　行き回る岡の　秋萩は　今日降る雨に　散りか過ぎなむ　(巻八・一五五七)

右の一首、丹比真人国人

鶉鳴く　古りにし里の　秋萩を　思ふ人どち　相見つるかも　(巻八・一五五八)

秋萩は　盛り過ぐるを　いたづらに　かざしに挿さず　帰りなむとや　(巻八・一五五九)

右の二首、沙弥尼等

塩で戻してそのまま口にほうりこんだか、加熱調理したか、いずれにせよその鮑は通観と娘子らの舌を十分に満足させたことだろう。

 高橋氏文とカツオ木簡

延暦年間（七八二〜八〇六）に成立したと考えられる『高橋氏文』は、内膳司（天皇の食膳の調理を担当する役所）長官・奉膳の地位を安曇氏と争った高橋氏（令制以前の膳氏）が自族の歴史的優位性を主張した文献であり、現在はその一部が逸文として伝わる。『本朝月令』六月「朔日内膳司供忌火御飯事」に引用された氏文には、景行天皇東国行幸に供奉した磐鹿六鴈命（膳氏の祖）が上総国浮島で偶然鰹と白蛤を捕獲し、それを美麗に調理して天皇の食膳に献じたというくだりが載る。またしても海産物の話題を持ち出し、しかも対象が万葉和歌ではないけれど、すこしだけカツオに触れて拙い稿を閉じたい。

還る時に舳を顧れば、魚多に追ひ来たり。即ち磐鹿六鴈命、角弭の弓を以ちて遊べる魚の中に当つれば、即ち弭に著きて出でて忽ちに数隻を獲つ。仍りて号けて頑魚と曰ひき。此、今の諺に堅魚と曰ふ。〔今角を以て鉤の柄に作りて堅魚を釣るは此の由なり〕船過るに、潮涸て、渚の上に居ぬ。

掘り出さむとするに、八尺の白蛤一具を得たり。磐鹿六鴈命、件の二種の物を捧げて、大后に献りき。即ち大后誉め給ひ悦び給ひて詔りたまひしく、「其を味く清く造りて御食に供へよ」とのりたまひき。時に、磐鹿六鴈命の申さく、「六鴈、料理らせて供奉らむ」と白して、遣して無邪志の国造の上祖・大多毛比、知々夫の国造の上祖・天上腹、天下腹らの人等を喚び、膾を為り、及た煮焼して雑に造り盛りて、河曲山の梔の葉を見て高次八枚さし作り、真木の葉を見て枚次八枚さし作りて、日影を取りて縵とし、蒲の葉を以ちて美頭良を巻き、麻佐気の葛を採りて多須岐にかけ帯とし、足纏を結ひて、供御の雑物を結ひ飾りて、乗輿の御猟より還御りたまひ、入り坐す時に供奉りき。

（本文・訓読は上代文献を読む会編『高橋氏文注釈』による。ただし一部改めたところがある）

磐鹿六鴈命が手に入れたカツオ数匹と一箇の白蛤は武蔵国造祖先の大多毛比と秩父国造祖先・天上腹、天下腹によって膾（細切りの刺身）や煮物・焼き物に調えられ、ハゼとヒノキの葉で拵えた高坏・平坏に盛りつけ、天皇に供された。それを見た景行天皇はたいそう喜び、以後永らく天皇の御食に奉仕するように、と磐鹿六鴈に命じられたという。天皇の料理番である。

右で餌も付けない弓弭にむざむざと釣り上げられたので「頑魚」の名がついたというのはいかにも俗説めいているが、『箋注和名類聚抄』に「鰹魚」の語義を「加多即頑愚之義」と説いて氏文本条を引用したうえで「今漁人釣魚、見其群集、則取餌、投散其所集海上、魚争噉之、於是削鹿角為鉤、随投随獲」と

鰹の容易に捕獲される実態を記しており、人見必大『本朝食鑑』にも、

凡漁人釣鰹、以犢角及鯨牙削揩作鈎。而釣者無餌。以鐵鈎而釣者、以鰺鰯為餌。…（中略）…若乗釣時遇群鰹遂餌而来則驚跳入舡。不可當魚陣之中。恐魚多壓沈于舩。

とその釣法の紹介とともに釣り船に飛びこんでくる鰹の習性についての証言がある。『万葉集』に一例だけ、高橋虫麻呂によってうたわれる鰹は、

…水江（みづのえ）の　浦島子（うらのしまこ）が　鰹釣り　鯛釣り誇り　七日まで　家にも来ずて　海界（うなさか）を　過ぎて漕ぎ行くに…

（巻九・一七四〇）

とまさに大漁のさまだから、右の証言とはうまく符合する。もっとも、いま一般にホコリと訓んでいる字は古写本では難字であり、諸本みなカネテの訓を付して異同がないため、両者を安易に結びつけることはできない。

「鰹」字をいまのカツオにあてるのは国訓、その字義はオオウナギ・オオナマズに相当する。『和名抄』には「鰹魚　唐韻云鰹〔音堅漢語抄云加豆乎式文用堅魚二字〕大鮦也大曰鮦小曰鮵〔音奪〕野王案鮦〔音同〕蠡魚也〔蠡魚見下文今案可為堅魚之義未詳〕」と見える。鮵は「鱧（オオナマズ）」を、蠡字は「いなご」をあらわす文字である。

この魚のほんとうの名義は不詳ながら、『日本釈名』は「かつをはかた魚也、ほしてかたくなるゆへなり」として、堅く干したものを常用するところからカタウヲ—カツヲの語が成立したと言い、『貞丈雑記』巻六「飲食」にも、

かつをと云魚は、古はなまにては食せず、ほしたる計用ひし也、ほしたるをもかつをふしとはいはず、かつをと計いひしなり、かつをはかたうを也、ほせばかたくなる故也、かたうを、略して、かつをといふなり。

とあるものの、民間語源説の域を越えるものでない。縄文時代遺跡からカツオ・ソウダガツオの魚鱗や魚骨が出土した事例も報告されており（酒詰仲男氏『日本縄文石器時代食料総説』土曜会、昭和36年）、早くから食用されていた。ただし氏文がカツオ捕獲とその調理を描くのは単に人々に親しみある食材というのでなく、古代東国と王権との関係をさまざまに暗示する。

すなわち、養老賦役令には「調」の品目を記すなかに正丁一人に課す調雑物として「堅魚卅五斤」「煮堅魚廿五斤」「堅魚煎汁四升」を規定し、ほかに調副物として「堅魚煎汁一合五夕」を定める。この限りではカツオ製品が三種類に及んでいるが、「堅魚」と表示されるものは素干しのカツオであり、後掲資料に散見する「麁（荒）堅魚」という製品も実体は同じものらしい（仁藤敦史氏「駿河・伊豆の堅魚貢進」『東海道交通史の研究』清文堂出版、平成8年）。「煮堅魚」は現在のなまり節にあたるといわれることが多いが、宮下章氏『ものと人間の文化史97 鰹節』（法政大学出版局、平成12年）は、その貢納地である伊豆・駿河から都

まで二十日以上を費やしてなまり節の輸送は不可能として、これを鰹節の原型、つまりカツオを煮てから干した乾燥精製品と見る。正倉院文書天平十年「駿河国正税帳」には「煮堅魚参伯弐拾斤納肆拾籠〔〻別八斤〕直稲壹阡肆伯捌拾〔籠別卅七束〕」とあり（『大日本古文書』巻二）、同じく天平十一年「伊豆国正税帳」に「調麁堅魚壹伯陸拾貳斤壹拾貳両、賣得稲壹伯肆拾束〔以十一斤十両買稲十束〕」とあって、「煮堅魚三二〇斤＝稲一四八〇束」に対し「麁堅魚一六二斤十二両＝稲一四〇束」だから、煮堅魚がいかに高級品だったかが知れる。「堅魚煎汁（いろり）」はカツオを煮つめて作った調味料で、『令義解』賦役令に「謂。熟煮汁日煎也」と見える。瀬川裕市郎氏「堅魚木簡をめぐって」（『考古学ジャーナル』第四〇九号、平成8年10）は実験結果に基づきゼリー状の煮凝りを想定している。

近年は木簡の調査・整理によってカツオ貢進の実態がかなり明らかになってきた。前掲「木簡データベース」には「堅魚」の字を含む木簡件数が一七六件（平成二八年七月現在）公開されており、そのうちの大半がいわゆる二条大路木簡に属し、さらにそのうち駿河・伊豆両国より調また中男作物として貢進された荷札が大部分を占めている。

・「志摩国答志郡答志郷○／戸主嶋直□麻呂調堅魚十一斤十両／天平八年六月□日」（『平城宮発掘調査出土木簡概報二二』）

・「駿河国駿河郡古家郷井辺里戸春日部高根調荒堅魚十一斤・十両○天平七年十月」（『平城宮発掘調査出土木簡概報二九』）

・「遠江国山名郡進上中男作物堅魚十斤天平十七年□月」（『平城宮木簡』三五八号）

・「伊豆国田方郡棄妾郷許保里戸主大伴部五百万呂口大伴部身万呂調荒堅魚一斤十五両〔五連六節〕／天平七年十月」（『平城宮発掘調査出土木簡概報二四』）

・「伊豆国賀茂郡川津郷湯田里戸主矢田部伊豆麻呂調煮堅魚八斤五両○／七連五節／天平七年十月」（『平城宮発掘調査出土木簡概報二九』）

・「駿河国阿倍郡中男作物堅魚・煎一升○天平七年十月○「小口」」（『平城宮発掘調査出土木簡概報二四』）

延喜式巻二十四主計寮はカツオを調もしくは中男作物として貢上すべき国に志摩・駿河・伊豆・相模・安房・紀伊・阿波・土左・豊後・日向の諸国を定める。

右に見るとおり、製品の輸貢量は調堅魚「十一斤十両」、煮堅魚「八斤五両」、堅魚煎汁は「一升」が一般である。樋口知志氏「二条大路木簡と古代の食料品貢進制度」（『木簡研究』十三、平成3年）によれば、木簡に見える重量記載は大斤・大両であり、令規定のそれは小斤・小両であって、右の量がすなわち賦役令に定める「堅魚卅五斤」「煮堅魚廿五斤」に相当するという。『令義解』雑令に「三両為大両一両」とあるとおり大斤・大両は小斤・小両と三対一の比率になる（堅魚煎汁の輸貢料は令の規定と合わない）。

ところで、伊豆国田方郡からは大伴部五百万呂によって「荒堅魚一斤十五両」が貢納されている。「荒堅魚」は「麁堅魚」に同じで「堅魚」と同一であること、前掲仁藤論文の指摘するところだが、同論は「荒」字の使用がおおむね天平十八年までで以後は「麁」字に移行することを指摘する。「一斤十五両」という表示方法について樋口前掲論文は、そこに付記される「五連六節」という員数が「十一斤十両」と記載される員数とさほど変わらないことを論拠に次のように推定した。

×連（烈）×節（丸）という記載はおそらく一一斤一〇両に纏められた乾しカツオ全体の員数の記載であり、一斤一五両というのはその大きな纏まりの中に含まれる小さな纏まりの重量であったとみる他ないように思われる。即ち、「一斤一五両」と記された付札は、一一斤一〇両の大きな纏まりの荷の中に含まれる小さな纏まりの荷毎に付けられていた付札であったのではなかろうか。

「一斤十五両」は通常の十一斤十両の六分の一にあたり、「連」は干しカツオ十個を紐で繋いだもの、「節」は端数にあたるカツオの個数であるという。この特殊な表示方法が田方郡棄妾郷にのみ見られることも興味を引くところで、樋口論文は棄妾郷より貢進されるカツオが他郷のものより「かなり大きめで、とくに粒選りのもの」であったとする。この識見を踏まえ仁藤論文は次のように述べている。

粒選りな堅魚を貢進した田方郡棄妾郷（現沼津市西浦木負付近）には「大伴部」が多く分布し、木簡の実例では五点ほどが確認される。とりわけ、他郷にはみられない「一斤十五両」という小分けされた記載がなされた木簡の全六例中四例が「大伴部」であることは無視できない。

仁藤論は田方郡に隣接する那賀郡より同じく「麁堅魚」を貢納した荷札木簡中に「郡司擬領外正七位上膳臣山守」の名が見えることを重視し、「令制前において膳臣—膳大伴部の関係による粒選りな荒堅魚貢進が行なわれていたことがほぼ確実となった」という。大伴部によるカツオ貢進の実例は、「膳大伴部」

とのかかわりにおいて氏文の叙述とも密接するところであり、かかる状況が本条の背後に広がっていると推察される。

ところで、兼好がカツオの生食習慣を見下していたのは有名だ。

鎌倉の海に、鰹といふ魚は、かの境にはさうなき物にて、此比もてなす物なり。それも、鎌倉の年寄りの申侍しは、「此魚、をのれらが若かりし世までは、はかばかしき人の前へ出づること侍らざりき。頭は下部も食はず、切りて捨て侍し物なり」と申き。かやうの物、世の末になれば、上ざまでも入立つわざにこそ侍なれ。（徒然草一一九段）

古代にあっても主要貢納地と都との距離を考慮すれば乾燥品・加工品を食するのが通例であったはずだが、氏文の記述は例外的に生食の習慣もあったことをうかがわせる。現に、点数は少ないものの「伊雑郷堅魚鮨」（『平城宮発掘調査出土木簡概報二二』）、「生堅魚」（『飛鳥・藤原宮発掘調査出土木簡出土例があり、前者は志摩国の贄の荷札かとする報告がある（渡邉晃宏氏「志摩国の贄と二条大路木簡」『続日本紀研究』三〇〇、平成8年）。都に近い地域から貢納されたごく新鮮なカツオが、特権的階級の食膳にのぼることはあったらしい。

『本朝食鑑』が「魚の性、易餒遇炎熱尚然」と記すように、総じてカツオは腐敗が進みやすい性質を持ち、江戸時代には毒性があると考えられていた。寛文七年刊『食物和歌本草』には、

かつほには　毒のあればぞ　人もえふ　殊に病者は　食せぬぞよき

の戯歌が載る。「中鰹者、如酲面赤頭眩身發紅暈。甚者吐瀉及気絶欲死」(『本朝食鑑』)の中毒症状を起こす場合があったらしい。もっとも、こうした注意喚起はカツオを好んで食べる階層の広さのあらわれでもある。天平九年六月二十六日太政官符に疫病流行に伴う治療法ならびに禁止事項を通達するなかで「若欲喫魚完、先能煎炙、然後可食」と加熱を義務づける一方、「乾鰒堅魚」の類だけは「煎否皆良」と非加熱を容認していた(『類聚宣符抄』巻第二疾疫)が、これはカツオが当時から適切に乾燥加工されていたことを示していよう。

ここまで述べてきて、生のカツオが年中食べられる時代に生きている喜びをしみじみ噛みしめたくなるが、それにしても万葉びとがこの魚を食べていたことは確実なのにその食文化に対して和歌が冷淡であるという事実に改めて思い至る。和歌と食との関係はどうやらそういうものらしいのである。

さて、今宵の膳上にもしカツオが並ぶことがあったら、のんびり歌など詠もうとはせず、箸を動かすことに専念しよう。

注1　眼前のナギ(ミズアオイ)を粗末で不味いものの代表として嫌悪しているかのようだが、一首は貧しい一般庶民による食生活の不満と願望の表明ではあるまい。「蒜」は出家者に摂食を禁じた「五辛」の一つ、鯛を食することももとより戒律に抵触するので、この歌は食を厳しく制限された仏教者の嘆きを

うたっているのだろう。あるいは第三者的視点から受戒仏教者への揶揄と憐れみを向かわせたものと解する余地もある。

2 宮城県鹽竈神社では毎年七月に行われる「藻塩焼神事」でそのような方法により荒塩を製している。

3 同じ語は集中にいま一例、「奈良山の小松が末のうれむぞは（有廉叙波）我が思ふ妹に逢はず止みなむ」（11・二四八七）があるだけで、語義不詳。『萬葉代匠記』に「語勢ヲ以テ推スルニ、ナンソ、イカンソナト云ニ同シク聞ユ」と説いたところを諸注ほぼ踏襲している。

4 延喜式ではアハビは多く「鰒」字を用いる。ただし主計寮では志摩国に限って「鮑」字が用いられる。

※万葉集歌の引用は原則として塙書房刊 CD-ROM 版萬葉集による。

※本稿は二〇一六年高岡万葉セミナー（8月28日）にて「万葉和歌と「食」」の題で講演した内容です。なお、「付高橋氏文とカツオ木簡」は上代文献を読む会編『高橋氏文注釈』所収「月令1－3〈影山担当〉」と重複する部分が大きいことをお断りします。

京の貴族邸宅と地方の国司館

——万葉の「住」について——

海野　聡

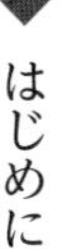

一　はじめに

奈良時代は変革の時代であり、中国から技術・物資・思想など多くのものが導入された。中央では、藤原京や平城京といった都城が整備され、宮殿・寺院・貴族邸宅などが集まった都市が形成された。同じく地方では、地方統括のために各国に国府が設けられた。この各国の国府には中央から貴族が国司として赴任し、その居住のための施設として国司館が造られた。これらの貴族住宅や国司館は万葉の貴族の住生活の一端を表しており、ここに建築史の観点から焦点を当てたい。

古代の住宅というと、平安貴族の住まいである寝殿造が思い浮ぶであろうが、『万葉集』の奈良時代はこれよりもさらに古く、寝殿造の成立以前である。ただし、奈良時代の貴族住宅で、現在も住宅として用いられている建物は一つも残っていない。平安時代の寝殿造の建物も同じである。

しかし、住宅建築を移築して寺院として利用しているもの、発掘された貴族の邸宅、貴族邸宅の移築に関する文書などが残っており、中央の貴族邸宅の様相が垣間見える。一方で地方には現存建築はもちろん、移築された建物もない。ただし近年、発掘によって国司館が発見され、徐々に地方の住生活も明らかになってきた。そして、『万葉集』から国司館において饗宴が行われたことが知られる。よって本論ではこれらの京の貴族邸宅と地方の国司館を通して、万葉の住生活について、その一端に触れてみたい。

 中央の住

—1　都の様相

都城の変遷

飛鳥時代には、宮殿は小墾田宮（おはりだのみや）・板葺宮（いたぶきのみや）・浄御原宮（きよみはらのみや）など、多くの天皇の宮殿が作られ、その場所も点々と移っていた。こうした状況が都城制に基づく都市の整備により、京の位置が基本的に一つの場所に定められた。都城制とは中国からもたらされた都市計画手法の一つで、東西方向（条）と南北方向の道路（坊）の道路を碁盤の目状に組み合わせることで、整然とした都市プランを形成する。中国と同じく、日本においてもこの都城制に基づいた都市が作られた(1)。ここで古代日本の都城の変遷を簡単に述べ

ておこう。

日本における初例は藤原京とされ、持統天皇八年（六九四）に藤原京に都を定め、ここに日本初の本格的な都城が築かれた。宮殿には中国的な礎石・瓦葺の建物が整備され、国家の威信を東アジアに示すものであった。しかしこの藤原京の時代も長くは続かず、その後、和銅三年（七一〇）には平城京に遷都し、ここに万葉の都・文化が花開いたのである。天平十二年（七四〇）平城京から恭仁京へ移り、この時に平城宮の中心建物である大極殿も移築された。その後、天平十六年（七四四）には難波京へ、同十七年（七四五）には近江国の紫香楽宮へと都を移したが、同年中に、再び平城京へ還都した。その後、長岡京に移る延暦三年（七八四）まで、この地に都が置かれた。そして同十三年（七九四）には平安京に居を移し、長く都として機能するのである（図1）。

平城京の構造

平城京は東西約4・3㎞、南北約4・8㎞の長方形の区画で、東に張りだしを持つ形状をしている。平城京の中央には南北方向にメインストリートである朱雀大路が通り、その北端に平城宮が位置する（図2）。さらに平城京の東方には、張り出し部が設けられ、興福寺・元興寺などが置かれた。このほかにも京内には薬師寺・大安寺などの諸大寺が建立され、奈良時代の後半には平城京外の東方に東大寺が造られた。また平城京の南側には東西の市が置かれ、流通の中心として重要な役割を果たしていた。

さて平城京は都城制に則して造られたグリッド都市で、10本の条（東西道路）と8本の坊（南北道路）の直行する条坊（じょうぼう）道路によって骨格が構成されている。東西方向は一条北大路・一条南大路・二条大路〜九条大路、南北道路は朱雀大路を中心に、東一坊大路から東四坊大路、西一坊大路から西四坊大路である。そして左京の張り出し部分では、東七坊大路まで設けられた。

この条坊道路に四辺を囲まれた区画を坪（つぼ）といい、一辺約四〇〇尺（約一二〇m）四方の正方形に近い形状をしている。厳密にいうと、平城京の場合、接する道路によって敷地面

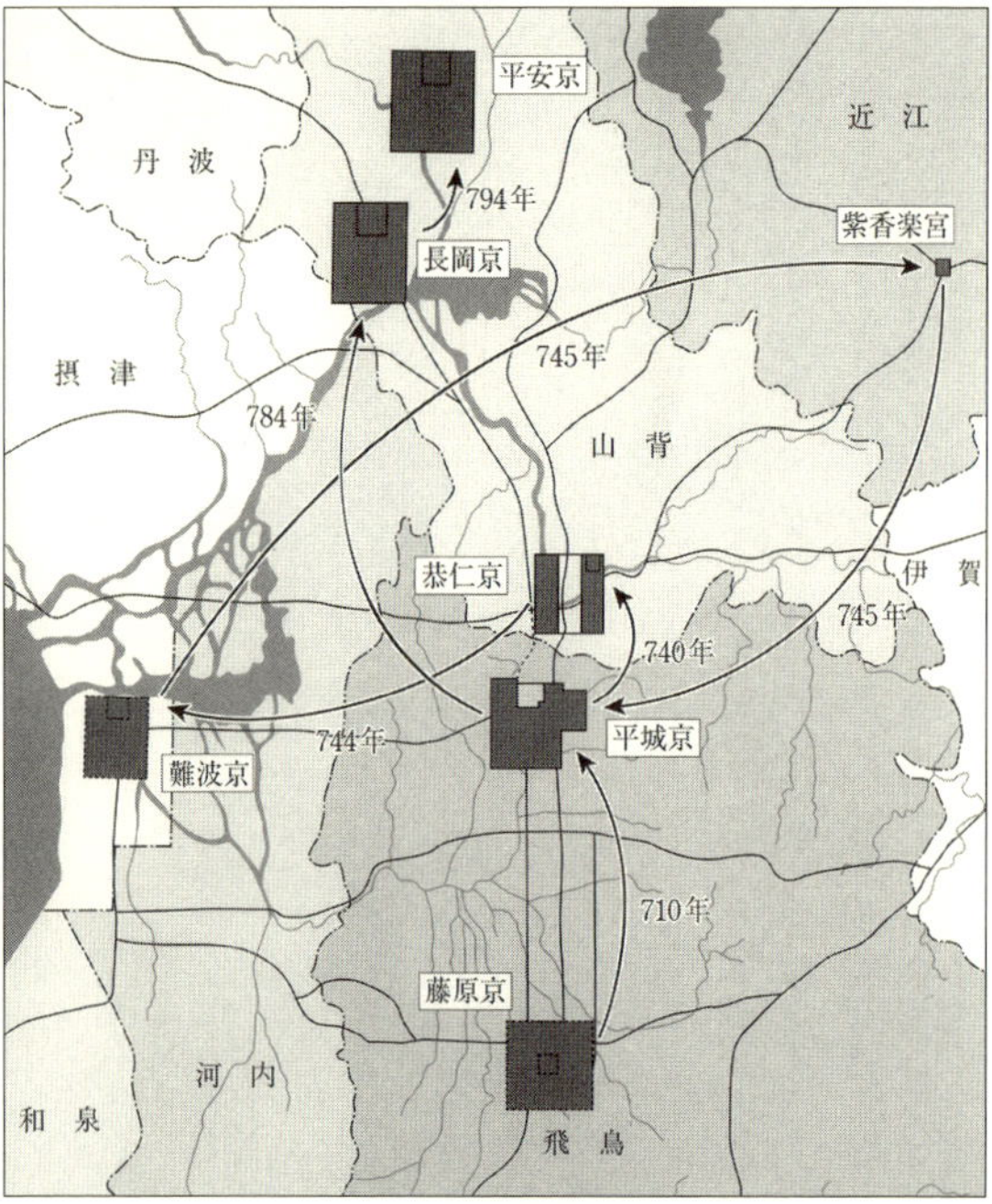

図1　都城の変遷

積が削られるため、大きい道（大路）に面している部分は狭くなっており、各坪の大きさはまちまちであった[2]。ともあれ、この坪が平城京の基本単位であったのである。この坪は朱雀大路に近い側から、図3のように、一坪から十六坪の順に並ぶ。

貴族邸宅の宅地の大きさ

では貴族邸宅の宅地の規模はどの程度であったのであろうか。実はこの宅地の規模は貴族の身分や家族の数によって定められていた。

都城の成立以前には、おそらく皇族以外の人々の居住施設は宮殿周辺にはなく、多くの氏族も自身の本拠地から通っていたと推定されている。これが都城という都市を造営する

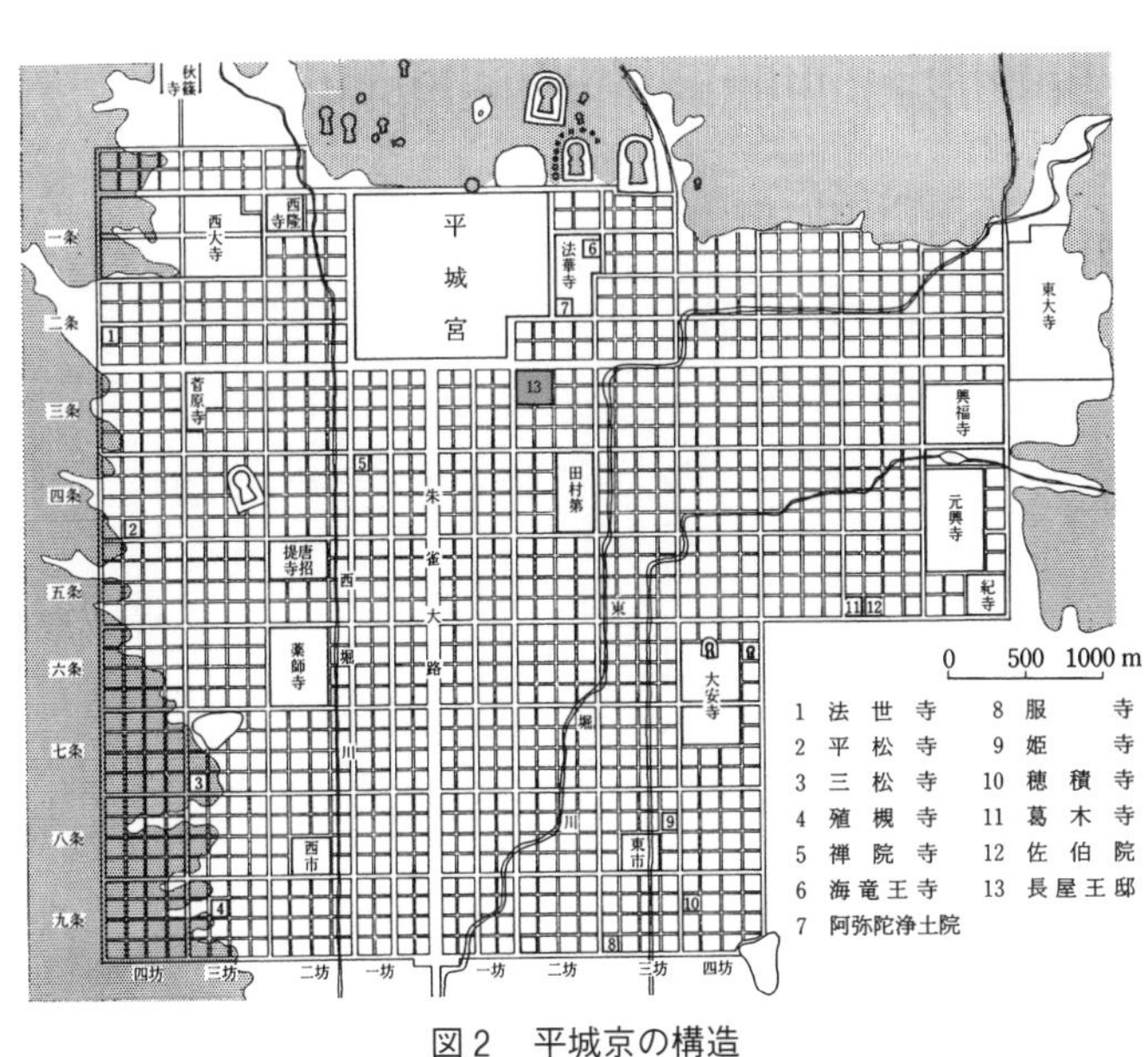

図2　平城京の構造

にあたり、集住の必要性が出てきたため、宅地班給が行われた。すなわち、宅地班給は都城という都市生活を行うにあたって、初めて必要になった制度なのである。なおこの宅地班給の制度は都城制度の手本である中国では行われておらず、日本独自のものとされる。

日本初の都城である藤原京の宅地班給は次の『日本書紀』持統天皇五年（六九一）十二月乙巳条から窺うことができる。

> 詔曰、賜右大臣宅地四町。直広弐以上二町。大参以下一町。勤以下至無位、随其戸口。其上戸一町、中戸半町、下戸四分之一。王等亦准此。

これによると、右大臣の4町を筆頭に身分に応じて宅地が小さくなり、最も下の下戸は1／4町と定められた。右大臣と下戸の宅地の大きさを比べると、16倍の差があったのである。とはいえ、藤原京の1町は道路の心々距離で四五丈（約一三五m）四方であるから[3]、最も小さい下戸でも約

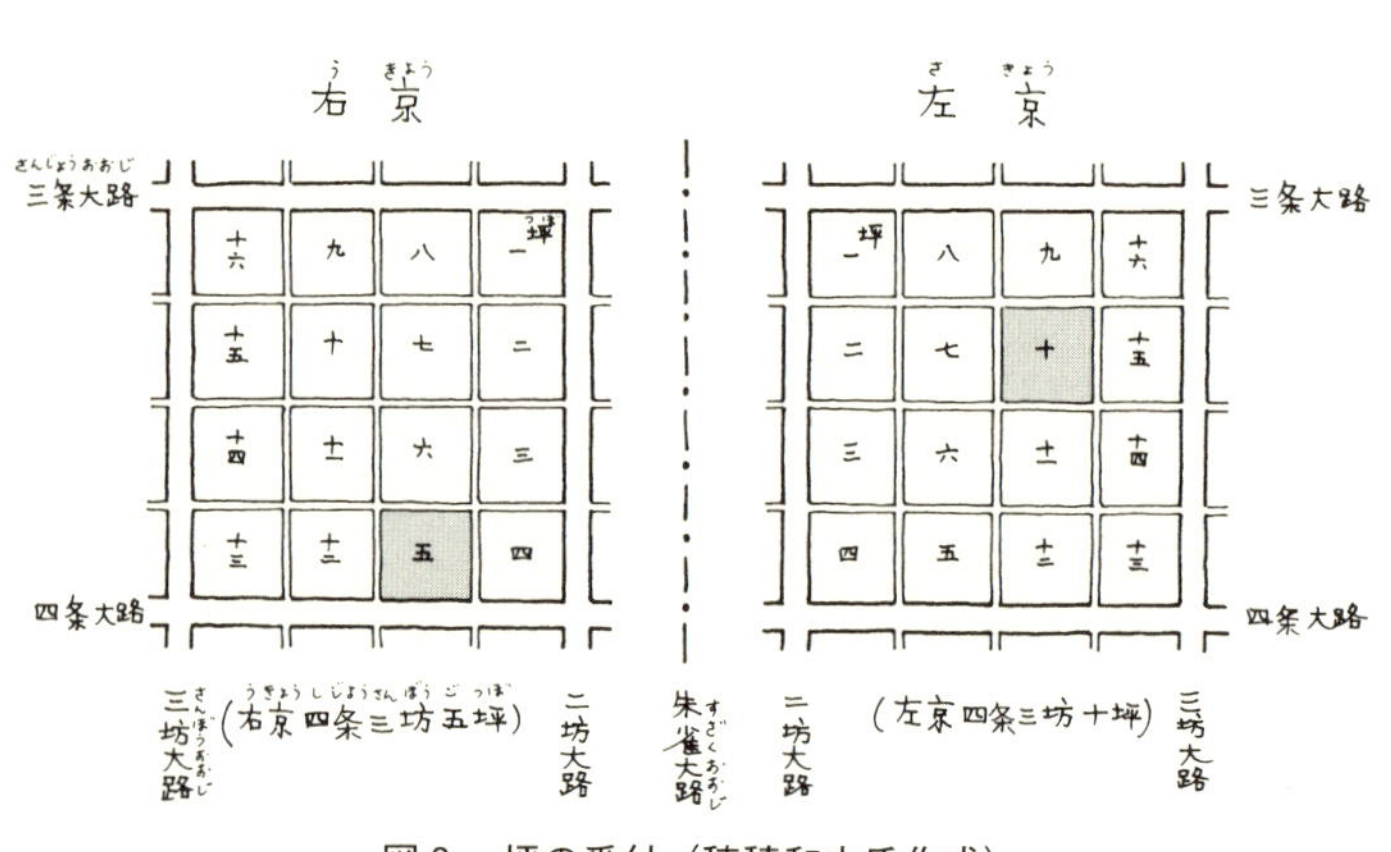

図3　坪の番付（穂積和夫氏作成）

四五〇〇㎡もの大きさである。

　平城京の宅地班給については、これを直接、示す文書は残っていないが、奈良時代の官人の生活は厳しかったようで、宅地を質に入れており、ここから平城京の宅地の状況がわかる。これによると、最大の規模の1町を筆頭に、1／2町、1／4町、1／8町、1／16町、1／32町と規模が小さくなる（図4）。藤原京の時代よりも格差が広がり、32倍もの差があった。さらに、発掘調査による宅地の規模をみると、宮殿に近い地域では規模が大きく、離れるにつれて小さくなる。つまり、宮殿に近いほど、身分の高い人物の宅地であったことが知られる。

　いずれにせよ、都城の形成の開始とともに、多くの貴族・僧尼・民衆らの集住が始まり、都市生活の必要性が生じたのである。また七世紀後半は律令制度という中国の枠組みを導入した時代で、身分制度が一層、

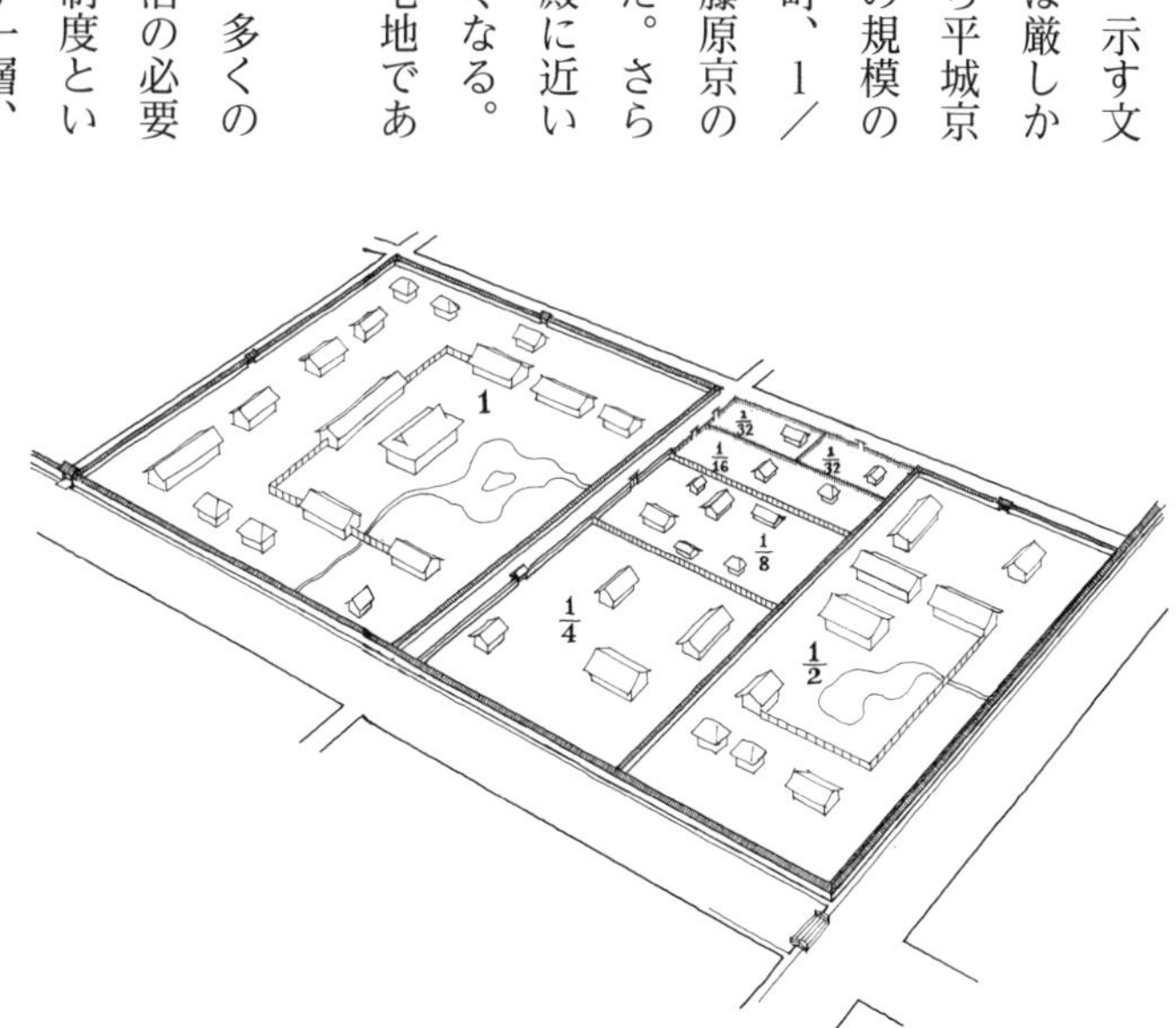

図4　貴族邸宅の宅地班給の規模（穂積和夫氏作成）

明確化した時期であった。これらが相まって、宅地班給という都市集住と身分制度の密接な関係が生まれたのである。

—2　都の貴族邸宅

寝殿造と奈良時代の貴族邸宅

貴族邸宅というと、やはり寝殿造がまず頭に思い浮かぼう。もちろん、寝殿造は平安時代の貴族邸宅で、奈良時代の建物とは異なる形式の邸宅であるが、奈良時代の貴族邸宅の系譜を受け継いでおり、貴族邸宅というものの理解には欠くことのできないポイントである。ここで寝殿造の基本的な構成を示しておきたい。

寝殿造は敷地の北半と南半で大きく様相が異なる。北半の中心には、主要建物である寝殿を置き、その両脇には対屋を配す。寝殿の南方には白砂の広場を設けるが、ここは寝殿や両脇の対屋（たいのや）・渡殿（わたどの）などによって囲まれている。これらを渡殿で連結することで、邸宅の居住部分を構成する。また敷地の南半には苑池（えんち）や築山（つきやま）を配し、自然景観を持ち込んだ庭園を形成する。さらに対屋から南に延びた池の上には月見・花見などに用いる釣殿（つりどの）を配している。

奈良時代の貴族邸宅の詳細は次節以降で詳しく述べることとするが、平城京という都城自体、東アジアとの交流や蝦夷・隼人等の辺境の人々との接遇の観点から、荘厳が求められた。そのため、都城の景観を保つために、『続日本紀』神亀元年（七二四）十一月甲子（八日）条によると、貴族や庶民の家に対して、瓦を葺き、柱に丹（赤色）を塗ることが奨励された。奈良時代には基本的に貴族邸宅であっても檜皮葺や板葺の多かったため、瓦葺・朱塗りという宮殿や寺院と同じような建物で都の景観を整えようとしたのである。しかしながら、この記述だけでは貴族邸宅の実態はよくわからない。この解明の参考になるものには、以下のものがある。

先に述べたように、現存する貴族邸宅がないが、寺院に移築されたものがある。法隆寺伝法堂がそれである。法隆寺伝法堂は橘夫人の邸宅にあった建物を仏堂に転用したもので、解体修理による痕跡調査から、移築前の貴族邸宅としての様相が明らかになっている。そして発掘遺構では奈良時代前半の有力皇族の一人、長屋王の邸宅の発掘を取り上げたい。同じく奈良時代に権勢をふるった藤原豊成の建物も移築に関する文書から復元考察が可能である。ここではこれらの発掘遺構・現存建築・文書を通して、中央の貴族邸宅の様相を見ていこう。

長屋王邸

まずはここで話にあげる邸宅の主、長屋王について、述べておこう。長屋王は天武天皇の皇子、高市皇子を父にもち、皇親として嫡流に近い立場にあった。さらに、藤原氏の繁栄の基礎を作り上げた藤原不比等の娘を妻とした。養老四年（七二〇）の不比等の死の際には、不比等の息子である藤原四兄弟（武智麻呂・房前・宇合・麻呂）は若く、長屋王は皇族代表として、政界を主導する立場にあり、その後、神亀元年（七二四）の聖武天皇即位の日には、官位は左大臣正二位まで昇り詰めた。

こうした状況は藤原四兄弟にとって、不愉快なもので、世に知られる長屋王の変が起こる。これは神亀六年（七二九）の出来事で、「長屋王が密かに左道を学びて、国家を傾けんと欲す」という密告により、長屋王邸は藤原宇合らの六衛府の軍勢に取り囲まれ、長屋王は服毒自殺に追い込まれた。

この奈良時代の第一級の貴族邸宅である長屋王の邸宅が発掘調査により、明らかになったのである。それでは平城京内における長屋王邸の位置を見てみよう。長屋王邸は左京三条二坊に位置する（図2の13）。この場所は平城宮の南東の目と鼻の先であり、平城京内でも一等地である。さらに宅地の規模をみると、破格の規模であることが分かる。通常の貴族の宅地の規模は、先述のように、最大でも1町と推定されているが、長屋王邸は4町の規模を誇る。発掘調査によって、この左京三条二坊一・二・七・八坪の敷地利用の変遷が明らかになった。

発掘調査から奈良時代の間に大きく5回の変遷が確認できる[4]。それぞれA～Eの時期に分けられており、奈良時代前半のA・Bの2時期が長屋王邸として用いられた時期である（図5）。この時期を中心に見ていこう。

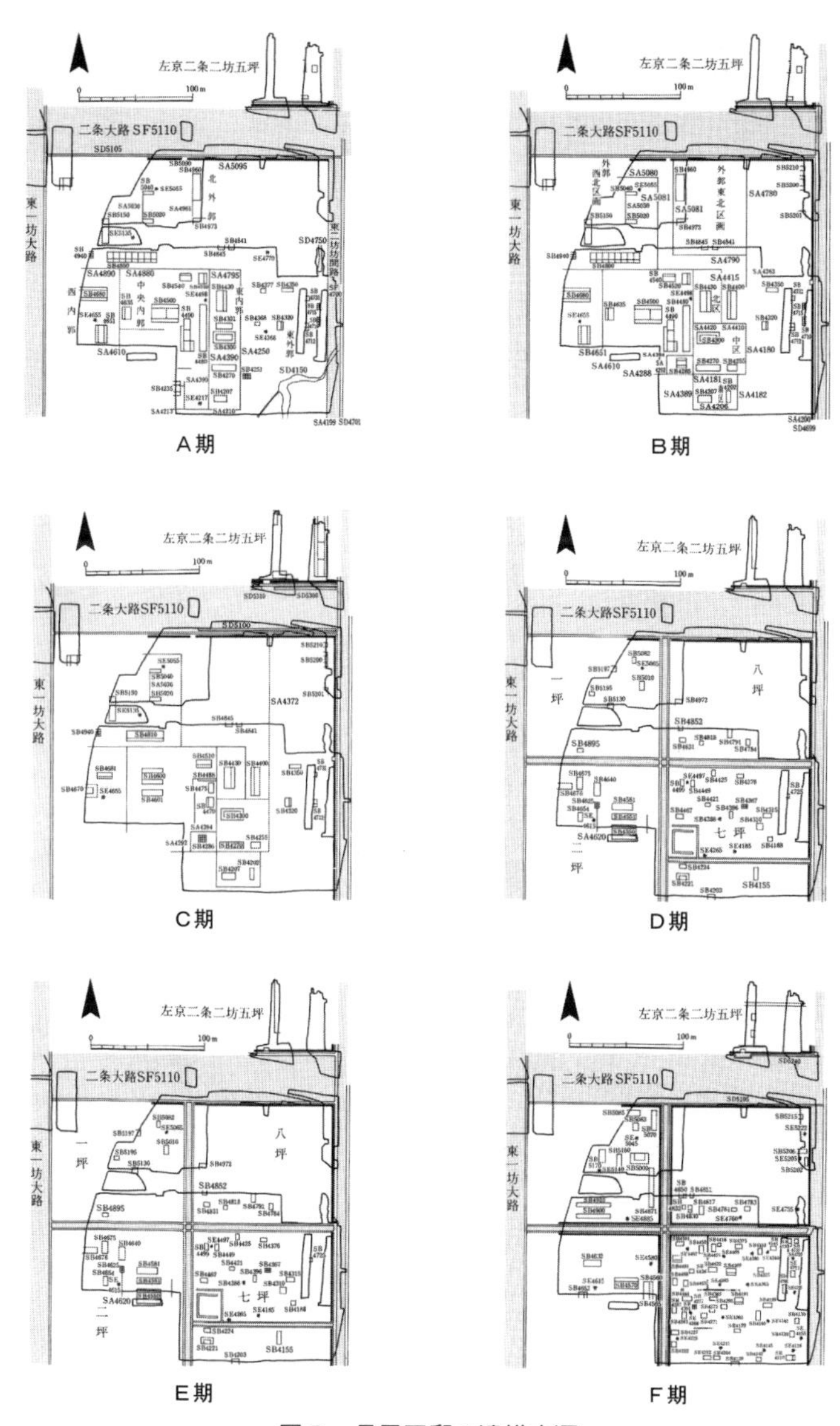

図5　長屋王邸の遺構変遷

A期は4町を一つの敷地として利用しており、東西約二五〇m、南北約二五〇mの規模である。敷地の北限は二条大路に接しており、ここには築地塀SA4199が設けられた。敷地内は大きく3つに分かれており、中心部に内郭、その東に東外郭、北に北外郭が設けられた。内郭はさらに中央内郭・東内郭・西内郭の3つに区切られる。中央内郭の正殿SB4500は桁行7間、梁行3間の身舎の南北に廂が付いた構造で、その南東に脇殿を並べる（図6・7）。

さて、この長屋王邸であるが、『万葉集』にも建物の様子が記されている。

はだすすき　尾花逆葺き　黒木もち　造れる室は　万代までに　（巻八・一六三七）

元正太上天皇が長屋王の新宅を訪れた際の歌で、通常

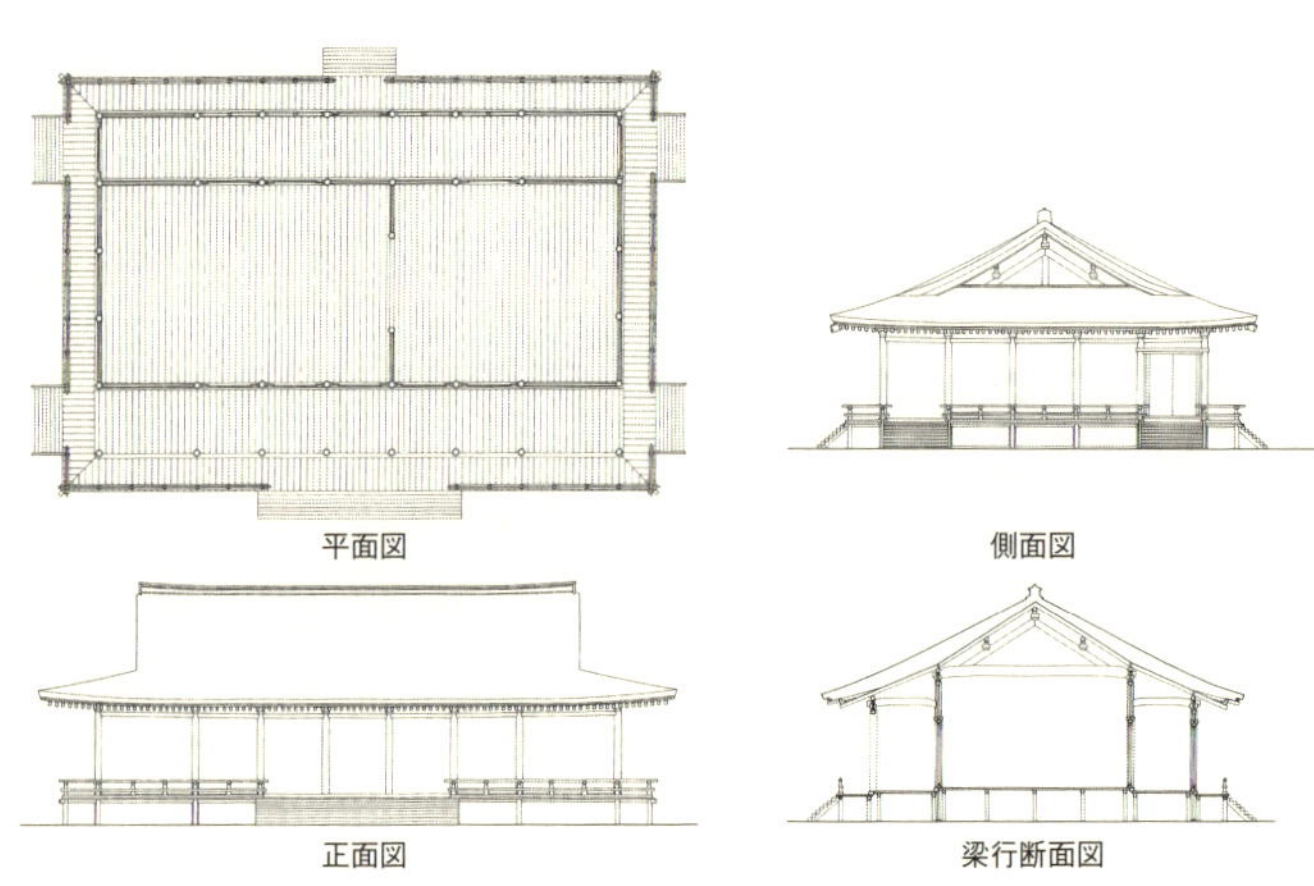

図6　長屋王邸宅 SB4500 模型復元図

図7　長屋王邸の復元模型

の草葺とは逆に葺き、黒木（皮付）で造った家を褒めたたえる歌である。一風変わった葺き方や面皮付きの柱など、奈良時代の宮殿とは異なる数寄屋風の建物が好まれたことを示している。

法隆寺伝法堂前身建物

法隆寺伝法堂は東院伽藍の講堂で、天平宝字五年（七六一）以前に創立された。現在は切妻造、本瓦葺で、二重虹梁蟇股の架構で、床張りの建物である。通常、奈良時代の仏堂は床を張らないため、この伝法堂の床張りは特異である。

天平宝字八年（七六二）の「法隆寺東院資財帳」によると、この建物は橘夫人宅を奉納したものであることが知られ、解体修理を通して、改造の変遷が明らかにされ（図8）、この橘夫人宅の頃の姿が復原されている（図9）。現在の伝法堂は桁行7間であるが、移築前は5間で、現在と同じく床張りの建物で、平側には縁が付いていた。[5] 奈良時代の仏堂は床を張らないため、この床張りは貴族住宅の特異な点と言えよう。そして、3間を壁・扉で囲み、それ以外には柱間装置を入れず、吹放しとし、さらにその前方には簀子敷きの部分が設けられた。また屋根も檜皮葺で、垂木も伝法堂の二軒とは異なり、一軒であったという。屋根の架構は伝法堂と同じで、大陸の形式を取り入れていた。

もちろん、この伝法堂前身建物が奈良時代の貴族住宅の代表例とはいい難いが、開放的な空間と閉鎖的な空間の組み合わせ、土間とはせずに、床を張った建築の構成は日本的であり、一方で、架構は仏堂

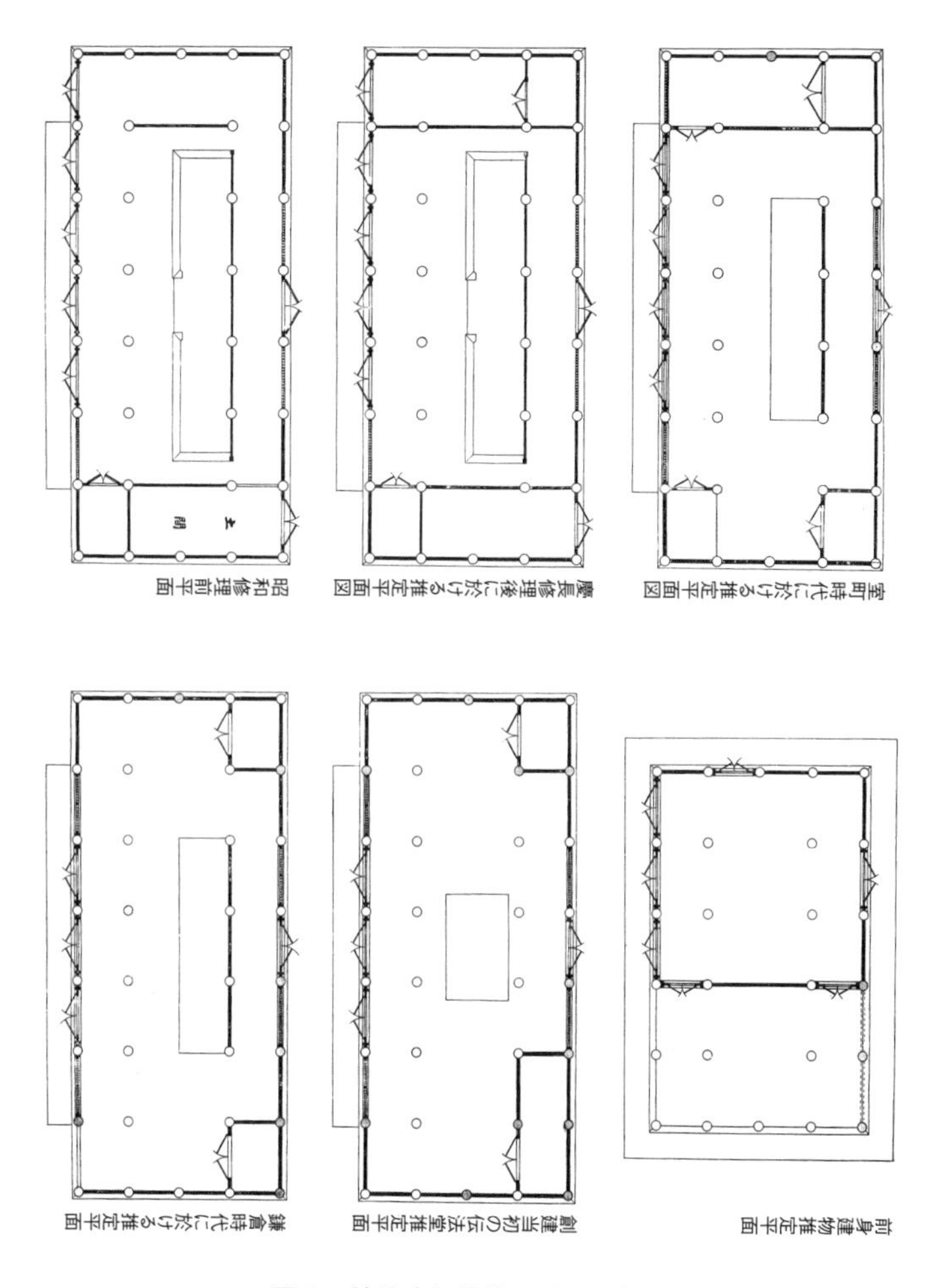

図８　法隆寺伝法堂の平面の変遷
『法隆寺國寶保存工事報告書　第八冊』から転載

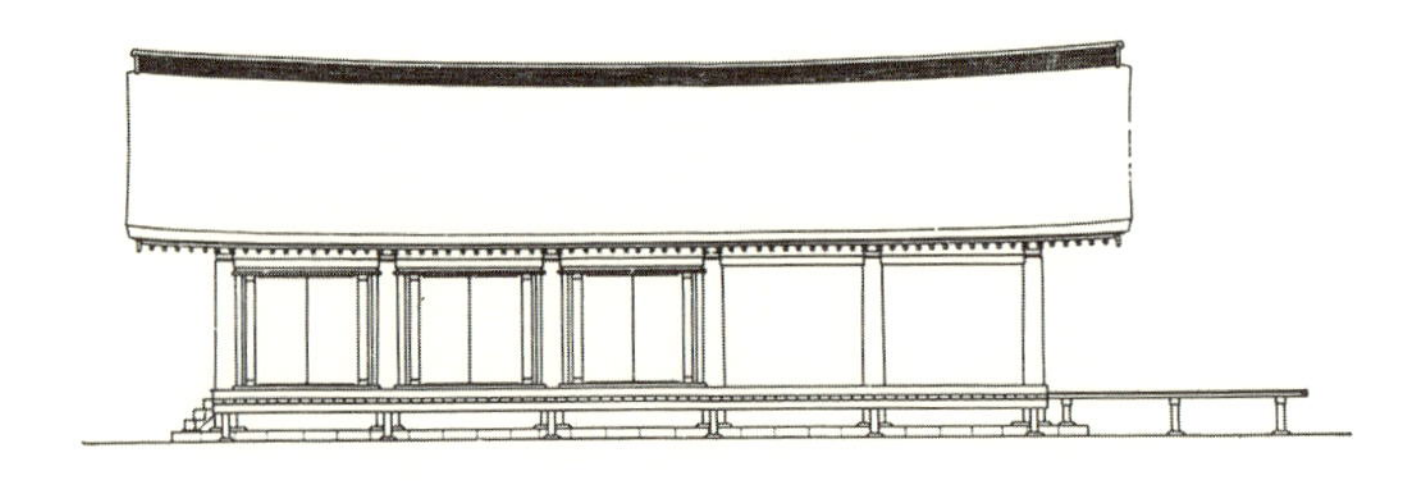

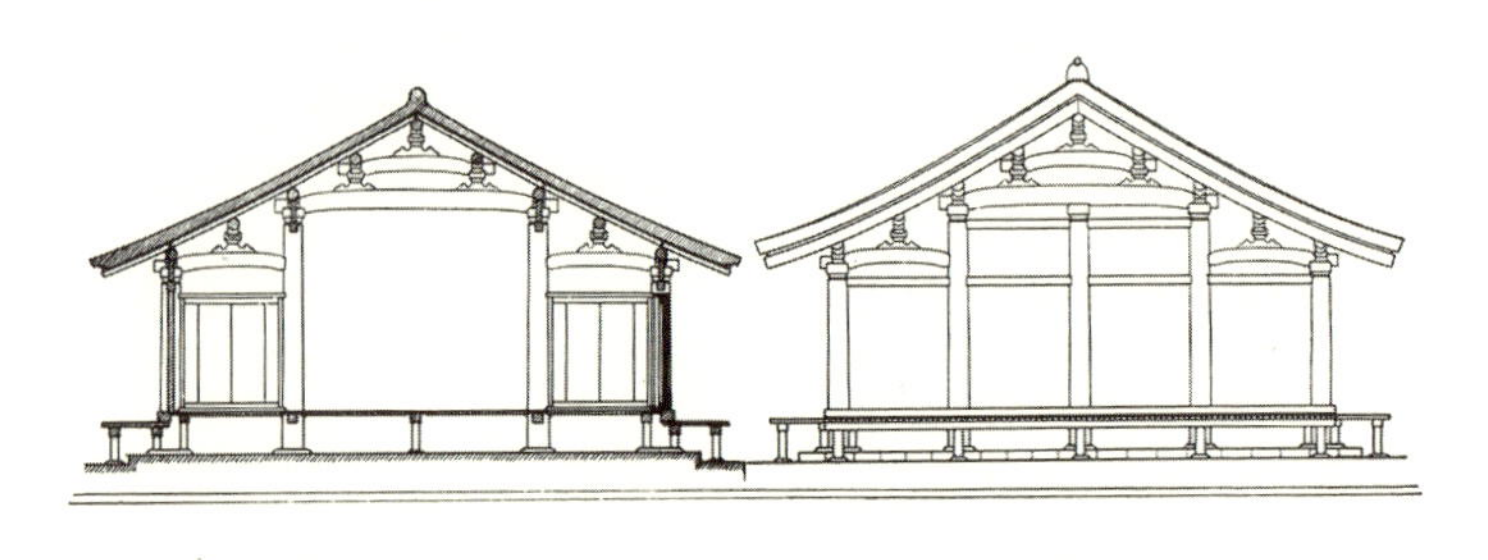

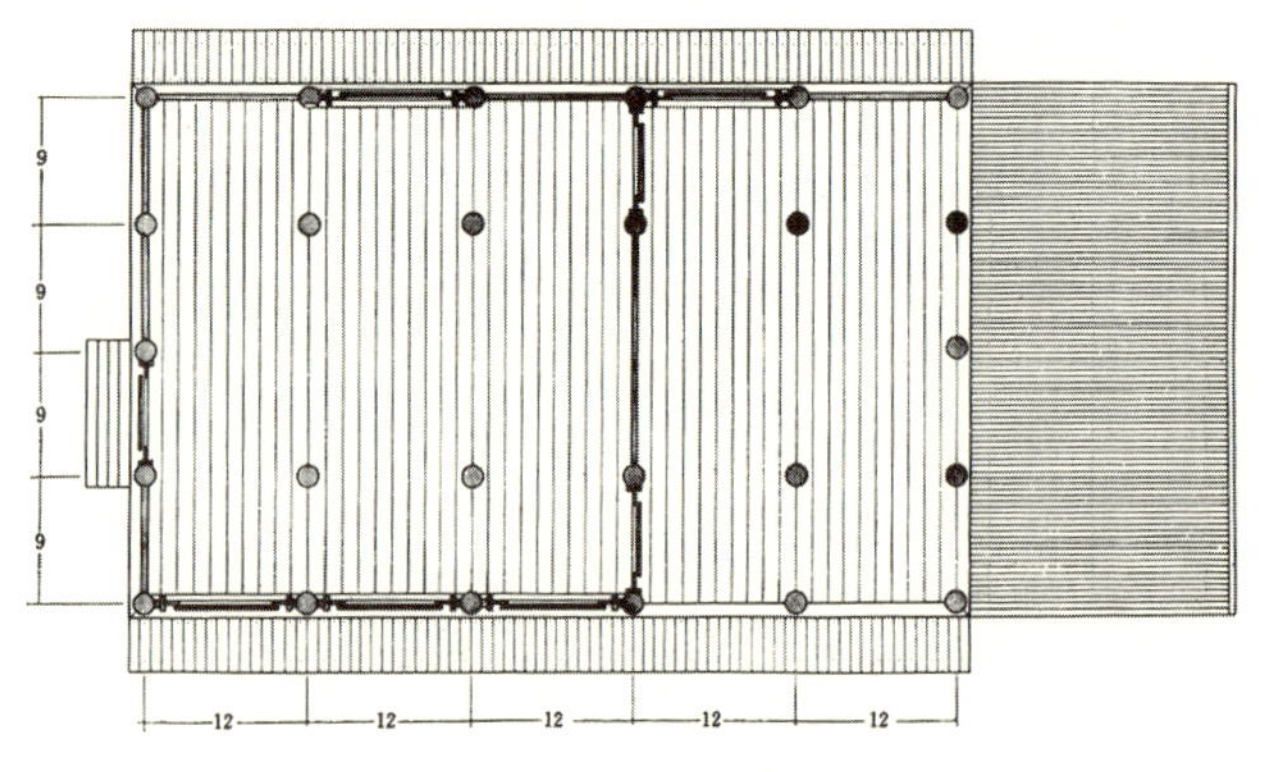

図９　法隆寺伝法堂前身建物

と同じく、大陸の形式を取り入れていたのである。

藤原豊成板殿

さて貴族住宅については、文献史料から知られるものに藤原豊成板殿(いたどの)というものがある。紫香楽に都が置かれたことは先に述べたとおりであるが、この都に建てられた藤原豊成の邸宅がここで取り上げる藤原豊成板殿である。

この藤原豊成の邸宅も、紫香楽から都が移ると売却されて、一部の建物(板殿)は石山寺(いしやまでら)に買い取られ、食堂(じきどう)とされた。この移築の際にともなって、部材名や数が文書に残っており、これより当初の形が復元できるのである。(6) 部材も組み合わせ方で、多少異なる案も考えられようが、関野克による復元案を取り上げ、奈良時代の最上級貴族の邸宅の一端を見てみよう。

さて、この住居の主、藤原豊成は大宝四年(七〇四)生まれの貴族で、祖父は藤原不比等、父は藤原武智麻呂で、まさに藤原氏そのものとも言うべき人物であった。奈良時代前半には若くして藤原氏を率いる立場の人物であった。また弟は藤原仲麻呂である。

さて藤原豊成板殿をみると、規模は桁行5間、梁行(はりゆき)3間で、板敷の床が張られ、四周に縁が回り、両平側に広い吹放しが取りつく。正面中央三間と背面一間は扉、背面左右に連子窓(れんじまど)、その他は壁とする。床板は10㎝以上の厚いものであったので、屋根も同じく厚板を張ったものである(図10・11)。さらに小

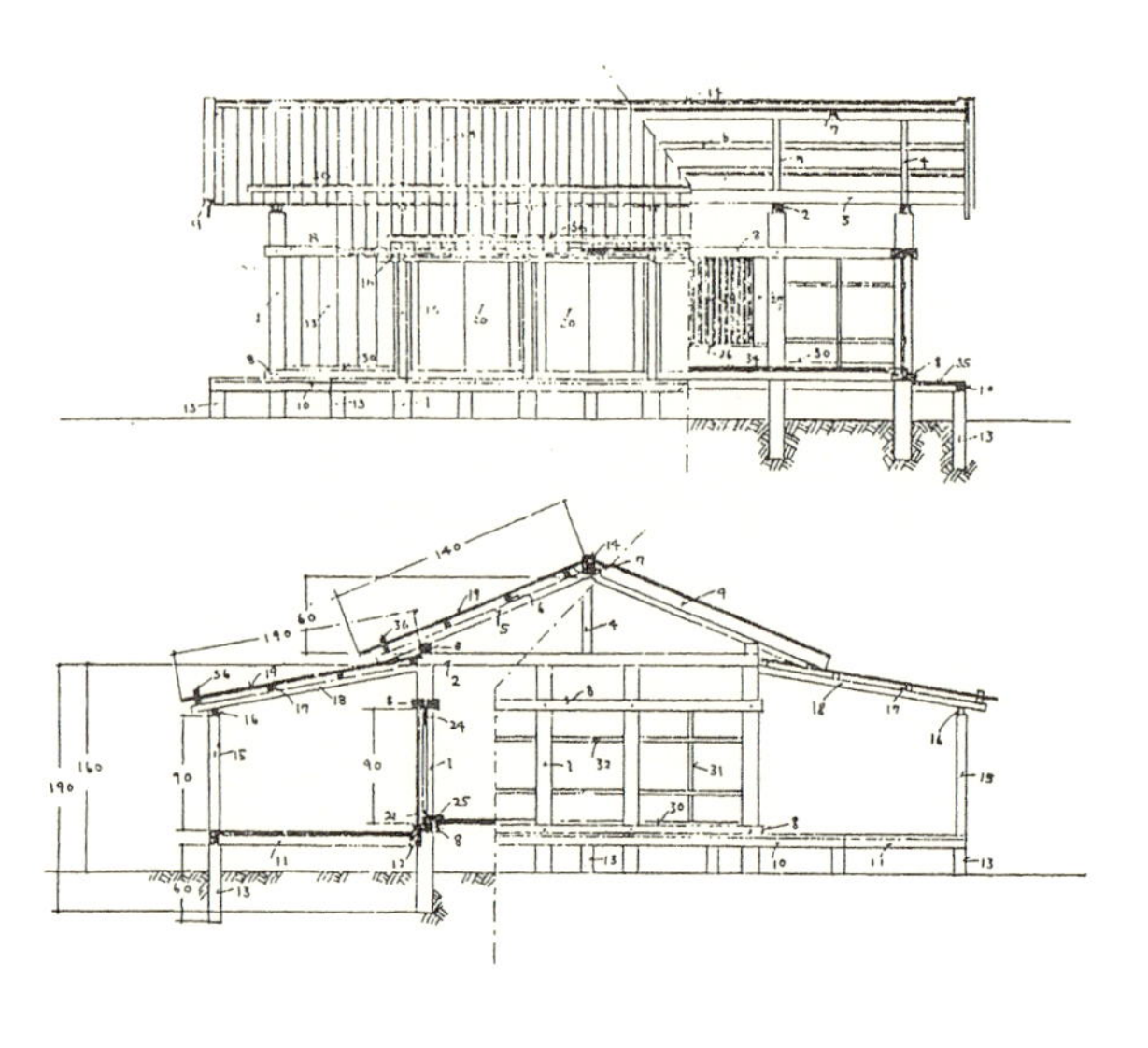

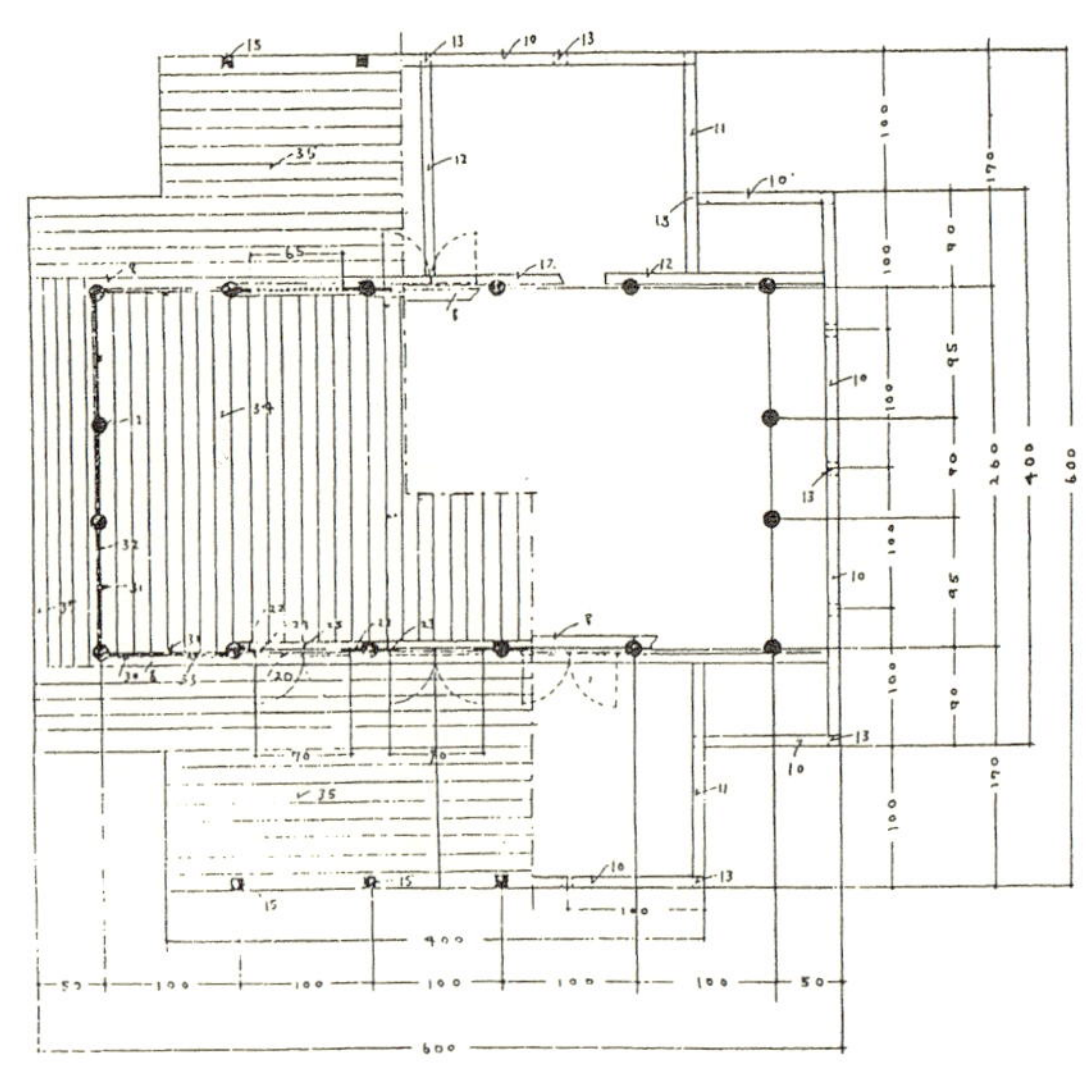

図10　藤原豊成板殿立面図・断面図・平面図

屋組は妻では束、内部は梁上に組み合わせた扠首(さす)とする。法隆寺伝法堂前身建物とは異なり、大陸的な形式は扉周りに限定的にみられるのに対し、それ以外の部分は古墳時代以来の構法とみられる。特に床張りや縁といった構成は両者に共通しており、奈良時代の貴族邸宅の大きな特徴の一つであろう。

貴族邸宅の様相

さて以上のように、長屋王邸・法隆寺伝法堂前身建物・藤原豊成板殿の事例を見てきた。この少ない事例より奈良時代の貴族邸宅の全容を語るのは憚られるが、いくつか、その特徴を述べたい。まず、奈良時代の寺院建築・宮殿建築の中枢部は礎石建・瓦葺・朱塗り・土間という構成であった。これに対して、貴族邸宅は掘立柱(ほったてばしら)・檜皮葺・

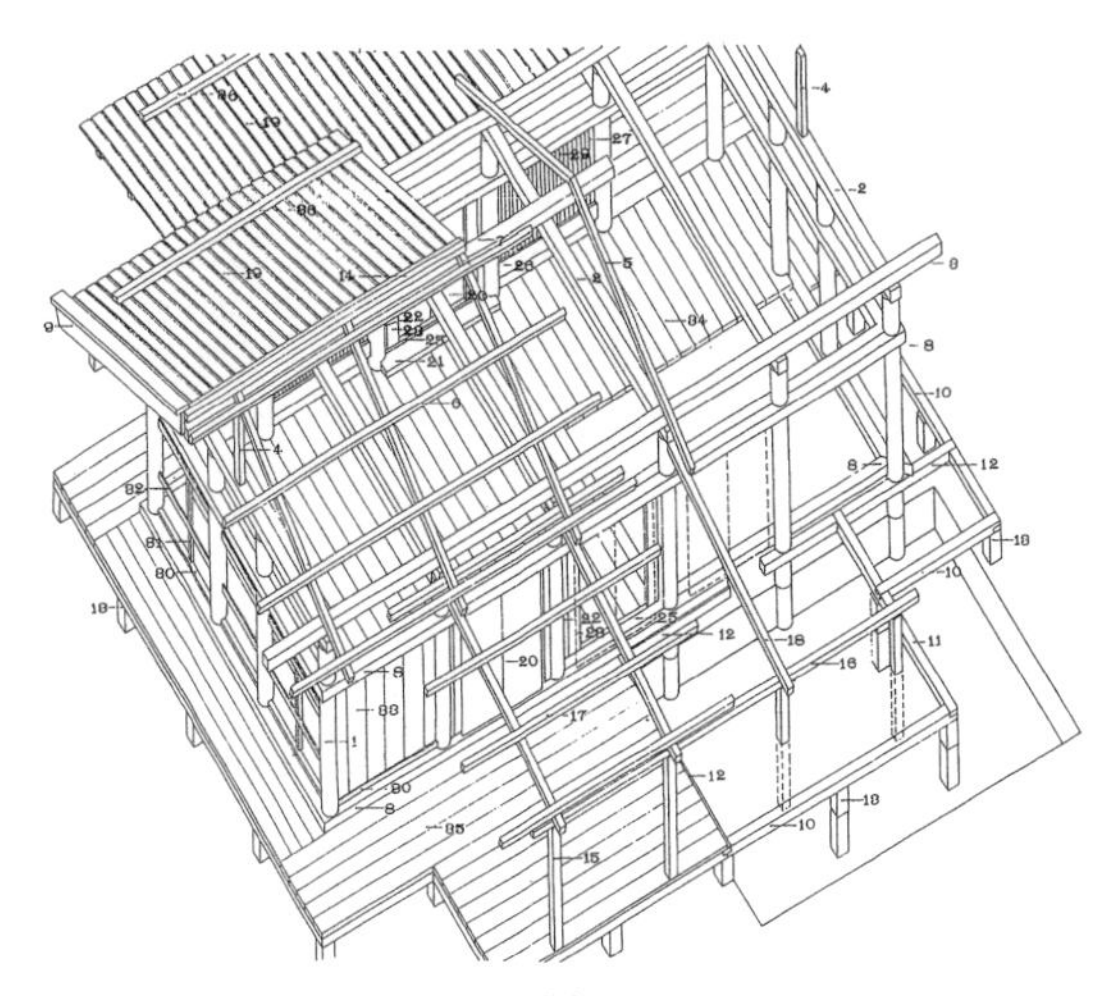

図11　藤原豊成板殿アクソメ図

白木（しらき）・板敷という構成が見て取れる。

掘立柱という点については、長屋王邸・藤原豊成板殿のいずれも掘立柱である。本稿では紹介しなかったが、発掘調査によると、住居とみられる遺跡では、中心建物であってもほとんどが掘立柱であり、この傾向は一致する。瓦葺や朱塗りは、上記の事例からは明確にはわからないが、推奨はされたものの、実際には普及するには至っていなかったと推察される。実際に貴族住宅の推定地からは瓦の出土は寺院や宮殿に比べて少ない。また板敷という点も3例のいずれにも共通する特徴である。これは日本の床上で生活するというスタイルに基づくもので、大陸とは異なる独自性が強く表出した部分である。

二　地方の住

二―1　地方の行政単位

国と郡

さて、地方の住を語るにあたって、古代の地方の行政単位を述べておく必要があろう。各国には国司が中央から派遣され、地方を統治していた。国司は行政・司法・軍事・祭祀を掌っており、まさに地方統治の要であった。特に奈良時代は新たな国造りの最中であり、律令制度の各地方への浸透が国司に課せられた重要な課題であった。そして中央の威信を示す建物・インフラの整備も律令制の波及を形として表出したものなのである。

これに対し、郡はさらに下部の組織である里を統括し、正税を徴収する実務を担っていた。そのため、郡を統括する郡司は在地豪族から選ばれた。地方統治において、状況を知る在地豪族が適任であったのである。

国府と郡衙

各国の中心部には国府がおかれ、地方の中核都市として機能していた。国府には政治・行政機関である国衙があり、その中枢は儀式や饗宴を行う国庁であった。また国庁周辺には国衙の行政実務を行うための曹司が展開していた。また国衙の給食に関わる厨屋も置かれた。さらに交易を支える国府市や国府津などが点在していた。また特定地域の祭神を集めて祀った総社や奈良時代中期以降には、国府周辺には国分寺が造られ、まさに律令的な地方都市が形成されたのである。なお一定の方形地割や方位に基づいた計画性は見られるが、いわゆる条坊に相当するような明確な都市設計がなされていたと明言することはできない[7]。ただし、国府には国衙の役人のほか、官営工房を支える傜丁や国府に詰めた軍団兵士など、数多くの人々が集住しており、都市を形成していた。

同様に、各郡には、やはり政治・行政機関である郡衙が置かれ、その中枢は郡庁であった。ただし、統治者が在地豪族であるように、郡家は在地的要素が強く、国府とは様相が異なる。特に徴税する役目を担う郡家では、正税（米）を収納する正倉を数多く備えていた。本論では言及しないが、この正倉の実態については、「越中国官倉納穀交替記」に詳しく、正倉の規模や貯蔵の目的が知られる。発掘遺構や木簡から実務を行う曹司的な施設や工房などの存在も窺われ、宿泊施設である館や食膳準備や食料・食器の調達管理のための厨家などの施設も設けられたようである。国府に比べると、郡衙の様相は在地色の強い構成である。

―2　国司館の様相

国司館

さて国司が中央から地方に赴任したことは先に述べたとおりである。国の等級により異なるが、国の長官である守は従五位～六位の位階であり、五位以上の官人はまさに貴族といえる。そのため地方において、国司の宿舎として、国司館が建設された。

国司の発掘遺構は、陸奥・下野・武蔵・三河・筑後の例など、わずかである。ここでは特に発掘成果の大きい下野と武蔵の事例を取り上げたい。

下野国では、国庁の南方において掘立柱塀で区画された地区より、「介」や「介館」と記された墨書土

器が出土している。この墨書土器の出土は国司館と推定する重要な手がかりであった。この介館では、八世紀の後半から十世紀初頭まで、4期の変遷が確認できる（図12・13）。

東西約七十m、南北約一〇〇mの敷地を掘立柱で囲い、南面には八脚門を備える。内部では、東西に並列する2棟の南北棟の片廂建物を中心として、その背後に三面廂建物など、複数の建物が建ち並ぶ。比較的、高度な地割の上に建設されており、整然とした建物配置である。

この国司館の変遷では興味深い点がある。それは2棟並べる中枢建物や囲繞施設がほぼ同位置・同規模で建て替えられている点である。これには天平十年（七三八）五月二十八日付の太政官符（『類聚三代格』所収）が関係しており、この太政官符では、国司が旧館を使用せずに、新造していることを問題視し、これを禁じた[8]。下野国では、期間に比して建て替えが少なく、大規模な改修・新築を行わずに、これを遵守したと推察される。

次に武蔵国の例を見ると、推定国庁の西方における発掘調査において「館」と書かれた墨書土器が出土し、これにより、当地が国司館であることが明らかになった（図14）。国司館の正殿とみられるSB5は東西棟の桁行5間、梁行4間の身舎に四面廂が付いた構造である（図15）。これと直行して脇殿に相当するとみられるSB7が南北棟で建つ。このほか、付属施設とみられる小規模な掘立柱建物や竪穴建物がある（図16）。後述のように、政務を行うに相応しい空間を国司館は備えていたのである。

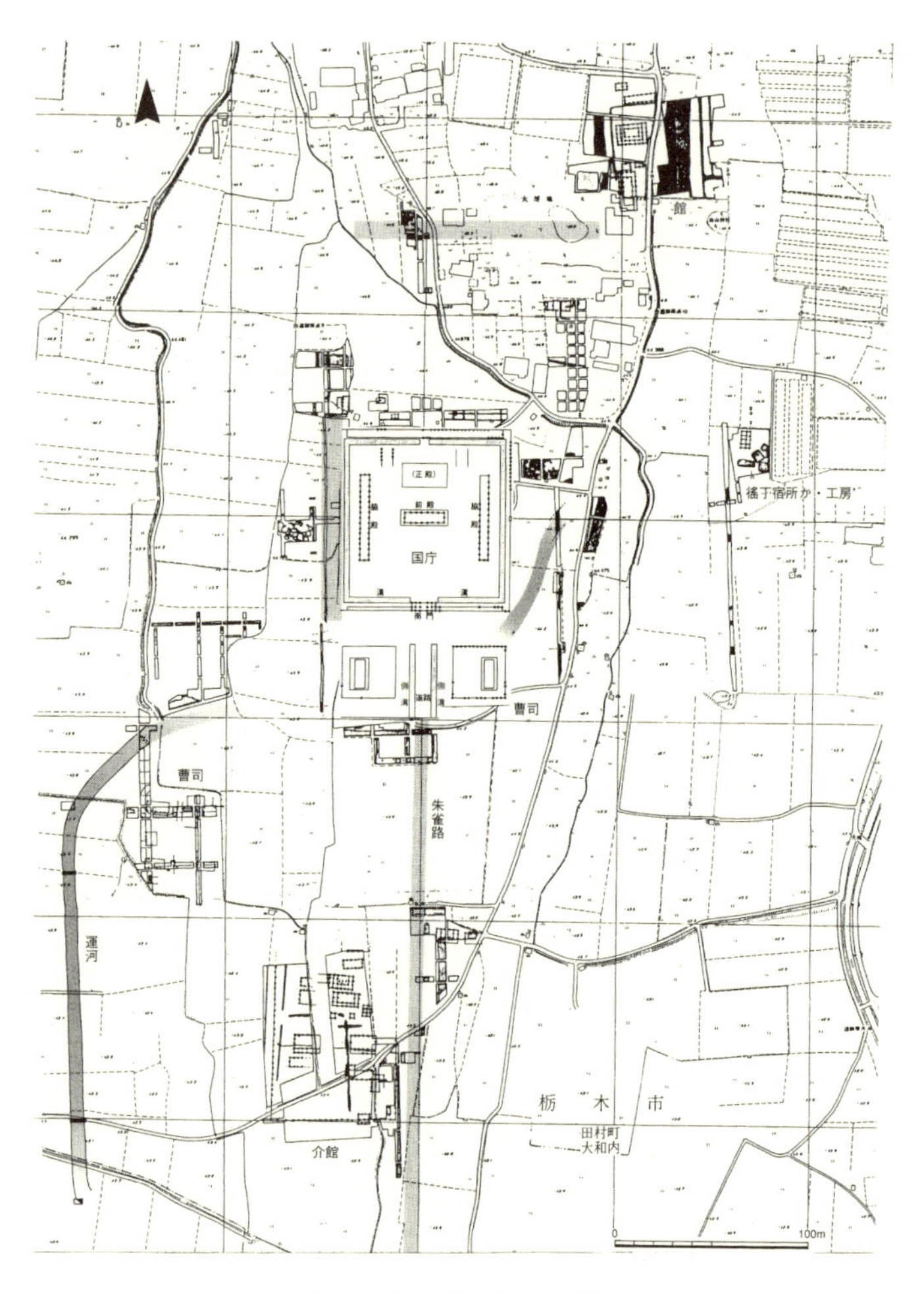

図12　下野国府遺構配置図

国司館の特徴

さて、多様な国司館の構成であるが、一定の共通点が推定できる。まずは方一町近くの院を構成した宅地である。もう一点は、廂付建物があるという点である。この時代の地方では、ほとんどの建物が無廂の建物であるため[9]、これらの廂付建物は格式の高い施設として位置づけられる。このほかにも廂付建物の前面の広場や付属屋など複数の施設などで構成される。これらの構成も国司館の高い格式を示している。

また前述の新造が禁止されたにもかかわらず、国司の交替とともに、建て替えや改造も多く行われたようで、『続日本紀』天平十五年（七四三）五月二十八日条

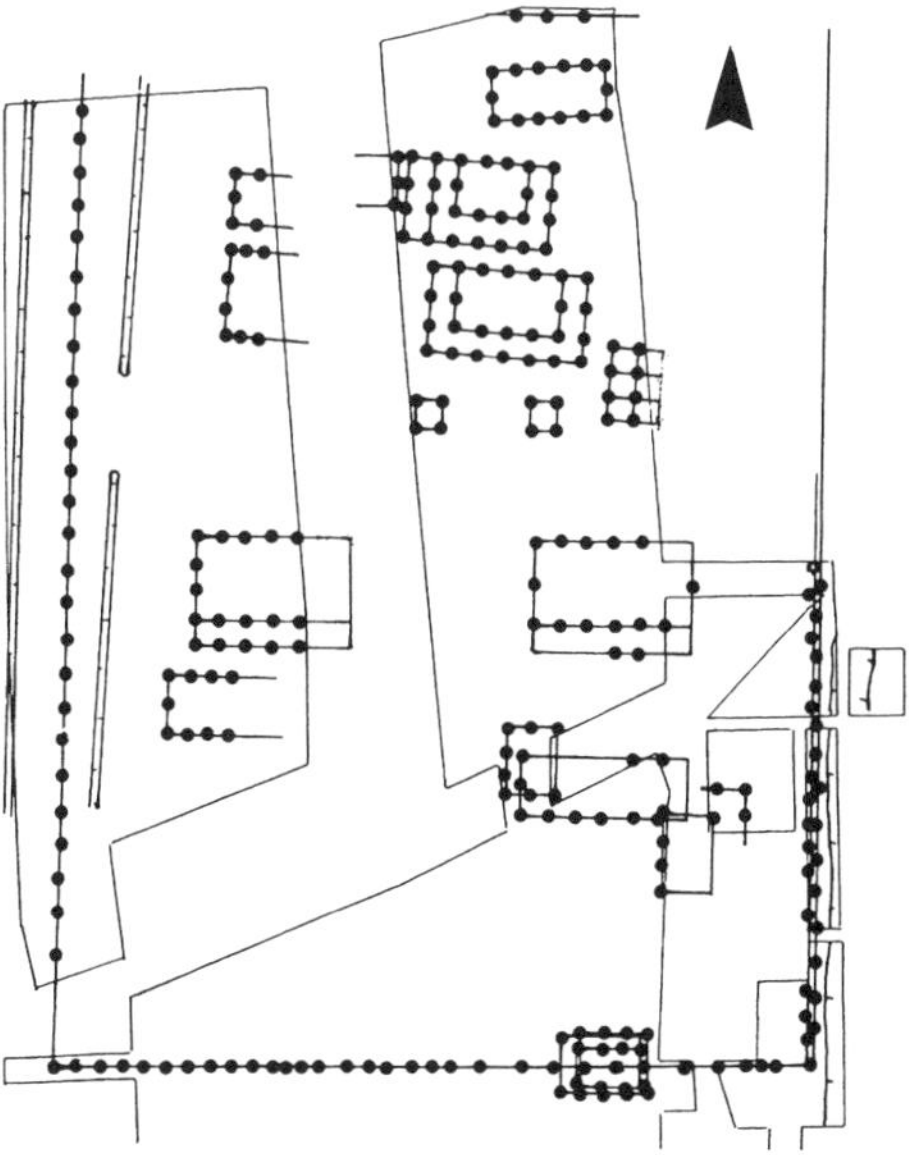

図13　下野国国司館の遺構平面図

図14　「大館」と記された土器

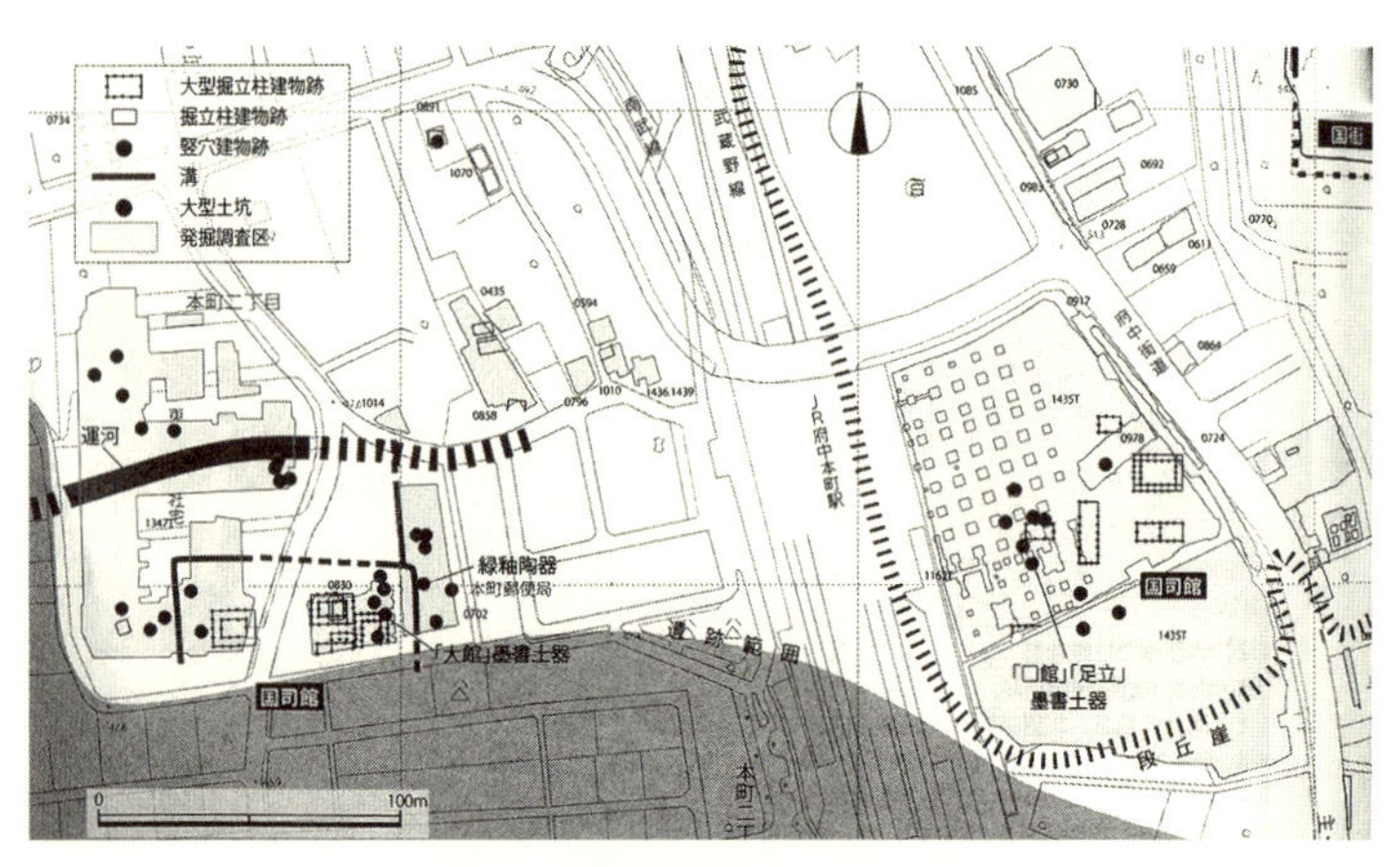

図15　武蔵国国司館の遺構平面図

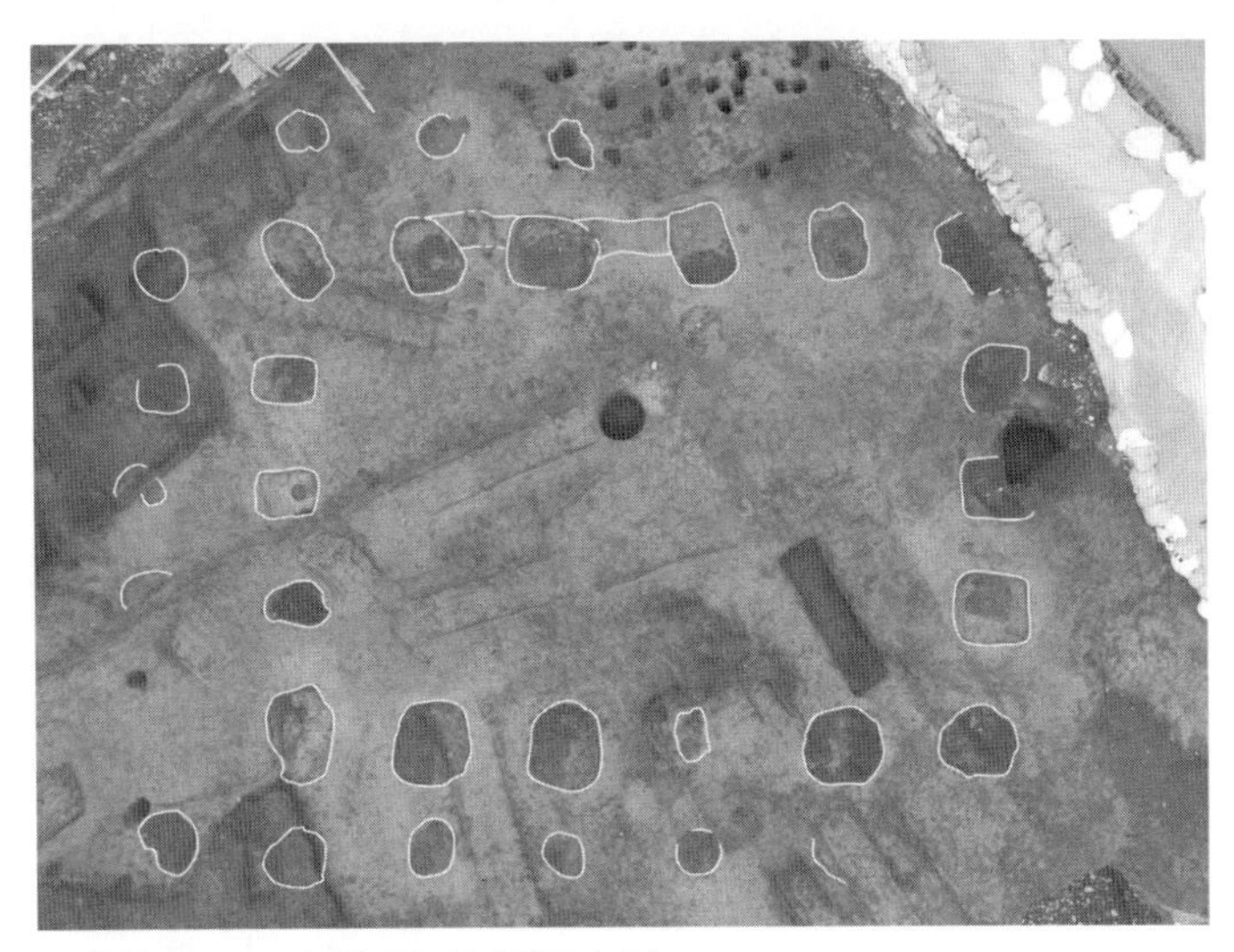

国司館主屋ＳＢ５全景写真（上空真上から）

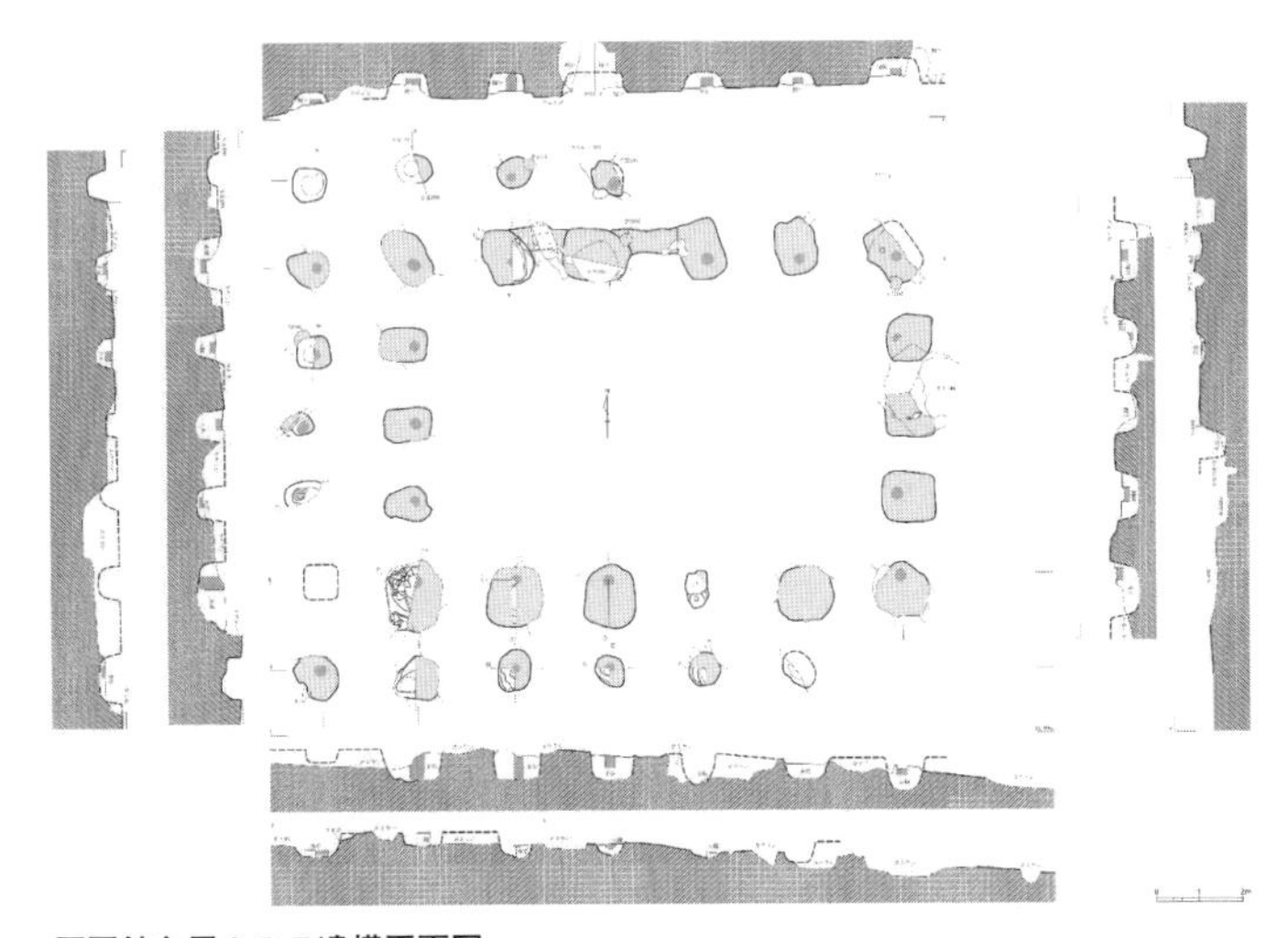

国司館主屋ＳＢ５遺構平面図

図16　武蔵国国司館の遺構平面図

や弘仁五年（八一四）六月二十三日付の太政官符（『類聚三代格』所収）にあるように、国司に対し、旧館に住まずに新館を造営することを禁止している。

このように、国司館は地方では珍しい廂付建物も多く、中央の栄華の一端を地方で感じることのできる場であったのである。『続日本紀』天平宝字五年（七六一）八月癸丑朔（一日）条によると、美作介が自らの国司館にて印を押したことが問題となっており、実態としては、国司館で一定の政務が執り行われていたようである。さらに『朝野群載』「国務条々事」によると、新任国司の着任の際に、国司館において印鎰の受領が行われた。このように国司館は宿舎としてのみではなく、政務の一部を行う場として機能していたのである。

―3　在地との交流

『万葉集』にみる大伴家持の越中国赴任時の在地との交流をみていきたい。大伴氏は大和朝廷以来の武門の家であり、大伴家持は八世紀中頃～後半にかけて活躍した貴族である。天平十年（七三八）に内舎人、同十七年（七四五）に従五位下に叙せられた。そして天平十八年（七四六）三月には宮内少輔、同年六月に越中守に任ぜられ、天平勝宝三年（七五一）まで赴任していた。最終的に延暦二年（七八三）には中納言の職を賜っている。この業績以上に、大伴家持は『万葉集』を編纂した歌人の一人として有

名であり、特に越中国守としての赴任中には二二三首もの歌を詠んでいる。この『万葉集』の越中国に関する詠歌には、歓迎と送別の宴や親睦のための宴におけるものがあり、ここから越中国における居館の住生活の一部を検討してみたい。

まずは歓迎の宴について、見ていこう。天平十八年（七四六）に大伴家持が越中国に赴任し、八月七日に国司館で初めて開かれた歓迎の宴が開かれたことがわかる。

また天平二十年（七四八）三月二十三日には左大臣橘諸兄の使者として越中にやって来た田辺福麻呂を歓迎するために、国守の館で宴が行われた（四〇三二番）。同年三月二十六日には久米広縄の館で、田辺福麻呂をもてなす宴を開催している。（四〇五二～四〇五五番）さらに天平二十年四月一日にも、同じく久米広縄の館で宴を開いている。そこには遊行女婦土師も同席していたようである（四〇六六番ほか）。

天平二十年に朝集使となって上京していた久米広縄が、天平感宝元年（七四九）閏五月二十七日に帰任したので、大伴家持の国司館で詩酒の宴会を開いた（四一一六番ほか）。

このように、歌人として知られる大伴家持という点を考慮する必要があるが、国司館において、詩酒の宴が開催されていた。その形状は明らかではないが、まさに地方における文化サロンとして、国司館が機能していたのである。

次に送別の宴を見ていこう。

天平十九年（七四七）四月二十日付では秦八千島の居館で、送り出す餞別の宴（三九八九番）を開いており、同年四月二十六日大伴池主の居館で、餞別の宴を催し（三九九五番）、同日、大伴家持の国司館においても宴を開催していた（三九九九番）。

久米広縄が正税帳を持って上京することになったので、天平勝宝三年（七五一）二月二日に、大伴家持の国司館に集まって宴を催した。越中の土地がらとして、梅の花や柳の綿毛は三月になってやっと咲き始めることが注に記される（四二三八番）。

また大伴家持が大帳使を兼ねて、天平勝宝三年（七五一）八月五日に上京することになった。そこで八月四日に、越中国庁の厨房で作った料理を内蔵縄麻呂の館に用意して開いた送別の宴を催した（四二五〇番）。ここでは特に国庁の厨で料理を作り、そこから宴のために料理を運ぶという様子が窺える。

天平勝宝三年（七五一）八月五日の早朝には、射水郡の大領（郡司）安努君広島が大伴家持のために送別の宴を開催しており、ここに内蔵縄麻呂や大伴家持が参加していた（四二五一番）。これは送別の宴ではあるが、国司と郡司の密接な交流を示しており、一つの親睦の饗宴とも位置づけられる。

これらの国司館における饗宴については、同じように、『土佐日記』にも、国司交替の際に国守の館で送別の饗宴が行われた様子が記されている。これを裏付けるように、国司館と推定される遺跡では供膳形態の土師器や青磁などの土器が多数出土している。

このほか、親睦のために開かれたとみられる宴もある。一つは国庁の官人同士の親睦、もう一つは在地の諸郡司との交流である。

天平感宝元年（七四九）五月九日に、国庁の役人たちが少目秦石竹の居館で宴会を開いた。大伴家持もこれに参加した。その際には、主人が百合の花縵を三枚作り、高坏に重ね置き、客人に贈呈した。各人がこの縵を詠んで作った（四〇八六～四〇八八番）。

天平勝宝二年（七五〇）正月二日に、国庁において、諸郡司らと宴を開いている（四一三六番）。国庁という非常に特別な場で饗宴を開いているのである。同様の饗宴は天平勝宝三年（七五一）正月二日にも確認でき、この時は諸郡司を対象としたものではないが、大伴家持の国司館で宴会を開いたが、この時には雪が多く降って、4尺積もった（四二二九番）。

これは中央において、正月に内裏や朝堂院で、親睦儀礼あるいは服属儀礼を目的として饗宴を行ったものに対応するもので、こうした中央の儀礼行為が地方においても実施されていたことを示しており、律令制度の浸透と地方支配という国司の目的を体現したものである。

天平勝宝二年（七五〇）正月五日に、久米広縄の館で宴を開いた時に大伴家持が歌を作っている（四一三七番）。直接、この宴会に相当する儀礼は中央では確認できないが、元旦付近の宴会と同じく、親睦儀礼の一つと考えられる。同様の宴会は天平勝宝三年（七五一）正月三日の内蔵縄麻呂の館においても開催されている。

このほか、特に注目に値するものは天平勝宝二年（七五〇）三月三日の宴で、大伴家持の国司館で、上巳節会の宴を開いている（四一五一番）。上巳節会の宴は中央においては、曲水の宴として庭園において水の流れを利用して、杯を流して、自分の前を通り過ぎる前に詩歌を詠むものである。曲水の宴は節会の中でも特に中央の栄華を示すもので、池や遣り水などを備えた庭園が必要である。そのため、越中国の国司館において、こうした宴を開くことができるインフラが整っていたと推察されるのである。

庭園に関しては、次の天平勝宝二年（七五〇）三月一日の歌にも情報が窺える（四一三九・四一四〇番）。春の夕方の庭園の桃とすももの花を眺めて作る二首の歌で、大伴家持の作である。庭園には桃とすももが植えられていたことがわかり、文化施設として庭園が機能していたことを示している。

秦八千島の館の宴席における歌（三九五六番）では、奈呉の海人が釣りをする舟の様子を詠んでいる。「右館之客屋居望蒼海」とあり、ここからは海を望むことができたことがわかり、少なくとも、秦八千島の邸宅においては、居館の客間から海の景観を意識した設計がなされていたことが窺える。

これらの親睦儀礼の饗宴は正月や上巳節会における饗宴など、中央における饗宴と共通する点も多く、特に貴族社会の交流が中央だけではなく、地方に持ち込まれていたことを示している。これらの饗宴を行うためには、その場所や準備などの施設・人員など、多くのインフラや体制が必要である。越中国の大伴家持を取り巻く在地との交流についても、中央の儀礼を模倣することで、奈良時代の地方支配の根幹である「律令」の地方への浸透という側面を有していたのであろう。同じく、居館の様子を窺う情報も多く、発掘調査成果の少ない国司館において、当時の建物を知る一つの要素となろう。

おわりに

現存建築・発掘遺構・文献史料の豊富な寺院に比べて、奈良時代の住宅に関する研究は十分に進んでいないといってもよい。しかし、奈良時代は仏教の盛隆した時代であるとともに、貴族を中心とした万葉文化が花開いた時代でもある。

本論でもふれたように、奈良時代の貴族邸宅では饗宴や漢詩の歌謡などが執り行われ、いわば文化サロンのような機能も持っていた。平安時代に成熟する、いわゆる国風文化の素養を育んだ背景は奈良時代にあり、日本の文化を語るうえで、奈良時代の貴族邸宅は避けては通れないテーマなのである。ここで記した内容は、その一端に過ぎないが、奈良時代の開放的な貴族邸宅・位階に縛られた宅地の制限・地方赴任に伴った国司館の建設など、平安時代以降の住宅に大きな影響を与える基礎が奈良時代に生まれていたといえよう。

注1　小澤毅（二〇〇三）ほか。
2　『国史大辞典』都城制（とじょうせい）の項。
3　岸俊男（一九八八）、小澤毅（二〇〇三）ほか。

4　奈良国立文化財研究所（一九九五）。
5　浅野清（一九六九）。
6　関野克（一九三六・一九三七）。
7　山中敏史（二〇〇四）。
8　海野（二〇一五）にて、この史料について、検討しているが、これは国司館の更新と維持管理を問題とした内容で、その造営には百姓が使役させられたことがわかる。
9　山中敏史（二〇〇七）。

【参考文献】

・浅野清「伝法堂ならびに前身建物の平面に関する研究」『奈良時代建築の研究』中央公論美術出版（一九六九年）。
・海野聡『奈良時代建築の造営体制と維持管理』吉川弘文館（二〇一五年）。
・小澤毅『日本古代宮都構造の研究』青木書店（二〇〇三年）。
・岸俊男『日本古代宮都の研究』岩波書店（一九八八年）。
・関野克「在信楽藤原豊成板殿復原考」『建築学会論文集』3、（一九三六年）。
・関野克「在信楽藤原豊成板殿考」『寶雲』第20冊、（一九三七年）。
・奈良国立文化財研究所『平城京左京二条二坊・三条二坊発掘調査報告―長屋王邸・藤原麻呂邸の調査　―本文編・図版編』奈良国立文化財研究所（一九九五年）。
・奈良文化財研究所『古代の官衙遺跡』Ⅱ遺物・遺跡篇（二〇〇四年）。

・山中敏史『古代地方官衙遺跡の研究』塙書房（一九九四年）。
・山中敏史「国府の空間構成」『古代の官衙遺跡』Ⅱ遺物・遺跡篇（二〇〇四年）。
・山中敏史『古代官衙の造営技術に関する考古学的研究』31頁独立行政法人文化財研究所奈良文化財研究所（二〇〇七年）（平成15～平成18年度科学研究費補助金基盤研究（B）研究成果報告書、課題番号15320114）。
・府中市郷土の森博物館『よみがえる古代武蔵国府』府中市郷土の森博物館ブックレット17（二〇一六年）

図版出典

図1・図2：奈良文化財研究所資料
図3・4：宮本長二郎『平城京：古代の都市計画と建築』草思社（一九八六年）
図5：奈良国立文化財研究所編『平城京　長屋王邸宅と木簡』吉川弘文館（一九九一年）
図6：『平城京左京二条二坊・三条二坊発掘調査報告―長屋王邸・藤原麻呂邸の調査―本文編』奈良国立文化財研究所（一九九五年）
図7：『平城京左京二条二坊・三条二坊発掘調査報告―長屋王邸・藤原麻呂邸の調査―図版編』奈良国立文化財研究所（一九九五年）
図8：『国宝建造物法隆寺東院舎利殿及絵殿並伝法堂修理工事報告』法隆寺国宝保存事業部編（一九四三年）
図9：浅野清『奈良時代建築の研究』中央公論美術出版（一九六九年）
図10：関野克「在信楽藤原豊成板殿復原考」『建築学会論文集』3（一九三六年）
図11：関野克「在信楽藤原豊成板殿考」『寶雲』第20冊（一九三七年）
図12：奈良文化財研究所『古代の官衙遺跡』Ⅱ遺物・遺跡篇、一二九頁、図1（二〇〇四年）

図13：山中敏史『古代地方官衙遺跡の研究』塙書房（一九九四年）
図14・16：『武蔵国府跡御殿地地区（仮称）の調査─JR府中本町駅前地区の調査概報─』府中市教育委員会・府中市遺跡調査会（二〇一〇年）
図15：府中市郷土の森博物館『よみがえる古代武蔵国府』府中市郷土の森博物館ブックレット17（二〇一六年）より転載。

越中国守大伴家持の四季

関　隆司

この論集のテーマが決まり、入門書も兼ねているという性格を重視し、先行文献の長所をできる限り取り入れた「越中万葉四季暦」を作成した。「越中万葉」に関わるさまざまな情報を網羅した年表である。

この新しい暦から見えてくる新しい事実を以下に触れていくことにするが、まずは、参考とした多くの先考書のうち、基本の四冊を紹介する。

平成十五年に刊行した『越の万葉集』（高岡市万葉歴史館論集6）では、越中万葉の世界を、次のように年度ごとに詳しく解説している。

天平二十一年の家持　吉村　誠
天平勝宝二年の家持―歌作りと歌巻の編纂―　市瀬雅之
越の万葉―天平勝宝三年―　針原孝之

担当した七名が、それぞれにその年の「越中守大伴家持」と「歌人大伴家持」の姿を紹介していて、大変参考になる。しかしながら、国分寺の造営や造籍・校田・班田などのように数年にわたる事項の関連づけが弱い。

平成十九年に刊行した『越中万葉百科』では、越中万葉歌を月ごとに並べなおした「越中万葉カレンダー」を製作してみた。

たとえば、七月の作歌が一度しかないことが一目でわかったり、現在の季節感と対比させるため、グレゴリオ暦に換算した（奈良時代の太陽暦はユリウス暦であるが、現在に準じた）太陽暦も付しているため、家持の越中ではじめての宴が現在の八月末頃で、残暑厳しかったかと想像されたりと、眺めるだけでもおもしろいものとなっているのだが、月ごとに分類したため、各年の特色が消えてしまっている。

右のように万葉集を主として取り上げると、歌に詠まれなかった景物や風俗風習、そして政治の部分などの情報が、どうしても手薄になってしまう。

『万葉集』を学ぶために考えられた歴史年表としては、平成七年刊行の桜井満監修『年表　万葉文化誌』（おうふう）が第一である。万葉に関わる文化年表を主として、その年の歴史事項と万葉歌を同時に眺められることで、歌の背景を深く理解するには役立つが、その年に詠まれた万葉歌を一括して掲げているため歴史事項とのすり合わせを自分で行わなければならない。しかも、『日本書紀』や『続日本紀』などの史書に地方史はほとんど出てこないため、越中万葉に関連する記事がほとんど無いのである。

中央の史書に残らない地方史に配慮して越中万葉をとりあげているものとして、平成九年刊行の藤井一二『古代日本の四季ごよみ　旧暦にみる生活カレンダー』（中公新書）を忘れてはならない。大伴家持が越中守だった時代を背景として、越中万葉には詠まれなかった年中行事や法要などを、正倉院文書などを基に想定し描写し、そこに『万葉集』の歌を取り込んでいて大変参考になる。

今回作成した「越中万葉四季暦」は、右のような諸点に注意してみた。

さらに、具注暦に関わるいくつかの情報も盛り込んでみた。

大伴家持には、歌を詠む前に「律・令・格」で規定された国司としての仕事があった。そのさまざまな仕事には、当然のように決められた日程があり、それは、暦をもとに進められていた。偶然にも、家持が越中守だった時代の暦（具注暦）の一部が、正倉院に残っている。そこには、「加冠拝官」や「修宅」、農事にとって大切な「起土」「斬草」などの「吉日」や「凶事」も記されている。これらは史書には現れない。しかし、国司たちもこれらの記述を参考にして行動していたと想像される。

たとえば、藤井氏前掲書は、正倉院に残る三種の「具注暦」のうち、家持が越中守だった天平十八年・天平二十一年に見られる「吉日」を参考にして、越中国の人々の農業活動を想像している。しかし、それらの多くは、越中万葉歌とは無関係であるため、『万葉集』には現れてこない。しかし、家持が生まれたときから暦に準じて生活していたことは間違いない。越中万葉に関わる具注暦を、「越中万葉四季暦」に記載したかったのだが、奈良時代の完全な具注暦は見つかっていない。正倉院に残るのは、天平十八年・天平二十一年・天平勝宝八歳のそれぞれ一部分で、『大日本古文書』に翻刻されている。

私は、天平十八年の完全な具注暦が見つかれば、家持がいつ奈良を出発したのか、越中国での最初の宴がなぜ八月七日であるのかが判明すると考えているのだが、残念ながら残っているのは家持が越中守になる前の、二月三日から三月二十九日までである。

現在まで残る古代の具注暦については、岡田芳朗氏が、平成二十一年刊行の『四季の万葉集』（高岡市万葉歴史館論集12）に、「『万葉集』時代の暦」と題して取り上げているのだが、残念ながら、「越中万葉」との関わりについては触れられていない。

しかし、越中守大伴家持の前に具注暦があったことは間違いなく、「越中万葉歌」は、家持が具注暦を見ながら題詞を整えたと想定できることが、小林真由美「立夏のほととぎす—家持と暦—」（『成城国文学論集』二十七、平成十三年三月）に指摘されている。

たとえば、越中万葉歌に次のようにある。

立夏四月既に累日を経たるに、由し未だ霍公鳥の喧くを聞かず、因りて作る恨みの歌二首

あしひきの　山も近きを　ほととぎす　月立つまでに　なにか来鳴かぬ　（巻十七・三九八三）

玉に貫く　花橘を　ともしみし　この我が里に　来鳴かずあるらし　（三九八四）

霍公鳥は、立夏の日に来鳴くこと必定す。また越中の風土は、橙橘の有ること希らなり。これによりて、大伴宿祢家持、懐に感発して、聊かにこの歌を裁る。三月二十九日

題詞に「立夏四月既に累日を経たる…」と記しながら、左注には「三月二十九日」とある。比較的新しい注釈書を見ても、「まだ三月だが、暦の立夏が三月のうちの二十五日にあったので『四月』としたのだろう」（小学館新編全集）、「三月中に立夏を迎えたという意味なのであろう。」（岩波新大系）などわかりにくいものが多い。唯一、多田一臣『万葉集全解』の解説だけが明解である。

二十四節気では、「立夏」は四月節気にあたる。それを「立夏の四月」と呼んだ。

これは、契沖が早くに説いているのだが、契沖の注は次のように簡潔で、説明が足らない。

立夏四月ト云ハ四月節ナリ。上二二十日ト云ヒ下ノ注二二十九日トアリ

家持は、具注暦に「立夏四月節」とあるのを見て題詞を作成したとみて良い。

また、巻十八には、

居り明かしも　今夜は飲まむ　ほととぎす　明けむ朝は　鳴き渡らむそ　（巻十八・四〇六八）

という四月一日の歌に対して、

二日応立夏節　故謂之明旦将喧

という注記がある。

さらに、巻十九には、次のような題詞も見える。

廿四日応立夏四月節也　因此二十三日之暮忽思霍公鳥暁喧声作歌二首

常人も　起きつつ聞くそ　ほととぎす　この暁に　来鳴く初声　（巻十九・四一七一）

ほととぎす　来鳴きとよめば　草取らむ　花橘を　やどには植ゑずて　（巻十九・四一七二）

巻十八の記述は天平二十年四月一日、巻十九の記述は天平勝宝二年三月二十三日の題詞で、単に「立夏」ではなく「四月節」としているのである。

間違いなく、家持は具注暦を見ているのだ。ならば、右以外の節気と越中万葉歌の関係はどうなって

いるか、この「越中万葉四季暦」で確認してみると、

天平十九年

二月二十日　清明　三月節　国守館に病に臥して悲しみ傷む（巻十七・三九六二題詞）

九月二十六日　立冬　十月節　放逸した鷹を夢に見る（巻十七・四〇一一題詞）

天平勝宝三年

一月二日　立春　正月節　国守館に集宴。降雪四尺（巻十九・四二二九題詞）

などのような例のあることに気づかされるのである。

越中に赴任してはじめての冬に病で床についた家持が、翌年の正月を音沙汰無く過ごして、最初に詠んだ歌が二月二十日の「病に臥して悲しみ傷む」長歌であった。ある程度健康が回復し歌を詠めるようになったというのが無難な解釈だが、歌を詠む契機として「清明」という節気を考慮してみても面白いのだろう。

「二十四節気」は、現在も気象予報などで紹介されており、よく知られた知識である。「越中万葉四季暦」ではすべて太字で表記してみた。この二十四節気を基準にして、さらに細かく分類されたものに「七十二候」がある。これについても、前掲岡田論に丁寧に触れられているのだが、たとえば、『古今和歌集』の世界では、この七十二候の言葉をもとに和語化された表現も見えているという。しかし私たちにはあまりなじみのない言葉となっている。

この七十二候は、多賀城から出土した「大衍暦」には記されていたことが判明している。「大衍暦」は、日本では、天平宝字七年（七六三）から九十年ほど使用されたものである。正倉院に残る具注暦は、「大衍暦」の前の「儀凰暦」であった。正倉院のものにはどれも七十二候は記されていない。

大伴家持は、越中守時代には七十二候を知らなかったと考えるのが穏当である。

しかし、唐での「大衍暦」施行は開元十七年（七二九）で、日本の天平元年にあたる。それからわずかな期間で、留学生吉備真備によって日本へ将来されているのだ。それは、天平七年（七三五）のことで『続日本紀』に明記されている。それから越中万葉の始まりまで、十年あまりの時がある。

この「越中万葉四季暦」では、『日本暦日総覧　具注暦篇　古代中期』1（本の友社、平成五年）に記されている七十二候をすべて採用してみることにした（漢字表記を一部改めところがある）。

それによって、たとえば、

天平勝宝三年八月四日　鷹祭鳥

の日に家持が詠んだ「少納言に遷任するに久米広縄の館に残す」（巻十九・四二四八題詞）の歌に、

石瀬野に　秋萩しのぎ　馬並めて　初鳥狩だに　せずや別れむ　（巻十九・四二四九）

と、鷹狩りが詠まれていることが気になってくる。偶然と考えるべきなのであろうが、家持の暦の享受という面で大変興味深い事実となる。

他にも興味深い点がいくつかあるのだが、今のところ、越中守大伴家持が「七十二候」の知識を持っていたことを示す史料は、残念ながら存在しない。

国司として規定される律令にも、越中万葉に関わるはずの日がいくつかある。

たとえば、「神祇令」には「祈年祭」や「月次祭」が行われるべき日が明記されている。「雑令」では、「節日」が次のように規定されている。

凡そ、正月一日、七日、十六日、三月三日、五月五日、七月七日、十一月大嘗の日を、皆節日とせよ。……

これらの日を、「越中万葉四季暦」に尋ねてみると、天平勝宝元年七月七日の七夕と、天平勝宝二年三月の「越中秀吟」歌群以外に関わるような作詠が見当たらない。このような事実が気になったら、最初に掲げた『越の万葉集』（高岡市万葉歴史館論集6）を繙いていただければと思う。

大伴家持は、「従五位下」という位分を持って越中守に任じられた。

大伴一族は、古くから政治の中心にいる豪族で、家持の祖父安麻呂、父旅人とも大納言の地位まで登っている。柿本人麻呂や山部赤人のように、下級官僚だったかと想像するしかない身分不明の歌人と、大伴家持はまったく立場が異なる。

その家持が、越中守として多くの歌を残したために、「越中万葉歌」は「文学作品」としてだけではなく、奈良時代の地方史を語る貴重な「史料」として扱われることがあるのだが、越中万葉は、家持の日記ではない。残念ながら、この「越中万葉四季暦」が、空白部分を埋めるわけではない。むしろ、万葉集が史料としての不完全であることを明白にするだろう。しかし、この「越中万葉四季暦」を授業や講座等で補足・訂正しながら活用することによって、新たな越中万葉の姿が描けることを期待したい。

越中万葉四季暦

■天平18年（746年）【造籍年】

●6月（小）〔万葉歌ナシ〕
6日　　鹿角解
11日 **小暑　六月節**　蟬始鳴
16日　　半夏生
18日〔玄昉死〕
21日　　木槿栄
　従五位下藤原宿奈麻呂を越前守、従五位下大伴家持を越中守
26日 **大暑　六月中**　温風至

●7月（小）〔万葉歌ナシ〕
2日　　蟋蟀居壁
7日　節日（相撲節会）　鷹乃学習
12日 **立秋　七月節**　腐草為蛍
17日　　土潤溽暑
22日　　涼風至
27日 **処暑　七月中**　白露降

●8月（大）

3日　　　　　　寒蟬鳴

7日　大伴家持の館で宴（⑰3943家持、3944～3946池主、3947・3948家持、3949池主、3950家持、3951秦八千島、3952玄勝伝誦、3953・3954家持、3955土師道良）

7日～8日か　秦八千島の館で宴（⑰3956八千島）

8日　　　　　　鷹祭鳥

13日　**白露**　**八月節**　天地始粛

19日　　　　　　暴風至

24日　　　　　　鴻雁来

29日　**秋分**　**八月中**　玄鳥帰

末日　「大〈計〉帳」締め切り

●9月（小）

4日　　　　　　群鳥養羞

9日　　　　　　雷始収声

14日　**寒露**　**九月節**　蟄虫坏戸

従五位下藤原宿奈麻呂を上総守、従五位下大伴駿河麻呂を越前守、従五位下百済王敬福を陸奥守

19日　　　　　　陰気方盛

24日　　　　　　陽気始衰

25日　長逝した弟を哀傷する（⑰3957～3959家持）

29日　**霜降**　**九月中**　水始涸

●閏9月（大）〔万葉歌ナシ〕
5日　　　　　　　鴻雁来賓
10日　　　　　　　雀入水為蛤
　　従五位下高橋国足を越後守
15日　**立冬　十月節**　菊有黄花
20日　　　　　　　豺祭獣
25日　　　　　　　水始冰

●10月（小）〔万葉歌ナシ〕
1日　**小雪　十月中**　地始凍
6日　　　　　　　野鶏入水為蜃
11日　　　　　　　虹蔵不見
16日　**大雪　十一月節**　冰益壮
21日　　　　　　　地始坼
26日　　　　　　　鶡鳥不鳴

●11月（大）
1日　朝集使出頭
2日　**冬至　十一月中**　虎始交　（相嘗祭）
7日　　　　　　　芒始生
上旬　造籍開始

12日　　　　　　　　　茘挺出
14日　節日（大嘗祭）
17日　**小寒　十二月節**　蚯蚓結
22日　　　　　　　　鹿角解
27日　　　　　　　　水泉動
11月中池主の帰任を相歓ぶる歌（⑰3960・3961家持）
末日　貢調使期限・田租輸納締め切り
●12月（小）〔万葉歌ナシ〕
2日　**大寒　十二月中**　雁北郷
8日　　　　　　　　鵲始巣
10日　四月任命の七道の鎮撫使を停止し、諸国の兵士制を復活
11日　（月次祭）
13日　　　　　　　　雉始雊
15日　諸国軍団の軍毅・兵士の数を定める
18日　**立春　正月節**　鶏始乳
23日　　　　　　　　東風解凍
28日　　　　　　　　蟄虫始振
是年　「越中国中男作物鯖荷札」（平城京跡出土木簡）

■天平19年（747年）【校田年】

●1月（大）〔万葉歌ナシ〕

1日　節日（元日節会）　大赦

4日　**啓蟄　正月中**　魚上冰

7日　節日（白馬節会）

9日　　　　獺祭魚

14日　　　　鴻雁来

16日　節日（踏歌節会）

19日　**雨水　二月節**　始雨水

20日　南苑で五位已以上に宴〔正五位下大伴古慈斐に従四位下、従五位下大伴百世に正五位下〕

24日　　　　桃始花

27日　諸国の沙弥尼、当国国分尼寺での受戒を認める

29日　　　　倉庚鳴

●2月（小）

4日　**春分　二月中**　鷹化為鳩　（祈年祭）

9日　　　　玄鳥至

14日　　　　雷始発声

20日　**清明　三月節**　始雷

国守館に病に臥して悲しみ傷む（⑰3962～3964家持）

25日　　　　　　　　　蟄虫咸動
29日　大伴池主に贈る悲歌（⑰3965・3966家持）
末日　「正税帳」締め切り
●3月（大）
1日　　　　　　　　　蟄虫啓戸
2日　家持に送る（⑰3967・3968池主）
3日　節日（上巳節会）　池主に送る（⑰3969〜3972家持）
4日　家持に送る（⑰3972後漢詩池主）
5日　家持に送る（⑰3973〜3975池主）
5日　池主に送る（⑰3975後漢詩3976・3977家持）
6日　**穀雨　三月中**　桐始華
11日　　　　　　　　　田鼠化為駕
16日　　　　　　　　虹始見
〔大養徳国を大倭国にもどす〕
20日　恋緒を述べる（⑰3978〜3982家持）★3月25日説あり
21日　**立夏　四月節**　萍始生
25日　恋緒を述べる（⑰3978〜3982家持）★3月20日説あり
26日　　　　　　　　戴勝降于桑
29日　霍公鳥の喧くを聞かずを恨む（⑰3983・3984家持）
30日　二上山の賦（⑰3985〜3987家持）

●4月（大）

1日　　　　螻蟈鳴

6日　**小満　四月中**　蚯蚓出

11日　　　　王瓜生

16日　　　　苦菜秀

夜裏にはるかに霍公鳥の喧くを聞きて懐を述ぶる（⑰3988家持）

20日　秦八千島の館で大伴家持に餞する宴の歌（⑰3989・3990家持）

21日　**芒種　五月節**　靡草死

24日　布勢の水海に遊覧する賦（⑰3991・3992家持）

26日　　　　小暑至

敬みて布勢の水海に遊覧する賦に和する（⑰3993・3994池主）

大伴池主の館で税帳使守大伴家持に餞する宴（⑰3995家持、3996内蔵縄麻呂、3997家持、3998池主伝誦）

27日　立山の賦（⑰4000～4002家持）

28日　敬みて立山の賦に和する（⑰4003～4005池主）

30日　京に入ること漸く近づき、悲情撥ひ難くして懐を述ぶる（⑰4006・4007家持）

●5月（小）

2日　　　　螳螂生

忽ちに京に入らむとして懐を述ぶる作を見るに聊かに所心を奉る（⑰4008～4010池主）

3日　収税を戸口単位から郷単位に変更する

5日　節日（端午節会）　節日の蘰を菖蒲のみとする
7日　**夏至　五月中**　鵙始鳴
12日　　反舌無声
15日　諸国に仁王経を講ぜしむ
17日　　鹿角解
22日　**小暑　六月節**　蝉始鳴
27日　　半夏生
末までに造籍完了
●6月（大）〔万葉歌ナシ〕
3日　　木槿栄
8日　**大暑　六月中**　温風至
11日　（月次祭）
13日　　蟋蟀居壁
18日　　鷹乃学習
23日　**立秋　七月節**　腐草為蛍
28日　　土潤溽暑
●7月（小）〔万葉歌ナシ〕
3日　　涼風至
7日　節日（相撲節会）
8日　**処暑　七月中**　白露降

14日　　　　　　寒蝉鳴
19日　　　　　　鷹祭鳥
24日　**白露　八月節**　天地始粛
29日　　　　　　暴風至
●8月（大）〔万葉歌ナシ〕
5日　　　　　　鴻雁来
10日　**秋分　八月中**　玄鳥帰
15日　　　　　　群鳥養羞
20日　　　　　　雷始収声
25日　**寒露　九月節**　蟄虫坏戸
30日　　　　　　陰気方盛
末日　「大〈計〉帳」締め切り
●9月（小）
5日　　　　　　陽気始衰
9日　礪波志留志、米三千石を盧舎那仏に寄進し、外従五位下
10日　**霜降　九月中**　水始涸
15日　　　　　　鴻雁来賓
21日　　　　　　雀入水為蛤
26日　**立冬　十月節**　菊有黄花
放逸した鷹を夢に見る（⑰4011～4015家持）

29日　〔東大寺大仏の鋳造を始めるか〕

●10月（大）〔万葉歌ナシ〕

2日　　　　　豺祭獣

7日　　　　　水始氷

12日　**小雪　十月中**　地始凍

17日　野鶏入水為蜃

22日　　　　　虹蔵不見

27日　**大雪　十一月節**　冰益壮

●11月（小）〔万葉歌ナシ〕

1日　朝集使出頭

2日　　　　　地始坼

4日　諸国に国分寺造営を督促する

7日　（相嘗祭）　鶡鳥不鳴

12日　**冬至　十一月中**　虎始交

18日　　　　　芸始生

19日　節日（大嘗祭）

22日　　　　　茘挺出

27日　**小寒　十二月節**　蚯蚓結

末日　貢調使期限・田租輸納締め切り

●12月（大）〔万葉歌ナシ〕

4日　　　　　　　鹿角解
9日　　　　　　　水泉動
11日　（月次祭）
14日　**大寒**　**十二月中**　雁北郷
大赦　伽藍院内に限り百姓の造塔を許す
19日　　　　　　　鵲始巣
24日　　　　　　　雉始雊
29日　**立春**　**正月節**　鶏始乳

■天平20年（749年）【班田年】

●1月（小）
1日　節日（元日節会）
4日　　　　　　　東風解凍
7日　節日（白馬節会）　南高殿で五位以上に宴
9日　　　　　　　蟄虫始振
14日　**啓蟄**　**正月中**　魚上氷　（「金光明経」・「最勝王経」読経）
16日　節日（踏歌節会）
19日　　　　　　　獺祭魚
24日　　　　　　　鴻雁来

この頃か　高市黒人の歌（⑰4016三国五百国伝誦）

29日　**雨水　二月節**　始雨水

連作四首（⑰4017～4020家持）

●2月（大）

4日　（祈年祭）

5日　　　　　　桃始花

10日　　　　　倉庚鳴

16日　**春分　二月中**　鷹化為鳩

19日　〔従四位下大伴兄麻呂に正四位下、正六位上大伴御衣に従五位下〕

21日　　　　　玄鳥至

26日　　　　　雷始発声

末日　「正税帳」締め切り

2月中か

越中諸郡巡行（⑰40121～4029家持）

●3月（小）

1日　**清明　三月節**　始雷

3日　節日（上巳節会）

6日　　　　　蟄虫咸動

8日　大赦

11日　　　　　　　　　蟄虫啓戸
16日　**穀雨　三月中**　桐始華
21日　　　　　　　　　田鼠化為鴽
3月中か
　鶯の晩く鳴くのを恨む歌（⑰4030家持）
　酒を造る歌（⑰4031家持）
23日　田辺福麻呂を大伴家持の館に饗す（⑱4032〜4035田辺福麻呂）
24日〜26日　明日布勢の水海に遊覧しようと約束して作る（⑱4036田辺福麻呂、4037家持、4038〜4042福麻呂、4043家持）
24日〜26日か　京の丹比家に贈る（⑱4173家持）
25日　布勢の水海に行く道中馬上にして口号（⑱4044・4045家持）
　水海に至り遊覧（⑱4046田辺福麻呂、4047土師、4048家持、4049福麻呂、4050久米広縄、4051家持）
26日　　　　　　　　　虹始見
●4月（大）
1日　久米広縄の館で宴服（⑱4066家持、4067土師、4068家持、4069能登乙美）
2日　**立夏　四月節**　萍始生
7日　　　　　　　　　戴勝降于桑
12日　　　　　　　　　螻蟈鳴
17日　**小満　四月中**　蚯蚓出

22日　　　　　　王瓜生
28日　　　　　　苦菜秀
21日　元正太上天皇薨、諸国挙哀三日
28日　天下素服。太上天皇を佐保に火葬

●5月（小）〔万葉歌ナシ〕

3日　**芒種　五月節**　靡草死
5日　節日（端午節会）
8日　　　　　　小暑至
　　太上天皇のために七日ごとに、国司潔斎し僧尼を集めて敬礼読経
13日　　　　　　螳螂生
18日　**夏至　五月中**　鵙始鳴
23日　　　　　　反舌無声
28日　　　　　　鹿角解

●6月（大）〔万葉歌ナシ〕

4日　**小暑　六月節**　蝉始鳴
5日　服喪おわる
9日　　　　　　半夏生
11日　（月次祭）
14日　　　　　　木槿栄
19日　**大暑　六月中**　温風至

24日　　　　　　　蟋蟀居壁
29日　　　　　　　鷹乃学習
●7月（大）〔万葉歌ナシ〕
5日　**立秋　七月節**　腐草為蛍
7日　節日（相撲節会）
10日　　　　　　　土潤溽暑
15日　　　　　　　涼風至
20日　**処暑　七月中**　白露降
25日　　　　　　　寒蝉鳴
30日　　　　　　　鷹祭鳥
●8月（小）〔万葉歌ナシ〕
5日　**白露　八月節**　天地始粛
　　釈奠の服器と儀式を改める
10日　　　　　　　暴風至
15日　　　　　　　鴻雁来
20日　**秋分　八月中**　玄鳥帰
25日　　　　　　　群鳥養羞
末日「大〈計〉帳」締め切り
●9月（大）〔万葉歌ナシ〕
1日　　　　　　　雷始収声

6日　**寒露　九月節**　蟄虫坏戸
11日　　　陰気方盛
17日　　　陽気始衰
22日　**霜降　九月中**　水始涸
27日　　　鴻雁来賓
●10月（小）〔万葉歌ナシ〕
2日　　　雀入水為蛤
7日　**立冬　十月節**　菊有黄花
12日　　　豺祭獣
17日　　　水始冰
22日　**小雪　十月中**　地始凍
27日　　　野鶏入水為蜃
28日　全国の田租を免じる
●11月（大）〔万葉歌ナシ〕
1日　（相嘗祭）　朝集使出頭
1日
3日　　　虹蔵不見
8日　**大雪　十一月節**　冰益壮
13日　節日（大嘗祭）　地始坼
18日　　　鶡鳥不鳴

23日　**冬至　十一月中**　虎始交
29日　　　　　　　　　芒始生
●12月（小）〔万葉歌ナシ〕
4日　　　　　　　　　荔挺出
9日　**小寒　十二月節**　蚯蚓結
11日　（月次祭）
14日　　　　　　　　　鹿角解
19日　　　　　　　　　水泉動
24日　**大寒　十二月中**　雁北郷
29日　　　　　　　　　鵲始巣
末日　貢調使期限・田租輸納締め切り
是年、租米を運ぶ公糧は正税稲から支給することとする

■天平21／天平感宝元年／天平勝宝元年（750年）【班田年】

●1月（大）〔万葉歌ナシ〕
1日　元日朝賀を廃し、正月七日間の吉祥悔過はじまる
4日　凶作のため、官人と家司に一人月六斗の米を支給する
5日　　　　　　　　　雉始雊

7日　節日（白馬節会）

10日　**立春　正月節**　鶏始乳

14日　（「金光明経」・「最勝王経」読経）

15日　　　　東風解凍

16日　節日（踏歌節会）

20日　　　　蟄虫始振

25日　**啓蟄　正月中**　魚上冰

30日　　　　獺祭魚

●2月（小）〔万葉歌ナシ〕

2日　〔行基死〕

4日　（祈年祭）

6日　　　　鴻雁来

11日　**雨水　二月節**　始雨水

16日　　　　桃始花

21日　　　　倉庚鳴

22日　陸奥国、黄金産出　畿内・七道の諸社に奉幣

26日　**春分　二月中**　鷹化為鳩

27日　郡領の任用方式を改定する

末日　「正税帳」締め切り

●3月（小）

2日　　　玄鳥至
3日　節日（上巳節会）
7日　　　雷始発声
12日　**清明　三月節**　始雷
15日　越前国椽大伴池主から来贈（⑱4073～4075池主）
16日　大伴家持が大伴池主に贈る（⑱4076～4079家持）
17日　　　蟄虫咸動
22日　　　蟄虫啓戸
27日　**穀雨　三月中**　桐始華

●4月（大）

1日　従五位下大伴家持を従五位上
　〔従三位大伴牛養に正三位・中納言、従五位上大伴稲公に正五位下〕
2日　大赦
3日　　　田鼠化為駕
4日　大伴家持が報える（⑱4082・4083家持）／別なる所心（⑱4084家持）★5月4日説あり
8日　　　虹始見
　〔「大養徳国」の表記を「大倭国」にもどす〕諸国に講読師を置く
13日　**立夏　四月節**　萍始生
14日　天平感宝に改元
19日　　　戴勝降于桑

22日　陸奥国守百済王敬福、黄金九百両を貢上
24日　螻蟈鳴
29日　**小満　四月中**　蚯蚓出
●5月（大）
4日　王瓜生
　大伴家持が報える（⑱4082・4083家持）／別なる所心（⑱4084家持）★4月4日説あり
5日　節日（端午節会）
　東大寺の占墾地使僧平栄等を饗す（⑱4085家持）
9日　苦菜秀
　秦石竹の館で飲宴する（⑱4086家持、4087内蔵縄麻呂、4088家持）
10日　独り幄の裏に居りはるかに霍公鳥の喧くを聞く（⑱4089～4092家持）
11日か英遠の浦に行く（⑱4093家持）
12日　陸奥国に金を出だす詔書を賀く（⑱4094～4097家持）
14日　**芒種　五月節**　靡草死
　芳野の離宮に幸行さむ時の為に儲け作る（⑱4098～4100家持）
　京の家に贈る為に真珠を願ふ（⑱4101～4105家持）
15日　史生尾張少咋を教へ喩す（⑱4106～4109家持）
17日　妻が夫君の喚ぶを待たずして自ら来る（⑱4110家持）
19日　小暑至
24日　螳螂生

27日　賑恤、以後一国につき二郡の庸調を免じ、今年の田租を免じる
29日　**夏至　五月中**　鵙始鳴
●閏5月（小）
4日　　　　　　　　反舌無声
9日　　　　　　　　鹿角解
10日　　大赦
14日　**小暑　六月節**　蝉始鳴
19日　　　　　　　　半夏生
23日　橘の歌（⑱4111・4112家持）
24日　　　　　　　　木槿栄
26日　庭中の花の作歌（⑱4113～4115家持）
27日　朝集使久米広縄が本任に還り到り国守館で宴（⑱4116～4118家持）
27日か28日　霍公鳥の喧くを聞く（⑱4119家持）
28日　京に向かう時に儲けて作る（⑱4120・4121）
29日　〔中納言大伴牛養没〕
●6月（大）
1日　**大暑　六月中**　温風至
　　雨雲の気を見て作る雲の歌（⑱4122・4123家持）
4日　雨の落ちるを賀す（⑱4124家持）
6日　　　　　　　　蟋蟀居壁

11日　（月次祭）　鷹乃学習
16日　**立秋　七月節**　腐草為蛍
21日　　　　　土潤溽暑
26日　　　　　涼風至
●7月（小）
1日　**処暑　七月中**　白露降
2日　孝謙天皇即位し、天平勝宝に改元〔従五位下大伴犬養に従五位上〕
6日　　　　　寒蝉鳴
7日　節日（相撲節会）
　　七夕歌（⑱4125～4127家持）
11日　　　　　鷹祭鳥
13日　諸寺の墾田地の限を定める
16日　**白露　八月節**　天地始粛
21日　　　　　暴風至
26日　　　　　鴻雁来
●8月（大）〔万葉歌ナシ〕
2日　**秋分　八月中**　玄鳥帰
4日　諸国正倉を修理
7日　　　　　群鳥養羞
（上旬に大祓使発遣）

13日　　　　　　　雷始収声
18日　**寒露　九月節**　蟄虫坏戸
23日　　　　　　　陰気方盛
28日　　　　　　　陽気始衰
末日　「大〈計〉帳」締め切り
●9月（大）〔万葉歌ナシ〕
3日　**霜降　九月中**　水始涸
7日　〔紫微中台の官位を定める〕
8日　　　　　　　鴻雁来賓
13日　　　　　　　雀入水為蛤
17日　諸国に奴婢を貢進させる
18日　**立冬　十月節**　菊有黄花
23日　　　　　　　豺祭獣
28日　　　　　　　水始冰
●10月（小）〔万葉歌ナシ〕
3日　**小雪　十月中**　地始凍
8日　　　　　　　野鶏入水為蜃
13日　　　　　　　虹蔵不見
19日　**大雪　十一月節**　冰益壮
24日　　　　　　　地始坼

29日　〔東大寺大仏鋳造終了か〕
　　　　鶡鳥不鳴
●11月（大）
1日　朝集使出頭
5日　**冬至　十一月中**　虎始交
10日　　　　　芸始生
12日　越前から贈って来た戯れの歌（⑱4128～4131池主）
13日　（相嘗祭）
15日　　　　　茘挺出
20日　**小寒　十二月節**　蚯蚓結
25日　節日（践祚大嘗祭〔由機国：因幡、須岐国：美濃〕）　鹿角解
29日　〔（美濃守）正四位下大伴兄麻呂に正四位上、従四位下大伴古慈斐に従四位上〕
30日　　　　　水泉動
末日　貢調使期限・田租輸納締め切り
●12月（小）
5日　**大寒　十二月中**　雁来郷
10日　　　　　鵲始巣
11日　（月次祭）
15日　　　　　雉始雊
越前から更に贈った歌（⑱4132・4133池主）

16日以降か　雪月梅花歌（⑱4134家持）
秦石竹の館で宴（⑱4135家持）
20日　**立春　正月節**　鶏始乳
25日　東風解凍
是月　〔東大寺大仏の螺髪鋳造開始〕

■天平勝宝2年（751年）

●1月（大）
1日　節日（元日節会）
2日　蟄虫始振
国庁で諸郡司等に饗す（⑱4136家持）
5日　久米広縄の館で宴（⑱4137家持）
7日　**啓蟄　正月中**　魚上氷
節日（白馬節会）
12日　獺祭魚
14日　〔「金光明経」・「最勝王経」読経〕
16日　節日（踏歌節会）
17日　鴻雁来

22日　**雨水　二月節**　始雨水
27日　　　　　　　　桃始花
●2月（小）
2日　　　　　　　　倉庚鳴
4日　（祈年祭）
7日　**春分　二月中**　鷹化為鳩
12日　　　　　　　　玄鳥至
17日　　　　　　　　雷始発声
18日　礪波郡主帳多治比部北里の家に宿る（⑱4138家持）
22日　**清明　三月節**　始雷
27日　　　　　　　　蟄虫咸動
末日　「正税帳」締め切り
●3月（小）
1日　春苑桃李の花を眺矚する（⑲4139・4140家持）
　　　飜び翔る鴫を見る（⑲4141家持）
2日　柳黛を攀じて京師を思う（⑲4142家持）
　　　堅香子草の花を攀じ折る（⑲4143家持）
　　　帰雁を見る（⑲4144・4145家持）
　　　夜裏に千鳥の喧くを聞く（⑲4146・4147家持）
　　　暁に雄の鳴くを聞く（⑲4148・4149家持）

　　はるかに江を泝る船人の唱を聞く（⑲4150家持）
3日　節日（上巳節会）　蟄虫啓戸
　　大伴家持の館で宴（⑲4151～4153家持）
8日　**穀雨**　**三月中**　桐始華
　　白き大鷹を詠む（⑲4154・4155家持）
8日か　鵜を潜くる（⑲4156～4158家持）
9日　渋谿の崎を過り、巌の上の樹を見る（⑲4159家持）
　　世間の無常を悲しむ（⑲4160～4162家持）
　　予め作る七夕の歌命（⑲4163家持）
　　勇士の名を振るうことを願う（⑲4164・4165）
14日　　　田鼠化為鴽
19日　　　虹始見
20日　霍公鳥と時の花とを詠む（⑲4166～4168家持）
20日～23日か　家婦が母に贈る為に作る（⑲4169・4170家持）
23日　霍公鳥の暁に喧く声を思う（⑲4171・4172家持）
24日　**立夏**　**四月節**　萍始生
24日～26日か　京の丹比家に贈る（⑲4173家持）
29日　　　戴勝降于桑
3月中　霍公鳥を詠む（⑲4175・4176家持）

●4月（大）

3日　越前判官大伴池主に贈る霍公鳥の歌（⑲4177～4179家持）

3日か　霍公鳥に感じる情に飽きず懐を述べる（⑲4180～4183家持）

4日　大赦

5日　螻蟈鳴

5日　京師より贈来する（⑲4184留女の女郎）

5日～6日か　山吹の花を詠む（⑲4185・4186家持）

6日　布勢の水海に遊覧（⑲4187・4188家持）

9日　水鳥を越前判官大伴池主に贈る（⑲4189～4191家持）

9日　霍公鳥と藤花とを詠む（⑲4192・4193家持）

10日　**小満　四月中**　蚯蚓出

9日～12日か　更に霍公鳥の哢くこと晩きを怨む（⑲4194～4196家持）

京の人に贈る（⑲4197・4198家持）

12日　布勢の水海に遊覧して、多祜湾に船泊し藤の花を望み見る（⑲4199家持、4200内蔵縄麻呂、4201久米広縄、4202久米継麻呂）

霍公鳥の喧かないことを恨む（⑲4203久米広縄）

攀じ折れる保宝葉を見る（⑲4204恵行、4205家持）

還る時に浜の上に月の光を仰ぎ見る（⑲4206家持）

15日　王瓜生

20日　苦菜秀

22日　久米広縄に贈る霍公鳥の怨恨の歌（⑲4207・4208家持）
23日　霍公鳥を詠む歌（⑲4209・4210久米広縄）
25日　**芒種　五月節**　靡草死
30日　　小暑至
●5月（小）
5日　節日（端午節会）　螳螂生
6日　処女墓の歌に追同する（⑲4211・4212家持）
8日　諸国に仁王経を講説
10日　**夏至　五月中**　鵙始鳴
15日　　反舌無声
20日　　鹿角解
26日　**小暑　六月節**　蝉始鳴
27日　挽歌（⑲4214～4216家持）
5月中　京の丹比家に贈る（⑲4213家持）
霖雨の晴れぬ日に（⑲4217家持）
漁夫の火光を見る（⑲4218家持）
是月　〔東大寺の鐘の鋳造開始〕
●6月（大）
2日　　半夏生
7日　　木槿栄

11日　（月次祭）
12日　**大暑　六月中**　温風至
15日　萩の早花を見て（⑲4219家持）
17日　蟋蟀居壁
22日　鷹乃学習
27日　**立秋　七月節**　腐草為蛍
●7月（小）〔万葉歌ナシ〕
2日　土潤溽暑
7日　節日（相撲節会）　涼風至
12日　**処暑　七月中**　白露降
17日　寒蝉鳴
22日　鷹祭鳥
27日　**白露　八月節**　天地始粛
●8月（大）〔万葉歌ナシ〕
4日　暴風至
9日　鴻雁来
14日　**秋分　八月中**　玄鳥帰
19日　群鳥養羞
24日　雷始収声
29日　**寒露　九月節**　蟄虫坏戸

末日　「大〈計〉帳」締め切り
●9月（大）
3日　宴の歌（⑲4222久米広縄、4223家持）
4日　　陰気方盛
9日　　陽気始衰
14日　**霜降**　**九月中**　水始涸
19日　　鴻雁来賓
24日　　雀入水為蛤
　〔遣唐使任ず（大使：藤原清河、副使：大伴古麻呂）〕
29日　**立冬**　**十月節**　菊有黄花
●10月（大）
4日　　豺祭獣
5日　藤原皇后御作を河辺東人が伝誦（⑲4224河辺東人伝誦）
9日　　水始冰
15日　**小雪**　**十月中**　地始凍
16日　朝集使秦石竹に餞する（⑲4225家持）
18日　元正太上天皇を奈保山陵に改葬、天下素服して挙哀する
20日　　野鶏入水為蜃
25日　　虹蔵不見
30日　**大雪**　**十一月節**　冰益壮

●11月（小）〔万葉歌ナシ〕
1日　朝集使出頭
3日　（相嘗祭）
5日　　　　　　　　地始坼
10日　　　　　　　　鶡鳥不鳴
15日　**冬至　十一月中**　虎始交
18日　節日（大嘗祭）　太上天皇を奈保山に改葬。天下、素服挙哀
20日　　　　　　　　芸始生
25日　　　　　　　　茘挺出
末日　貢調使期限・田租輸納締め切り

●12月（大）
1日　**小寒　十二月節**　蚯蚓結
6日　　　　　　　　鹿角解
11日　（月次祭）　水泉動
16日　**大寒　十二月中**　雁北郷
21日　　　　　　　　鵲始巣
27日　　　　　　　　雉始雊
12月中　雪の日に作る（⑲4226家持）
　雪の古歌（⑲4227・4228久米広縄伝読）

■天平勝宝3年（752年）

●1月（小）

2日 **立春　正月節**　鶏始乳

国守館に集宴。降雪四尺（⑲4229家持）

3日 内蔵縄麻呂の館に宴楽（⑲4230家持、4231久米広縄、4232蒲生娘子、4233内蔵縄麻呂、4234家持、4235広縄伝誦）

死にし妻を悲傷する（⑲4236・4237蒲生伝誦）

7日　東風解凍

12日　蟄虫始振

14日（「金光明経」・「最勝王経」読経）

17日 **啓蟄　正月中**　魚上冰

22日　獺祭魚

25日〔正四位上大伴兄麻呂に従三位、従五位下大伴古麻呂に従五位上〕

27日　鴻雁来

●2月（大）

2日 国守館に会集して宴（⑲4238家持）

3日 **雨水　二月節**　始雨水

4日（祈年祭）

8日　桃始花

13日　倉庚鳴
18日　**春分　二月中**　鷹化為鳩
23日　玄鳥至
28日　雷始発声
末日　「正税帳」締め切り
● 3月（小）〔万葉歌ナシ〕
3日　節日（上巳節会）
4日　**清明　三月節**　始雷
9日　蟄虫咸動
14日　蟄虫啓戸
19日　**穀雨　三月中**　桐始華
24日　田鼠化為鴽
29日　虹始見
● 4月（小）
4日　遣唐使の平安のために、畿内・諸国の諸神に奉幣
5日　**立夏　四月節**　萍始生
10日　戴勝降于桑
15日　螻蟈鳴
16日　霍公鳥を詠む（⑲4239家持）
20日　**小満　四月中**　蚯蚓出

〔高安種麻呂が伝誦した春日に神を祭る歌はこの頃の作か
（⑲4240藤原太后、4241藤原清河、4242藤原仲麻呂、4243多治比土作、4244藤原清河）〕

25日　王瓜生

●5月（大）

1日　苦菜秀

5日　節日（端午節会）

6日　**芒種　五月節**　靡草死

11日　小暑至

17日　螳螂生

22日　**夏至　五月中**　鵙始鳴

27日　反舌無声

●6月（小）

2日　鹿角解

7日　**小暑　六月節**　蝉始鳴

11日　（月次祭）

12日　半夏生

17日　木槿栄

22日　**大暑　六月中**　温風至

27日　蟋蟀居壁

是月　〔東大寺大仏の螺髪（九九六個）鋳造完了〕

●7月（大）

3日　鷹乃学習

高安種麻呂が伝誦した歌八首

入唐大使藤原清河に賜ふ（⑲4240藤原太后）

春日に神を祭る日の歌（⑲4241藤原清河）

大納言藤原の家で入唐使等に饗する

（⑲4242藤原仲麻呂、4243多治比土作、4244藤原清河）

天平五年入唐使に贈る歌（⑲4245・4246作者未詳）

遣唐時に母に奉る悲別歌（⑲4247阿倍老人）

7日　節日（相撲節会）
8日　**立秋　七月節**　腐草為蛍
13日　土潤溽暑
17日　大伴家持を少納言
18日　涼風至
23日　**処暑　七月中**　白露降
29日　寒蝉鳴

●8月（小）

4日　鷹祭鳥
少納言に遷任するに久米広縄の館に残す（⑲4248・4249家持）
国厨の饌を内蔵縄麻呂の館に設けて餞する（⑲4250家持）
5日　道に上るに安努広島の門前の林中で饌饌の宴（⑲4251家持）
9日　**白露　八月節**　天地始粛
8月中　久米広縄と家持が池主の館に遇ひ飲楽ずる（⑲4252広縄、4253家持）
京に向かう途上で興に依りて予め作る（⑲4254・4255・4256家持）
14日　暴風至
19日　鴻雁来
24日　**秋分　八月中**　玄鳥帰
29日　群鳥養羞
末日　「大〈計〉帳」締め切り

〈芸〉としての宴席歌

鈴木崇大

 はじめに

『万葉集』中、表現の内容や題詞・左注によって宴に於いて詠まれたと覚しい歌（以下、一括して「宴席歌」と呼ぶ）は、これは数え方にもよるが、概ね三百七十首になる。それらが詠まれた場は、天皇親席の宴（主に「肆宴」と呼ばれる）、正月の宴、送別の宴（主に「餞」と呼ばれる）、帰任の宴、歓迎の宴、七夕の宴等であるが、これら詠作の場の明らかなものを合計しても三分の一程度にしかならない。残りの三分の二は、どのような宴で詠まれたかが記されていない。

とは言え、その三分の二がどのような宴であるかの情報を持たなかったのも、それをわざわざ記載する程のことも無かったからという場合も多いのであろう。右に挙げた種の宴は程度の差こそあれ公的な宴であると言える。ならば、三分の二の例は私的な宴に関わっていたのではないかと想像される（試みに現代に置き換えてみれば、前者は、何らかの祝賀会、結婚式の披露宴、お見合いパーティー、職場の歓送迎会や暑気払い等、後者は気の置けない友人知人との飲み、ということになろうか)。

宴席歌三百七十首の、これも三分の二、二百二十首が大伴家持の「歌日誌」と言われる巻十七〜二十の末四巻に集中している。末四巻の歌数を六百二十七首とすると、実に三割強が宴席歌ということになる。翻って他の巻にも実際は宴席で詠まれた歌が多数含まれているものと推定される。

森淳司氏は、『万葉集』宴席歌の中でも特にその宴についての情報を持たないもの、「一般の官人階層の人達が、時に集会し、歌を詠じたりした交遊親睦の宴席」(筆者が上に述べた私的な宴)で詠まれた歌を「交歓宴歌」と呼び、その進行を以下のように想定した。

1 開宴歌(主客の挨拶)参上歌、歓迎歌
2 称賛歌 A 主客祝福
　　　　B 盛宴称賛
3 課題歌(題詠、属目詠など)
4 状況歌(挒興歌、古歌披露など)
5 終宴歌(主客の挨拶)退席歌、引留歌・総収歌など

(「万葉宴席歌試論——交歓宴歌について——」五味智英他編『万葉集研究 第十三集』一九八五 塙書房)

ところで、当時の宴席ではしばしば歌の詠作披露が求められている。森氏の右の分類で言えば「3

課題歌」に当てはまろう。本稿ではかかる例の幾つかを瞥見することを通じて、〈芸〉としての宴席歌という見解を提出することにしたい。

「歌を作る芸に多能なり」

ひさかたの雨も降らぬか蓮葉に溜まれる水の玉に似たる見む　（巻十六・三八三七）

右の歌一首は、伝へて云はく、「右兵衛なるものあり〔姓名、未だ詳らかならず〕。歌を作る芸に多能なり。時に、府家に酒食を備へ設け、府の官人たちを饗宴す。ここに饌食は盛るに皆荷葉を用ちてす。諸人、酒酣にして歌舞駱駅す。すなはち兵衛なるものを誘ひて云はく、「その荷葉に関けて歌を作れ」といへれば、登時声に応へてこの歌を作る」といふ。

巻十六の一首。左注によると、右兵衛の官人で歌作に堪能な者がいた。或る時、右兵衛府の役所にて宴会を催したことがあった。食事は全て蓮の葉に盛った。宴たけなわになって皆歌い踊り、かの官人に「その蓮の葉に関わらせて歌を作れ」と言ったところ、直ちにこの歌を作ったという。

令制下の「右兵衛」とは右兵衛府に属する武官のこと。衛門府・左右衛士府に属する衛士は農民出身であったのに対し、兵衛は畿内の下級官人ないし地方豪族の子弟で、頑健且つ弓馬に巧みな者から採用された。宮門の守衛、宮内の宿直、行幸の供奉等がその職掌であった。

当該歌について、『新大系』は「蓮の葉の上の水を玉に見立てるのは漢詩の趣向」として教例かを挙げ、当該歌の発想と表現に漢詩の影響を指摘している。「蓮」は集中四例。うち当該歌を含む三例が巻十六に収められており、一般的に歌に詠まれる素材ではなかったことが窺える。

ここで注目したいのは、この右兵衛の官人（以下、官人某と称する）が「歌を作る芸に多能なり（歌を詠作する「芸」に非常に巧みであった）」という左注の文言である。左注筆者が歌作を「芸」と捉えていることをこの文は示している。

しかし、諸注特に触れていないが、この「芸」は今日一般的に用いられる意味（「芸当」）とは異なるものであったと覚しい。当該箇所は「芸」が単独で用いられた集中唯一の例である。それに類するであろう「遊芸」との語を大伴家持の書簡の中に見る。


……ただ稚き時に遊芸の庭に渉らざりしをもちて、横翰の藻は自らに彫虫に乏し。幼き年に山柿の門に逕らずして、裁歌の趣は詞を聚林に失ふ。……（巻十七・三九六九序）

これは、『論語』述而篇、
子曰く、道に志し、徳に拠り、仁に依り、芸に遊ぶ。

に基づき、「芸は六芸なり」（『論語集解』）、「芸は則ち礼・楽の文、射・御・書・数の法なり」（『論語集注』）とあるように士大夫が身につけるべき教養を指すものであり（ただし芳賀紀雄氏が指摘したように、家持の言う「遊芸」の「芸」は「六経」を指す例に近いものであろう。「越の路のふたり――家持・池主と「山柿之門」」『万葉集における中国文学の受容』二〇〇三　塙書房）、儒教的なニュアンスの強い語である。それ故に和歌の集である『万葉集』中では用例も少ないものと見られる。従って、当該左注の「歌を作る芸」とは些か奇妙な語であるということになる。確かに漢語（漢字）を用いてそれに類する和語を指す例はしばしば見られるが、ここではそれ以上の必然性が認められるのではないか。

「軍防令」に以下の条文がある。

凡そ兵衛は、考満に至らむ毎に、兵部校練せよ。文武所能に随ひて、具に等級為りて官に申せ。

兵衛は採用されて八年経つと人事考課が行われ、「文武」の能力に従って等級が付されて太政官に報告される。倉住薫氏はこの規定に着目し、武官でありながらも評価に於いて「文才」も重視されていた兵衛にとって、当該歌のように漢籍の知識に基づいて歌を詠作することは「「兵衛」としての評価を高めるもの」であったと指摘している（「「右兵衛なるもの」の歌――万葉集巻十六・三八三七番歌の解釈――」『大妻国文』第四十七号　二〇一六）。氏の理解の方向性で正しいと考える。左注の「歌を作る芸」は、単なる芸当という意味ではなく、兵衛を士大夫になぞらえ、彼らが身につけるべき教養という意味を持たせた語句であったと推測される。当該歌が漢籍の知識に基づいていることもそれに関わろう。恐らく、この当時、歌作それ自体は「（六芸的な）芸」とは認識されていなかった、少なくともそれは一般的な認識ではなかったであろう。

ただ、官人某の「歌を作る芸」が「多能」と評価されたのは、左注から推せば、①「その荷葉に関けて歌を作れ」という課題を満たし、②「登時（直ちに）」詠作出来ること、に由来していよう。つまり、題詠且つ即詠である。この題詠且つ即詠とは、実に一種の特殊技術であった。

長忌寸意吉麻呂の歌八首

さす鍋に湯沸かせ子ども櫟津の檜橋より来む狐に浴むさむ　（巻十六・三八二四）

右の一首は、伝へて云はく、「一時、衆集ひて宴飲しき。時に、夜漏三更にして、狐の声聞こゆ。すなはち衆諸奥麻呂を誘ひて曰はく、「この饌具、雑器、狐声、河橋などの物に関けて、ただし歌を作れ」といへれば、すなはち声に応へてこの歌を作る」といふ。

行縢、蔓菁、食薦、屋梁を詠める歌

食薦敷き蔓菁煮持ち来屋梁に行縢懸けて休むこの君　（巻十六・三八二五）

荷葉を詠める歌

蓮葉はかくこそあるもの意吉麻呂が家にあるものは芋の葉にあるらし　（巻十六・三八二六）

双六の頭を詠める歌

一二の目のみにはあらず五六三四さへありけり双六の頭　（巻十六・三八二七）

　香、塔、厠、屎、鮒、奴を詠める歌

香塗れる塔にな寄りそ川隈の屎鮒食めるいたき女奴　（巻十六・三八二八）

　酢、醤、蒜、鯛、水葱を詠める歌

醤酢に蒜搗き合てて鯛願ふ我にな見えそ水葱の羹　（巻十六・三八二九）

　玉掃、鎌、天木香、棗を詠める歌

玉掃刈り来鎌麻呂むろの木と棗が本とかき掃かむため　（巻十六・三八三〇）

　白鷺の木を啄ひて飛ぶを詠める歌

池神の力士舞かも白鷺の桙啄ひ持ちて飛び渡るらむ　（巻十六・三八三一）

三八二四番歌の左注によると、或る宴席にて夜中に狐の声が聞こえた。そこで参会していた人々が長意吉麻呂に、「鍋、容器、狐の声、橋などを関連させて歌を作れ」と促したところ、即座にこの歌を詠んだという。

長意吉麻呂は『万葉集』以外には登場せず、閲歴は一切不明。ただし、持統・文武朝に行幸従駕歌・応詔歌を残しており、第二期の歌人に分類されている。

三八二五番歌以下の七首も含め、これら八首は子の日の宴で連続して作られた歌であり、配列の順序は歌の製作の順ではないかとする説（浅見徹「意吉麻呂の物名歌」『万葉集の表現と受容』二〇〇七　和泉書院）もあるが、よく分からない。ただ、当該八首はいずれも歌には殆ど取り上げられることのない素材を組み合わせて詠んだものであり、中国の詠物詩や『遊仙窟』の影響が指摘されている（小島憲之「遊仙窟の投げた影」『上代日本文学と中国文学　中』一九六四　塙書房）。

左注に「衆諸奥麻呂を誘ひて曰はく」とある。宴の参会者は意吉麻呂がこの種の歌を詠む技術を持つことを知っていた。別様に言えば、意吉麻呂はしばしばこの種の歌を詠作披露していたということになる。先に見た官人某の歌と同じく、特定の人間に歌の詠作披露を要請するということは、その人間がかかる技術を持っており、それが周知であったということを示していよう。ここで意吉麻呂に与えられた課題はより高度なものであったと言えるのだが、この八首に続いて、

忌部首の数種の物を詠める歌一首〔名は忘失せり〕

からたちの茨刈り除け倉建てむ屎遠くまれ櫛造る刀自　（巻十六・三八三二）

境部王の数種の物を詠める歌一首〔穂積親王の子なり〕

虎に乗り古屋を越えて青淵に蛟龍取り来む剣太刀もが　（巻十六・三八三三）

という歌を見る。いずれも宴席で詠まれたとは明示されていないものの、特異な素材を一首の内に詠み

込むというあり方からして、宴席の座興として詠まれたものと推測されている。この当時の「宴席の場において、歌が知的遊戯の対象とされて」(『全解』三八二五番歌の注)いたこと、この「知的遊戯」の広がりが窺えよう。

そうしてこの「知的遊戯」という面を突き詰めたのが、「無心所著歌」と呼ばれている次の歌である。

　心の著く所無き歌二首

我妹子が額に生ふる双六の牡牛の倉の上の瘡　(巻十六・三八三八)

我が背子が犢鼻にするつぶれ石の吉野の山に氷魚そ懸れる　(巻十六・三八三九)

右の歌は、舎人親王、侍座に令せて曰はく、「或るは由る所無き歌を作る人あらば、賜ふに銭帛をもちてせむ」といふ。時に、大舎人安倍朝臣子祖父、すなはちこの歌を作りて献上る。すなはち、募る所の物と銭二千文とをもちて給ふ。

舎人親王が周囲の者に向かって、「意味の通らない歌を作れたら褒美をやろう」と言ったところ、大舎人の安倍子祖父なる者がこの二首を詠作して献上した。そこで場の一同から募って「物」と「銭二千文」を授けたという(「物」は「帛(絹布)」の類か。「銭二千文」は現在の金額に換算すると六~十万円程度)。

題詞の「心の著く所無き」は舎人親王の言う「由る所無き」に対応している。しかし完全に無意味かと言うとそうとばかりも言えない。三八三八番歌は「痒いところをぼりぼり掻きながら、のっそりと現れ、怒ると角を出す古女房」(鉄野昌弘「『万葉集』巻十六について――「無心所著歌」を中心に――」『文化交流研究東京大学文学部次世代人文学開発センター研究紀要』第二十七号　二〇一四)というイメージが、三八三九番歌は「怖い古女房の前で、完全に萎えた裸の男」(鉄野同論文)というイメージが浮かび上がってくるからである。だからと言ってかかるイメージ=有意味性を指摘しても、「表向きは「由る所無き」言葉が続いているだけで、変な連想をするこちらが下品ということになるわけである」(鉄野同論文)。

大浦誠士氏は意吉麻呂の詠物歌と「無心所著歌」とを関わらせて次のように述べる。

万葉歌を抒情的な観点から見る立場からは、通常の和歌とは異質なものと見られてきた巻十六の戯笑的な歌であるが、言葉を操る技、歌の技という〈芸〉という観点に立つ場合、それらの歌に見られる詠歌の技術は、他のいわゆる抒情的な万葉歌と方向を異にしながらも、それに匹敵する〈芸〉として見えてくるはずである。

(「「無心所著歌」から見る和歌世界」『文学』第六巻第四号　二〇〇五　岩波書店)

氏の述べる〈芸〉は、六芸的な「芸」とは異なる。それは困難な課題を与えられて即座に歌を詠むアクロバティックな技術、名人芸とでも呼ばれるべき特技であり、誰もが持てる技術ではなかったろう。

次の節でもこの題詠且つ即詠の例を見ておきたい。

巻六の一例

天平二年庚午、勅して擢駿馬使大伴道足宿祢を遣はしし時の歌一首

奥山の岩に苔生し畏くも問ひたまふかも思ひあへなくに

（巻六・九六二）

右は、勅使大伴道足宿祢を帥の家に饗す。この日、会集へる衆諸、駅使葛井連広成を相誘ひて、「歌詞を作るべし」と言ふ。すなはち広成声に応へて、すなはちこの歌を吟へり。

天平二年（七三〇）庚午、擢駿馬使（諸国の牧から駿馬を選抜する為に遣わされる使者）の大伴道足が大宰府に至った折、大宰帥大伴旅人邸で歓迎の宴（「饗」）が催された。その際、参会者達が駅使（駅馬を使う公の使者）として当地にあった葛井広成に、「歌詞」を作るよう呼びかけたところ、即座にこの歌を「吟」ったという。

葛井連氏は渡来系氏族で、養老四年（七二〇）に賜姓されるまでは白猪史氏であった。広成は養老三年（七一九）に遣新羅使、大外記、従六位下。以降備後守等を経て、正五以上、中務少輔に至る。『懐風藻』に二編の詩が残り、『経国集』には対策文が載る。漢籍に造詣の深い人物であったことが分かる。

それ以外にも、彼には特筆すべきことがある。

冬十二月十二日、歌儛所の諸の王・臣子たちの葛井連広成の家に集ひて宴せる歌二首
このごろ、古儛盛りに興りて、古歳漸くに晩れぬ。理にともに古情を尽くして、同じく古歌を唱ふべし。ゆゑに、この趣に擬へて、すなはち古曲二節を献る。風流意気の士、儻にこの集ひの中にあらば、争ひて念ひを発し、心々に古体に和へよ。
（巻六・一〇一一題詞、前文）

この「冬十二月」とは、前後の歌の配列から推せば天平八年（七三六）。「歌儛所」について、詳細は不明だが、「雅楽寮とは別個に、宮中のなかに臨時的に設けたもの」、「貴族らが自由に出入して、雅楽寮では軽視され勝ちな、古儛＝日本的歌舞の復興につとめたもの」とする説（林屋辰三郎「古代芸能とその継承」『中世藝能史の研究』一九六〇　岩波書店）に従っておきたい。広成が「歌儛所」所属の人物であったかは断言出来ないながら浅からぬ関係があったと見られ、広成は和歌にも堪能であった蓋然性が高い。

天平八年とは六年の開きがあるが、彼の歌才は当時既に周知であったのであろう、この「饗」にて歌の詠作披露を求められ、広成はその要請を見事果たしたということになる。

歌を見てみよう。

「苔」は当該歌を含め集中八例を認める。

A　いつの間も神さびけるか香具山の桙杉が本に苔生すまでに　（巻三・二五九）

B　奥山の岩に苔生し畏けど思ふ心をいかにかもせむ　（巻七・一三三四）

C　敷栲の枕は人に言問へやその枕には苔生しにたり　（巻十一・二五一六）

D　結ひし紐解かむ日遠み敷栲の我が木枕は苔生しにけり　（巻十一・二六三〇）

E　我妹子に逢はず久しもうましもの阿倍橘の苔生すまでに　（巻十一・二七五〇）

F　……　明日香の川の　水脈速み　生しため難き　石枕　苔生すまでに　新た夜の　幸く通はむ
　事計り　夢に見せこそ　……　（巻十一・三二二七）

G　神奈備の三諸の山に斎ふ杉思ひ過ぎめや苔生すまでに　（巻十一・三二二八）

いずれも「苔」という植物が主題にはなっておらず、それが「生す（生じる）」ことを以て長い時間の経過の喩となっている。「神さび」「畏し」も長い時間の経過ということと関わる。「問ふ」に敬語「たまふ」が接続した「問ひたまふ」は、集中、

やすみしし　我ご大君の　夕されば　見したまふらし　明け来れば　問ひたまふらし　神丘の　山の黄葉を　今日もかも　問ひたまはまし　……　（巻二・一五九）

という持統天皇の天武天皇挽歌中の例を見るのみ。これは「声を掛ける」という程の意となろうが、この用例に照らすと当該歌に於ける「問ひたまふ」は、声が掛かったことそれ自体、左注に述べる所の「広成を相誘ひて――と言ふ」を指しているものと思われる。勿論、その「問ひたまふ」=「広成を相誘ひて――と言ふ」の内には、文字通り「歌詞を作るべし」の要請が包含されてはいるが、歌の基礎的な理解として先ずは右のように抑えておきたい。

「思ひあへなくに」の「あへ」について、

アフという動詞は、万葉集では敢・肯・堪の字があてられている。その意味は、ことを全うする、こらえきるのが原義で、そこから他の動詞の下について、十分に…しきる意となり、さらにはスッカリ…する、トップリ…するの意を表す。

と、旧『大系』の補注は記す。この部分は、多くの注釈書では、左注の「歌詞を作るべし」を踏まえ、「〝歌〟などとても思案できませんのに」(『釈注』)等と理解している。しかし、「問ひたまふ」が「声を掛ける」の意であること、一首の内部には「歌」の語がないこと、かつて論じたことに関わるが(拙稿「「歌」を「思」ということ――山部赤人の伊予温泉歌」『上代文学』第一一五号 二〇一五)、〈「歌」を「思ふ/思ひあふ」〉=「歌を思いつく」という語法の存在は想定しがたいこと、から、『万葉考』『新編全集』『新大系』等が述べたように「思ひあへなくに」の目的語は「問ひたまふ」であると解釈される。

一首は、「畏れ多くも声をお掛けになることよ、思いも寄らないことであるのに」という程の意となろう。「歌詞を作るべし」という要請に対して、「声を掛けられる（≠歌を求められる）とは思ってもみませんでした」というメッセージを歌を以て表明した所に、この歌の特質である所のアイロニーがある。ただ、諸注指摘していないが、当該歌はもう一つ別の意味を持ってはいないか。

「問ひたまふ」の「問ふ」という言葉は、集中で「問い正す」、「占いの結果を見る」という意味で用いられている他に、

真木の上に降り置ける雪のしくしくも思ほゆるかもさ夜問へ我が背（巻八・一六五九）
幣しつつ君が生ほせる撫子が花のみ問はむ君ならなくに（巻二十・四四四七）

というように、「訪ねる」の意で用いられた例を見る（一六五九は原文「問」。四四四七は一字一音表記）。「問ふ」は用例の多くがその問いの内容を一首中に提示していることに鑑みると、かかる目的語を持たない当該歌の例では「訪ねる」という意の方が強いように思われる。そうして「問ひたまふかも」を「お訪ね下さることよ」と解釈できるのであれば、末句の「思ひあへなくに」は、その訪問についての評言となろう。思いがけない訪問ということについて、次のような歌がある。

按作村主益人の歌一首

思ほえず来まし君を佐保川のかはづ聞かせず帰しつるかも　（巻六・一〇〇四）

右は、内匠寮の大属按作村主益人、聊かに飲饌を設けて長官佐為王を饗す。未だ日斜つに及ばずして、王既に還帰る。時に益人、厭かずして帰れるを怜惜しみ、よりてこの歌を作れり。

左注によると、按作益人なる者が酒食を用意して佐為王を饗応した時、王が日が暮れる前に帰ってしまった為に益人が惜しんでこの歌を詠んだという。奇妙なのは、左注で「聊かに飲饌を設けて長官佐為王を饗す（ささやかながら酒食を用意して長官佐為王をもてなした）」と、益人が王を招待したと覚しいにも拘わらず、歌では「思ほえず来まし君（思いがけなくもおいでになったあなた）」と詠んでいることである。しかしこれは、「卑下の心よりの言である」（窪田『評釈』）、「接待が十分でないことを恐縮して述べたもの」（『新編全集』）、「貴人の来訪を望外のこととして表現」（『全解』）というような意味を持つ言い方であったのであろう。一種の挨拶的な型である。

かかる型があったということが認められるならば、当該歌もまたそのように理解すべきである。即ち、「畏れ多くも（高貴な方が）お訪ね下さることよ、思いも寄らないことであるのに（＝望外の喜びです）」というような意味も込められているのではないか（先に確認した「苫」の用例では、Aを除けばどれも男女の交情をテーマにした歌であり、Bは当該歌と同じ序詞を持っていた。ならば、当該歌も予想外の男の訪問に驚く女の立場での作というような、相聞的な風味があるかも知れない）。と言うよりも、寧ろこちらの方が表の意味ではなかったか。何故と言うにこの歌が詠まれたのは道足歓迎の宴の席上であったからである。広成は歌を要請されて当該歌を詠んだのだが、それは先ず以て主賓である道足を歓迎する意図が込められていた筈である。「問ひたまふかも」と敬語を用いたのは道足が勅使であることに関わろう。

そのように道足に歓迎を示しながら、「声を掛けられる（＝歌を求められる）とは思ってもみませんでした」というメッセージを裏に込めている。当該歌はかような二重の意味を持つ作と考えられるのである。一首は宴の場に於いて詠作披露された。それは道足に対する歓迎であり、「会集せる衆諸」に対する切り返しでもある。単に「声を掛けられる（＝歌を求められる）とは思ってもみませんでした」ということを歌で表現しただけでは機知の域を出るものではない。それは寧ろ巻十六の宴席歌に近い。宴席に於ける歓迎の挨拶という意味が充足されているからこそ、当該歌は巻六に置かれたものと推量される。

題詠という観点からすれば、当該歌では課題は特に明示されてはいないが、それは道足歓迎というものであったろう。それと同時に「会集せる衆諸」に対する切り返しをも含ませて即座に詠出した点が当該歌の〈芸〉ということになる。

歌が詠めないということ

これまでは歌作という〈芸〉に得意な者の例を見てきたが、ここではその反対の例を見ておこう。

天平十八年の正月、白雪多に零り、地に積むこと数寸なり。時に、左大臣橘卿、大納言藤原豊成朝臣と諸王諸臣たちとを率て、太上天皇の御在所〔中宮の西院〕に参入りて、掃雪に供へ奉る。ここに詔を降して、大臣参議と諸王たちとは大殿の上に侍せしめ、諸卿大夫たちは、南の細殿に侍せしめて、すなはち酒を賜ひて肆宴したまふ。勅して曰はく、「汝諸王卿ら、聊かにこの雪を賦して、各その歌を奏せ」とのりたまふ。

（巻十七・三九二二～三九二六略）

藤原豊成朝臣　　巨勢奈弖麻呂朝臣
大伴牛養宿祢　　藤原仲麻呂朝臣
三原王　　智奴王
船王　　邑知王
小田王　　林王

穂積朝臣老　　　　小治田朝臣諸人
小野朝臣綱手　　　高橋朝臣国足
太朝臣徳太理　　　高丘連河内
秦忌寸朝元　　　　楢原造東人

右の件の王卿ら、詔に応へて歌を作り、次によりて奏す。すなはち記さずして、その歌漏失す。ただし、秦忌寸朝元は、左大臣橘卿の謔れて云はく、「歌を賦するに堪へずは、麝をもちて贖へ」といふ。これによりて黙し已む。

天平十八年（七四六）正月、都に大雪が降った。時の左大臣橘諸兄は貴族官人を率いて元正上皇の御所に参上、除雪に奉仕した。その後聖武天皇が一同に酒宴を賜る。その際、「この雪に材をとって歌を詠め」という詔が下った。一同はそれぞれに歌を詠んだが、秦忌寸朝元に対し、諸兄が戯れて「歌が詠めないのなら麝香で贖え」と言ったところ、朝元は黙ってしまったという。

秦朝元は留学僧弁正と唐の女性との間に唐土で生まれ、後に来朝した人物であった。養老三年（七一九）忌寸賜姓、同五年（七二一）医術の師範に堪えるとの理由で褒賞、後に入唐判官、図書頭、主計頭を勤めた。

さて、この左注の読解に於いて、朝元は果たして歌が詠めていたのか否かということがしばしば問題になる。窪田『評釈』は以下のように述べる。

秦朝元は唐で生まれた人で、漢学には通じてゐたが、作歌には堪えられなかつたので、諸兄は庇護する心を、譴れの形をもつて云つたのである。……罪の贖ひに物を以てすることは極めて古い代からの習はしであつたから、これは普通のことだつたのである。

『釈注』もそれを支持し、「唐国生まれ、唐国経験の豊かさを諧戯の中に称揚することによって朝元を救う思いやりであったと思う」とする。

それに対し中西進氏は、

朝元は歌が詠めたのである。その出身の故に下手であった。下手でありながら歌が詠めたのである。……苦手ながら歌も詠もうとするこの朝元に、諸兄の「譴」は痛烈に投げられたのである。そこで朝元は「因此黙止也」。（中西進「朝元」『万葉史の研究』一九六八　桜楓社）

と説明する。梶川信行氏も、「彼は本当に歌が作れなかったのか」、「朝元ほどの智性の持ち主ならば、歌ではなかったにしても、諧謔には諧謔で応じることができたのではないか」と疑義を呈する。そうして、当時諸兄と藤原仲麻呂との間に確執が生じつつあったこと、且つ麝香は興奮剤・強心剤として知られていたことを指摘し、

この時老女帝は心臓を患っていて、「歌で忠誠を誓うことができないのなら、そなたは医師なのだから、秘蔵している麝香を献上することで、太上天皇のお役に立ちなさい。秦氏にはそのくらいの

財力もあるだろう」といった意味であったと考えられる。もちろんそれは、体調の優れない老女帝に対する諸兄の配慮であったが、一方で朝元は、諸兄に従う気があるのかどうか、呉越同舟の場で試されていたのであろう。

（梶川信行「歌が詠めないなら麝香を献上しなさい——橘諸兄」『万葉集の読み方　天平の宴席歌』二〇一三　翰林書房）

との解釈を示した。

朝元は歌を披露しなかった、それは動かないが、詠めた＝詠作できたか否かは詳らかにしない。「黙し已む」とあることに鑑みれば、何か発話しようとしていた、口ごもっていたかのように読めるが、それが歌の一部であったかは分からない。

歌を詠まなかった／詠めなかったことについて、『類聚国史』に以下の記事を見る。

十四年四月戊申、曲宴す。（桓武）天皇、古歌を誦みて曰はく、
　古の野中ふる道あらためばあらたまらむや野中ふる道
勅して尚侍従三位百済王明信に和せしむ。成すこと得ず。天皇、自ら代りて和して曰はく、
　君こそは忘れたるらめ和玉の手弱女我は常の白玉
侍臣万歳を称ふ。

延暦十四年（七九五）四月十一日の曲宴にて桓武天皇が古歌を朗唱、尚侍百済王明信に和せしめようとしたが叶わなかった為に桓武が自ら和して群臣は万歳を唱えたという。

百済王明信は、その姓から知られるように渡来系氏族の人である。大仏鋳造の折、金の産出を報じた陸奥国守敬福の孫に当たる。左大臣藤原継縄の室であったが、桓武の寵渥を被った女性であったらしい。この当時は既に還暦前後であったと見られる。

求められて詠んだ歌が称賛され、まさにその称賛によって記録に残るという例は王朝以降枚挙に遑がないが、歌が詠めなかったこと、そのことが取り立てて記録されることは稀であったように思われる。『万葉集』の例は、家持が諸兄に率われて除雪に奉仕したこと、詔に応えて自作の歌を披露したこと、諸兄が戯れたこと、そのような出来事のドキュメントとしての意味を持っていよう。『類聚国史』の例は、桓武が朗唱した古歌に自ら和するという特異な出来事であったが故に記録されたのであろう。

かかる状況で何故歌が詠めないのか。それは和歌が五・七・五・七・七という形式を持つものであるということの他に、課題があるからでもあろう。朝元の例では――以下、彼が歌を詠作出来なかったと仮定して述べるが――「雪」を詠み込むことが課せられており、また、明信の例では桓武が朗唱した古歌に和することが求められていた。逆から言えばそれらの課題をこなしつつ、五・七・五・七・七という形式に収めなければならないのである。先ずは「雪」を詠み込み、しかも上座から順に披露されて自分の番が回ってくる（「右の件の王卿ら、詔に応へて歌を作り、次によりて奏しき」）までに時間（＝歌を詠作する時間）があったであろう朝元よりも、桓武の歌を解釈して自己の心情・境遇・状況を踏まえて直ちに応えなければならなかった明信の方が難易度は高いと思われるが（近藤信義氏は、「名信が和し得なかったということは、結局古歌をこの情況の中で意味設定し切れなかったということなのであろう」と述べる。「「古の野中ふる道……」歌考――延暦十四年四月十一日」『万葉遊宴』二〇〇三　若草書房）、『万葉集』のこの例で言えば、朝元以外の二十二人（省略した歌の作者は、橘諸兄・紀清人・紀男梶・葛井諸会・大伴家持の五人）は歌を詠み果せている。従って、求められて歌を詠作披露するということは、その出来不出来は別として、歌作に堪能な者にしか出来ないというような特別な〈芸〉ではなかったと覚しい。『万葉集』に多くの類歌が残されていることからも窺えるように、奈良時代には歌の発想と表現とに一定の蓄積があった。それらを身につけていればこそ、歌作に堪能な者でなくともそれなりに歌は詠めたのであろう。多くの人がそれなりにこなせる〈芸〉、それが歌の詠作披露であった。そうであればこそ宴席ではしばしば歌を求められたのであったろう（巻六・一〇一〇、巻十九・四二七三題詞、巻二十・四四九三題詞）。

なおここで留意しておきたいのは、「酒席で歌が詠めない場合は、罰金も取るということもあったということである」（上野誠「雪かきして酒にありつこう」『万葉びとの宴』二〇一四　講談社）。ここで想起されるのは、前節で触れた「無心所著歌」の左注、「或は由る所無き歌を作る人あらば、賜ふに銭帛を以ちてせむ」及び「登時募れる物、銭二千文を給ひき」という部分である。課題を果たせたら褒美が与えられており、そしてその褒美である所の金銭は参会者から募られている。所持金を「募」られた参会者は「由る所無き歌」を「作」るというゲームに参加しており、それが果たせなかった故にペナルティを受けたということになる。確かに雪の日の肆宴での詠作と「由る所無き歌」の詠作とではその難易度に格段の差がある。しかしこのことからも歌が詠めないという場合があったことが想定されるのである。

 おわりに

歌の詠作披露を、多くの人がそれなりにこなせる〈芸〉、と述べた。しかしもちろんそれに不得手な者もいたであろうことは想像に難くない。しかも衆人環視の中で周囲の期待に応えるということは、くだけた宴席の場とは言え、不得手な者にとっては緊張を強いられるものであったろう、緊張故に混乱したり口ごもったりすることもあったろう（筆者はそういう人の気持ちがとても分かる）。

そうであるならば、題詠且つ即詠を求められた宴席での歌作は（レベルの違いはあるとは言え）、全て〈芸〉と言うべきではないか。本稿の最初に「交歓宴歌」の分類を引用した森氏は、「この順序ですべての宴席歌が披露され（ママ）とは限らない」と留保しつつも、

> 交歓宴歌は誇張していえば氷山の一角に過ぎないともいえよう。故にその一角をたよりにして、開宴より終宴にいたるその間の宴席においての歌を想定することとなる。

とも述べ、また、「1　開宴歌」について、「社交辞令的な会話の交換を歌にして宴で披露したとみれば

よかろう」、「開宴にあたっての主と客との相互の挨拶歌は、必ずしも両者が対応するかたちで万葉にそのあとをとどめているとは限らない」と述べる。即ち、当時の宴席では、これらの歌が、特に「1　開宴歌」が本来的には詠まれていたないし詠まれるべきであったと理解しているように思われる。別様に言えば、氏の説明では、挨拶と挨拶歌とが分離していないかのような印象を抱かせるのである。

だが、「交歓宴歌」は、それのみならず宴席歌は、和歌の詠作それ自体が一つの技術である以上、先ず以て〈芸〉として詠作披露されたのではなかったか。この当時の実際の宴の場に於いて主客の挨拶が歌で専ら交わされていたとは想定し難い。挨拶は挨拶としてあり（それがどのようなものであったのかは『万葉集』からは知り得ないが）、歌は〈芸〉であったが、その内容によって、類型的で挨拶の機能が高いものもあれば、アクロバティックな〈芸〉として披露され享受されるものもあったということではないか。

大伴家持の「歌日誌」と言われる巻十七〜二十には宴席歌が集中していると最初に述べた。それは当時の貴族官人が宴席に際して必ず歌を詠んでいたということの証とはなり得まい。「歌日誌」に宴席の記録は多いが、家持の歌しか収載されていない例をしばしば認める。それは、そこで詠まれた歌が拙劣であった為に載せられなかったという場合の他に、家持以外に歌を詠む者がいなかった＝歌の詠作披露という〈芸〉をこなせる者がいなかったという事情も反映しているのではないか。家持や池主のような歌作に堪能な者は多く歌を詠み／詠め、そうでない者はそれなりに詠んだ。詠めない者は詠まなかったろうし、知っている歌を披露することで以て換えることもあったろう。家持が越中国に赴任しての最初の宴席にて、僧玄勝は大原高安の作とされる古歌を「伝誦」しているが（巻十七・三九五二）、玄勝の歌は集中に見えない。

歌作に不得手な者は、強いられないのであれば、詠まずに済んでほっと胸を撫で下ろしたのであろう。その反面、家持や同僚が歌を詠んでいるのを見ては、後ろめたくも、疎ましくも、羨ましくも思ったり感じたりしながら、酒を口に運んでいたに違いない。

※『万葉集』の本文は多田一臣『万葉集全解』に拠ったが、一部私に改めた箇所がある。

年中行事と『万葉集』

藤原茂樹

「凡正月一日。七日。十六日。三月三日。五月五日。七月七日。十一月大嘗日。皆為節日。其普賜臨時聴勅」（『令義解』雑令諸節日条）

『令』規定に知るように、藤原・奈良の時代は、宮廷の年中行事が中国風に礼節の日として定まる時代である。(1)

「元日朝賀宴会附出　二宮饗宴　卯日御杖　七日節会青馬附出　十六日踏歌　十七日射礼賭射臨時射附出
内宴　子日曲宴　三月三日上巳附出　五月五日駒牽六日附出　七月七日　相撲節臨時相撲附出　九月九日
天長節　冬至朔旦冬至附出　大儺　告朔　二孟　曲宴十六日附出」（『類聚国史』歳時）

また、時の経過につれて歳時に即して行事が恒例化し整備されたことが右記事から知られる。まずこのうちのいくつかを手掛かりに述べてゆく。

もっとも、『日本書紀』に照らせば、前代からすでに後代の称でいう年中行事が、宮廷において実施されており、万葉後期にもなると、その一端が歌にも姿をとどめる場合がでてくる。

正月

元日朝賀・賀正礼

賀正礼の文献上の初見は大化二年（六四六）正月元日をもって始まる。その後同四年・五年、白雉元年（六五〇）と続き、白雉三年は元日礼、天武四年（六七五）正月元日には大学寮の諸学生・陰陽令・外薬寮・舎衛の女・堕羅の女・百済王善光・新羅の仕丁等が薬及び珍異等物を捧げるなど、元日の宮廷行事は古来のものである。遡って推古紀十一年（六〇三）十二月五日条「唯元日には髻花着す」と、元日礼が尊ばれたことを知る（以上『日本書紀』）。『万葉集』は宮廷行事の朝賀を記録しない。ただ、その延長線上の国庁における元日宴を視界にいれると、

新たしき　年の初めの初春の　今日降る雪の　いやしけよごと　（巻二十・四五一六）

の歌はそれにあたる。（三年春正月一日に、因幡国庁にして饗を国郡の司等に賜ふ宴の歌）※天平宝字三年（七五九）

朝賀や年始の祝宴は、元日と七日に集中していたが、これ以外の日に行われることもあり（『日本書紀』天武十年正月三日。同十二年正月二日。同十四年正月二日。持統四年正月二日同三日。）、宮廷外では、国庁における宴が、『万葉集』巻十八・四一三六（天平勝宝二年正月二日）、巻十九・四二三九（天平勝宝三年正月二日）などにみえ、さらに貴族邸（巻十九・四二八四天平勝宝五年正月四日石上宅嗣邸）でも賀宴は行われた。こうした例によると、節日の固定化とは別に、正月は元日から七日までの間に宮廷内外で年賀の行事・宴が年々に催されたことを慣例としていたといえる。

宮廷では正月元日～三日に朝賀を行うことは遅くとも孝徳天皇大化二年には行われていて、同四年・同五年・白雉元年・同三年・天智十年・天武四年・同五年・同十年・同十二年・同十四年・同十五年・持統三年・同四年・文武二年・同五年・大宝二年・同四年・慶雲三年・和銅三年・同八年・霊亀二年・養老三年・同四年・同五年・同六年・同八年・神亀四年・同五年等々、以降も続いて行われた記事が多い（『類聚国史』）。

正月七日　青馬をみること

《七日宴》

七日を一つの折り目として宴を開くことは新しいことではない。古代中国六世紀の『荊楚歳時記』では、正月七日は、人日として登高（小高い丘に登る）したり七種の菜を以て羹にしたりして祝う民間習俗があるとするが、『日本書紀』『続日本紀』には、その影響を思わせる記事は見当たらない。『日本書紀』『続日本紀』七日宴の記事を一覧すると、

景行紀五十一年・推古紀二十年・天智七年・天武二年・同四年（中略）慶雲三年・神亀元年（略）天平十七年（下略）

令以前から宮廷では正月七日は宴の日としてあったことが歴然とみえる。たとえば、推古紀二十年正月七日の宴においては、蘇我大臣（馬子）が天皇に歌を奉っている。

置酒して群卿に宴す。是の日、大臣寿を上る。歌ひて曰く、

やすみしし　我が大君の　隠ります　天の八十蔭　出で立たす　御空を見れば　万代に　かくしもがも　千代にも　かくしもがも　畏みて　仕へ奉らむ　拝みて　仕へまつらむ　歌献きまつる

この事例は、年賀奏上が、時代を遡る古い伝統をもつことを示している。この正月歌では「新年」の語をもたないが、後半部の表現「かくしもがも」「千代に」「仕へ奉らむ」は、寿歌の典型として、正月宴に於ける歌々に受け継がれてゆくことはよく知られている。(2)

《青馬をみること》

『類聚国史』では、

仁明天皇承和元年（八三四）正月戊午（七）。天皇御豊楽殿。観青馬。宴群臣。叙位云々。

を以て七日に青馬を観ることの初見とする。この行事は、同五年・六年・嘉祥二年・仁寿二年・同三年・斉衡二年・同三年などとつづき行事化する動向を認める。『水鏡』には嵯峨天皇弘仁二年（八一一）「正月七日はじめて青馬を御覧しき」と青馬御覧の初めとし、『内裏式』『儀式』『延喜式』などが白馬節会を定めている。古代から続く宴の日である七日宴が、青馬をみる信仰的芸能的な要素を加えた行事となり、白馬節会と称されるように展開したものである。後代の『公事根源』には、これを、もとは中国古代の信仰であり、馬は陽獣で、青は青陽といい、春の色は青であることから正月七日に青馬をみれば年中の邪気を除くとある。『年中行事秘抄』もまた中国古代の高辛氏の子が毎年正月七日に岡に登って青衣の人に命じて青馬七頭を揃え青陽の気を整えた故事によるとする。伴信友『比古婆衣』巻九[3]によると、もとは青馬であったものを白馬に更えたのは延長六年（九二八）・七年・八年の三年の間と推定でき、白馬と書いても詞には旧のままにアヲウマと唱えたという。併せて『万葉集』にみる、天平宝字二年（七五八）大伴家持の歌（巻二十・四四九四）がこれを遡らせることや『色葉字類抄』が引く『本朝事始』に宝亀六年（七七五）正月七日を青馬始とすること（『河海抄』も同じ）から、弘仁・承和の青馬式については、再興し給うことを記録したのだとする。

水鳥の　鴨の羽色の　青馬を　今日見る人は　限りなしといふ　（巻二十・四四九四）

右の一首、七日の侍宴の為に、右中弁大伴宿祢家持預めこの歌を作る。但し、仁王会の事に依りて、却りて六日を以て、内裏に諸王卿等を召し酒を賜ひ、肆宴し禄を給ふ。これに因りて奏せず。

正月七日の侍宴に披露するつもりで、予て作りおいた歌であったが、あいにくこの年は七日に仁王会があり、歌を奏上しなかったと左注にみえる。青馬を観ることについては、七日において意義を生むことであるから、伝統の七日宴の中止とはならず、六日に「肆宴し禄を給ふ」たとなると、「青馬を今日見る人は限りなし」ということほぎは、時機を失うことになる。宮中の青馬行事は、平安時代に白馬節会として定着するが、これが神社に移されて神事となり、現在までも伝わり、京都賀茂別雷神社の白馬奏覧神事として、また大阪住吉神社、茨城県鹿島神宮においても伝統神事としてその俤を偲ぶことができる。

ところで、『比古婆衣』が青馬の色につき詳細な考証を施したが、是とは別に、家持歌がいう「鴨の羽色」についてみると、仮に、マガモの羽色をさすのであるならば、両翼茶色の後方の羽に、黒く縁取られた鮮やかな濃い青色が横につらなるので、歌の観察はこれを指すかと思われる。また、尾羽の色も濃紺である。青馬は、「久路美度利能宇麻」（『和名抄』）すなわち黒馬の青色ないし緑色を帯びたものを指すとも、「青白雑毛馬」（『和名抄』）青白まじる馬とも考えられる。(4) それが鴨の羽色の配色から連想されるというのである。『続日本紀』には、

○天平十一年（七三九）三月二十一日条。「対馬嶋目　正八位上養徳馬飼連乙麻呂が獲たる神馬は、青き身にして白き髦と尾あり。符瑞圖を検するに曰はく。青馬にして白き髦と尾とあるは神馬なり。」

○神護景雲二年（七六八）九月十一日条「日向国宮埼郡の人大伴人益が獻れる白き亀の赤き眼あると、青馬にして白き髪と尾あるとを得たり。」

と、対馬と日向国から「青身白髦尾」が献上されている。たてがみと尾が白いため神馬と解している。春の方、東方が青陽なのだから、白（西方）では色合いが異なるが、「大分青馬」（万葉巻十三・三三二七）は「あしげのうま」と訓み、あしげの馬は加齢とともに白馬に変じてゆくため、青馬が白馬となることに実体としての違和感は生じなかったのかもしれない。

正月十六日　付　薪進　踏歌　射

《小正月》

年の始めの満月を待ち望むならば、宴は十五夜の日がよいのだろうが、わが国の宮廷では正月十六日

に宴をすることが多い。

天武五年(六七六)・朱鳥元年(六八六)・持統三年(六八九)・持統六年・持統八年・持統九年・持統十年・持統十一年(以上『日本書紀』)・大宝元年(七〇一)・和銅三年(七一〇)・霊亀元年(七一五)・養老七年(七二三)・天平二年(七三〇)・天平十二年・天平十三年・天平十四年(下略。以上『続日本紀』)などみえる。

後に『延喜式』太政官条には「凡正月十六日。賜二宴於次侍従以上一。大臣侍二殿上一行事。如二元日儀一」とみえ、年のはじめの新月と満月の翌日に二度同様の儀を行ったようだ。

天平十四年正月十六日の宴では、五節田儛・少年童女の踏歌のあと、六位以下の官人たちが琴と鼓き(ひ)て、

新(あら)しき　年の始めに　かくしこそ　仕へまつらめ　万代までに

と歌うのは〈『続日本紀』〉、十六日ともなってもなお、この日が「年の始め」を祝う気分に満ちていることを示すのであろう。もっとも、『日本書紀』記事は正月に宴・饗を賜うなどした日は、正月二日・三日・七日・八日・十五日・十六日・十七日・十八日があり、中でも七日・十六日宴の記事が多い。この満月の頃の特徴は、十五から十七・十八日までの数日間に薪進上・賜宴・射など行事が続き、その行事

の日取りが古くは固定せずに変化していたことである。

《御薪進上　射》

天武紀五年正月十五日百寮より以上薪進る。即日に悉に朝庭に集へて宴賜ふ
　正月十六日禄を置きて西の門の庭に射ふ。的に中る人には禄賜ふこと差有り。是の日に天
　皇島宮に御して宴したまふ。

持統紀八年正月十五日薪進る
　正月十六日百官の人等に饗たまふ
　正月十七日漢人、踏歌奏る。五位以上射す
　正月十八日六位より以下射す。四日ありて畢りぬ。
　正月十九日唐人踏歌奏る。

持統紀十年正月十五日御薪進る
　正月十六日公卿百寮人等に饗たまふ
　正月十八日公卿百寮南門に射す

天武紀と持統紀の事例からみるかぎり、薪進上と宴と射とが定着していたところに、後から臨時の踏歌が加わったとみえる。薪進上は、尊者に対する薪水の労をとるのが本来であったろう。宮廷と臣下の

関係が親和的であった古い時代の痕跡がこうした行事に残っていると考える。(5)薪進上の名残は、後の『古今集』大歌所御歌大直毘歌「新たしき年のはじめにかくしこそ千歳をかねて」の末句を「たのしき(木)をつ(積)め」と変えさせなどする。天皇はその労をねぎらうように当日あるいは翌日に宴を賜い、ほとんどの臣下たちに射をなさしめ、的中の成果に順い禄を賜うことにしている。やがては、射禄の規定ができるほどである。射は、破邪辟邪と招福の意味をもつと思われるが、射的の成否が年の吉凶を占う意味合いをもつだろうし、それが景品の質や多寡にかかるならば競技性と遊戯性を併せ持つことになるであろう。人が見ている中で、全員がつぎつぎに射ることからはだれもの関心事になる性質の行事となっていたであろう。十六日は後代に踏歌節会といわれるようになるが、それはこの時代ではない。奈良時代の踏歌は正月十六日以外に行われることが多く、また『続日本紀』正月十六日記事で踏歌がおこなわれた例も十四記事中四回(天平二年・同十四年・天平勝宝三年・宝亀十一年)みえるのみで、奈良時代には十六日宴をもって踏歌を恒例とするものではなかった。(6)つまり「踏歌節会」との称は、奈良時代には適さない称とするのが正確なところである。養老雑令に「凡大射者。正月中旬。親王以下。初位以上。皆射之。其儀式及禄。従別式」とあり、官人が多勢正月に宮廷の門や庭などで数日かけて(持統紀八年には四日かかったことがみえる)射るのは邪気祓いと招福の意義をもつのであろうが、弓引く個々人には緊張と楽しみとがあったと想像される。射礼が万葉歌の場として機能することはなかった。ただ、歌の場ではないかたちで、つぎのように、

舎人娘子、従駕にして作る歌

ますらをの　さつ矢たばさみ　立ち向かひ　射る的形は　見るにさやけし　（巻一・六一）

行幸先で的形の地名から呼び起こされた連想の序詞がある。狩を詠むのでないことは、矢をたばさみ的に向かうということばから判断がつく。これはおそらく、官人たちが思い思いに立ち向かった正月行事の射礼の折のはれがましさにつながるもので、射礼の行事は、観客・傍観者となっていたであろう宮廷の女性たちにとってもますらをの姿や力量をみる印象に残る興味深い行事であったという程度の関係性である。

初子の玉箒

家持の予作歌である万葉巻二十・四四九三は、初子の日の玉箒の歌である。

二年春正月三日に、侍従豎子王臣等を召し、内裏の東の屋の垣下に侍はしめ、即ち玉箒を賜ひて肆宴す。ここに内相藤原朝臣勅を奉じ宣りたまはく、諸王卿等、堪ふるに随ひ、意に任せ歌を作り并せて詩を賦せよ、とのりたまふ。よりて詔旨に応へ、各心緒を陳べ、歌を作り詩を賦す。未だ諸人の賦したる詩并せて作る歌を得ず。

初春（はつはる）の　初子（はつね）の今日の　玉箒　手に取るからに　揺らく玉の緒

右の一首、右中弁大伴宿祢家持作る。但し、大蔵の政に依りて、奏し堪へず。

（巻二十・四四九三）

子日目利箒（ねのひのめとぎのほうき）　第1号

子日目利箒（ねのひのめとぎのほうき）　第2号

『正倉院宝物8　南倉Ⅱ』より転載。

当代は女帝（孝謙天皇）の時代でもあり、養蚕の予祝となる玉箒の行事が記録に残された。古代中国において年始に天子が耕田し豊作祈願をし、皇后が蚕室を掃き養蚕の神を祭る儀式において玉箒を用いるのであるが、コウヤボウキに玉を貫いて散らした玉箒（南倉75　子日目利箒1号2号）が、同年同月の墨書のある子日の手辛鋤（南倉79　1号2号）や他の品具とともに正倉院に蔵されている（箒　南倉75。鋤　南倉79。倚几　南倉76）。

子日手辛鋤（南倉79）墨書「東大寺　子日獻 天平寶字二年正月」＊1号2号とも同文

緑紗几覆（南倉77）墨書「子日目利箒机覆　天平寶字二年正月」

紺地浅緑目交纐纈　絁　間縫帯（南倉78）第2号墨書「手辛鋤机覆帯　天平寶字二年正月　子日目利箒」

他に南倉185第127号櫃雑49号に帯の残り、中倉202函装34に褥があるなど、家持歌と同年同月の子日の儀式の用具が残る。右引の歌の左注によると、家持は大蔵省の勤務の都合によりこの歌を奏上できなかったとある。それでは、歌の四・五句目のたまの緒のゆらぎは実見に及んだものではなかったのであろうか。

「子日目利箒（南倉75）は、把手の紫染革の巻飾りに一は金糸、一はガラス玉を暈繝に連ねたものを用い、作りが僅かに異なる二本が一対として伝わっている。」「枝のところどころには、黄、緑、褐色のガラス玉が挿し込まれ、玉箒の名にふさわしい」（『正倉院宝物8　南倉Ⅱ』解説）[7]という実物が現存する。しかし同年同月の行事に用いられた現物が伝存するだけに、歌と現物の具体に踏み込むと釈然としない点が残る。家持は揺らく玉の緒と表現する。近年の正倉院御物の研究では、家持の歌につき、枝先のガラス玉がゆれると考えている。その上で、万葉集諸注釈書に、ゆれる玉が触れ合い鳴るとする見解に不審を表明する。静かに持ち上げただけでは「枝先の玉同士が接触することはあり得ず、勿論音は出なかったであろう」（阿部弘[8]）という意見である。鳴るとまで訳出するかは見解が分かれるが、こうやぼうきの枝先にぬかれているガラス玉を揺らすとは家持は歌っていない。「揺らく玉の緒」といっている。

古典大系『万葉集』が「ちょっと手にとっただけで玉の緒が鳴ってすがすがし」とし、新編全集『万葉集』が「手に取るだけでゆらゆらと鳴る玉の緒よ」、木下全注「玉箒手にしただけでゆらゆらなるその玉の緒よ」「揺すぶられて音を発すること」として、揺れる玉が鳴ると考える向きが多い。もしくは玉の緒が鳴るように理解しているともみえる。玉箒との名称からしても、また珠玉の多数からしても衆目の先は枝先の玉に注がれることは理解できる。その一方で枝先の玉を「緒」ということばで示すか疑念が残る。玉の緒について、「玉の緒は玉箒の玉を緒に通して吊したものをいう」（木下全注）、「この玉の緒は玉箒の玉を緒に通して吊したものをいうが（略）現物の箒では、玉が揺れるようにはなっていない」（新編全集）と、家持の歌う箒の緒が、正倉院現存品には見えないことの指摘がある。古く鴻巣全釈には「現存のものは、箒の枝頭にのみ玉がついてゐるが、當時のものは把の紫革の邊に、玉の緒が装飾として附けてあった」と現状と異なる装飾が当時の箒にはついていたことを説く。窪田評釈は「玉箒に著いてゐる珠が、玉の緒の如き音を立てた」「玉の緒の玉の相触れて鳴るやうだと聞き做して云うてゐる」と実体の玉の緒が箒についていたのではなく聞きなしたとするなど、解決がついていない。左注にはこの歌は奏し得なかったとあるので、初子行事の日に現物を実見しての作ではないかもしれぬ。すると正倉院現存の同年同月の初子行事の玉箒二品の形態と歌句との対照に精度を求めることにためらいが生まれる。もっとも題詞「内裏の東の屋の垣下に侍はしめ、即ち玉箒を賜ひて肆宴す」との具体的叙述からは、実見していた可能性も残されている。これを、歌の理解から「玉の緒は玉箒の玉を緒に通して吊したもの」（全注・新編全集）と解説したとしても、箒の玉を緒にぬいてつるした玉の緒が、正倉院御物には見当たらないので腑に落ちない点が残されている。また、古く鴻巣全釈がこの玉の緒を、枝につく玉ではなく、「當時のものは把の紫革の邊に、玉の緒が装飾として附けてあった」として失われた装飾を想定する。このことはもう少しみていく必要がある。穂井田忠友（一七九一―一八四七）『観古雑帖』（一八四一年刊）[9]の絵は、現存南倉75子日目利箒二品と似てはいるが細部が異なる玉箒の絵を残している。その絵の添え書きに、「長二尺許把圍四寸許紫革包之金線繋珠以纏之箒鬚飾珠皆紺色」とある。南倉75の第2号に似るもので、この絵がどれほど正確かを測りがたいが、仮にこれが第2号を描いたものであるならば、紫の革で包んだ把に纏（ま）いてあったはずの金線繋珠の部分が現存正倉院御物には失われてしまっている。絵によると、把手の上部に色合いのことなる玉がみえるだけで30珠以上五重に纏わるように巻かれている。これだと、「手にとるからに揺らく玉の緒」に近いもののようにも思われる。この玉飾りが失わ

『観古雑帖』より転載。

れたとすれば、第2号の姿に似てくる。

以上、初子の玉箒の行事と家持の歌との課題は3点ほどあった。

1家持歌と正倉院宝物の玉箒は、同年同月の歌と儀式の用品であり、一三〇〇年前の同日の歌と物とをいまにおいて対照できる点で稀有である。

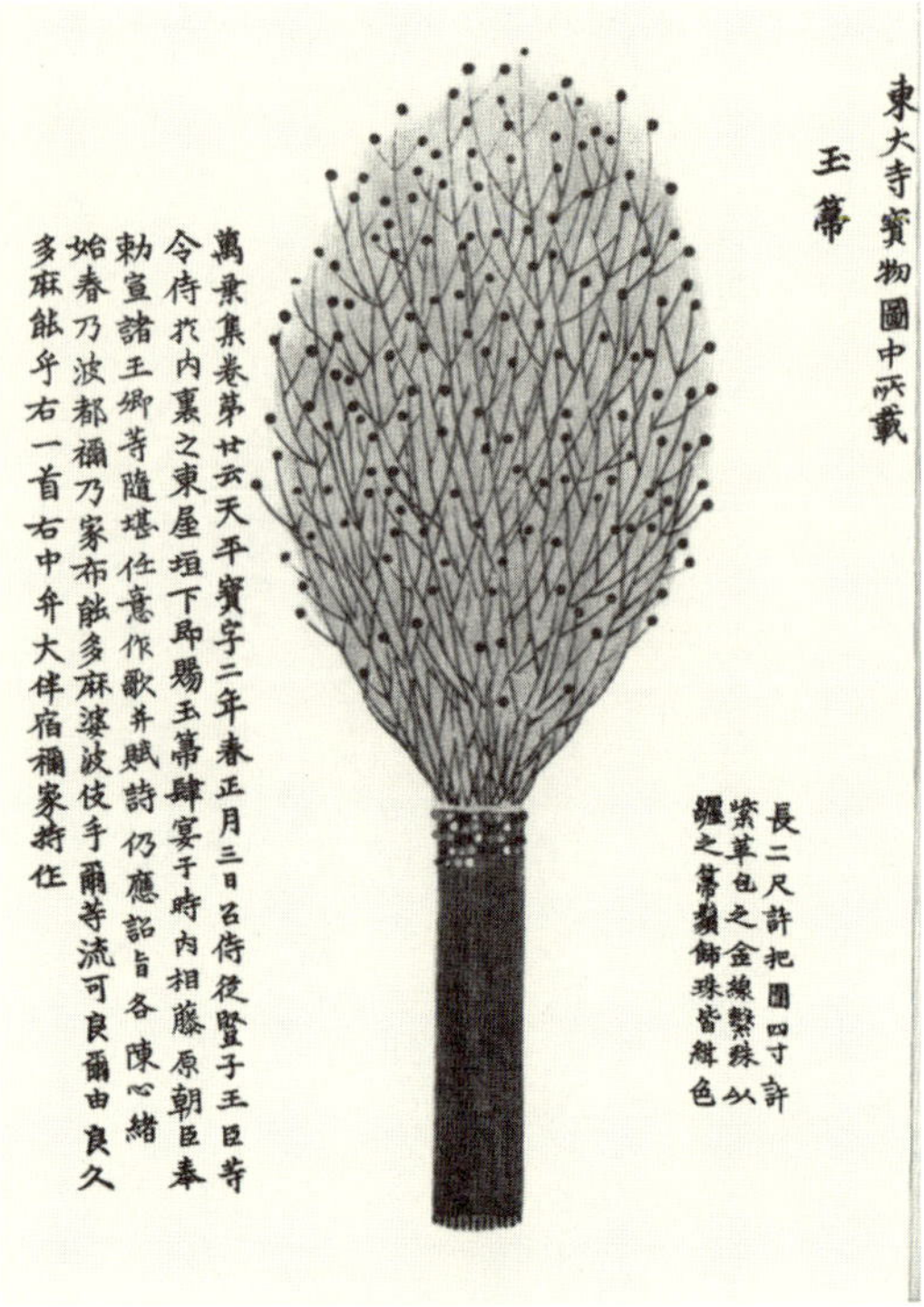

しかし、歌が現存する御物の玉箒の実体をどれほど正確に反映しているかの確かめがむつかしい。

2現存正倉院玉箒にみる珠は彩色されたガラス玉で、玉箒（材質　コウヤボウキ）の枝先に複数貫かれている。歌の玉のゆれを、揺動だけと解釈するか、揺動と音響ともにと解釈するかで見解がわかれている。「揺らく玉の緒」とは、玉箒のどの箇所を指すのか明確化されていない。これを現存宝物の調査者阿部弘は枝先のガラス玉と理解する。

一方万葉集の諸注釈には、この点が明らかにされていないものが少なくないが、古い注釈では、揺れるのは「玉の緒」であることを意識し、現存の玉箒にはもと、別に玉の貫かれた緒が付いていたと推測する説と、実体の玉の緒が箒についていたのではなく聞きなしたとする説とがある。これは右の課題1で指摘した、歌と現存の実体との距離の判定が困難な点にかかわることでもある。正倉院御物の実際と歌のくいちがいをどう理解するかの判断が必要となる。

3鴻巣全釈が、「當時のものは把の紫革の邊に、玉の緒が装飾として附けてあった」としたのは、『観古雑帖』の絵と見比べての指摘とみえるが、絵の精度の測定が要る。阿部はこれを「写生による図ではなく、概念図に当たるものであろうが。目利箒の元の姿を思い浮かべるには助けになろう。[8]」と、概念図とする一方で、もとの姿をおもうことができるとも判断している。

最後に『観古雑帖』の本文を一部引用しておく。

「東大寺ノ宝蔵ナル玉箒ハ長二尺許箒鬚ノ抄毎ニ紺色ノ細珠ヲ帽ラシメ把ハ紫革ニテ包タル上ヲ金

ノ糸ガネニ五色ノ細珠ヲ貫タルモテマキシメタルガ年ヲヘテ糸カネノ絶レ損ネタリト見ユルモノニ
柄アリ紺珠揺々トシテ塵ヲ駆ルノ具ニ非ス一時ノ儀箒ノミ」

儀礼用の箒で実際の用具ではないとの見解である。歌の「玉の緒」という点にかかわることでいえば、「把ハ紫革ニテ包タル上ヲ金ノ糸ガネニ五色ノ細珠ヲ貫タルモテマキシメタルガ年ヲヘテ糸カネノ絶レ損ネタリト見ユル」ともともとは、金糸に五色の細い珠が貫かれこれを把（紫革のにぎる部分）に巻き付けていたが絶れて損なわれてしまったと観察している。

これを最も正確とみる。以上をあれこれ勘案すると、歌の詞が「玉の緒」というかぎりは、枝先の現存する玉のゆれを問うのではなく、失われた金糸で貫かれて把にまかれていた多数の五色の玉のゆらきを以て、「揺らく玉の緒」の句を想像するのが最も実際に近いのではないかと考える。家持はその形態を実見していたと思われる。

 古い春の行事　その一

渡瀬昌忠(10)は、古い春の行事として、春の祭事にかかわる歌の場として、国見・歌垣（菜摘み・野遊び）をあげ、これが古くは一続きの行事だとした。国見について「大和には群山あれど」（巻一・2舒明天皇）、「春されば植槻が上の遠つ人松の下道ゆ登らして国見遊ばし」（巻十三・三三二四）、筑波山の「国見」（巻三・三八二

丹比国人）、歌垣・菜摘み・野遊びについては「嬥歌(かがひ)」（巻九・一七五九高橋虫麻呂歌集）、竹取翁「季春の月に丘に登りて遠く望(みはるか)」し菜を摘む九人の「女子」に逢う（巻十六・三七九一～三八〇二）、「籠(こ)もよみ籠もち」（巻一・一雄略天皇）の歌などをあげている。また、舒明天皇の宇智野での遊猟を野遊びの一つとして「たまきはる宇智の大野に馬並めて朝踏ますらむその草深野」（巻一・四）を、草深い野で催された遊猟は古い春の行事であるとし、山部赤人「～み山には　射目(いめ)立て渡(わた)し　朝狩に　鹿猪(しし)踏み起こし　夕狩に　鳥踏み立て馬並(な)めて　み狩そ立たす　春の茂野(しげの)に」（巻六・九二六聖武天皇の吉野での遊猟）の歌からも春の行事としての遊猟を取り上げた上で、春の行事のまとめの言葉として、「万葉集巻頭の三編の長歌（一～四）は、すべて天皇による古い春の行事、国見・歌垣（菜摘み）・野遊び（遊猟）に歌われた儀礼歌だった」（渡瀬）としたことは、参考になる。ただ、これは天皇にかかわる宮廷関係の行事に目を注いだもので、ここに引かれる例の中でも、筑波の歌や竹取翁の歌は、宮廷の年中行事とは離れた場所での春の行事と考えられるものである。したがって、暦に順じた節の新しい行事が定着してゆくまでは、古い春の行事が宮廷・貴族や官人・民間を通して行われていたであろうことが思われる。その方面のことは次に触れることにして、春の行事のいまひとつ三月三日の節をみておく。

《三月三日》

越中国守館での宴であったが、万葉集には天平勝宝二年（七五〇）三月三日宴で詠まれた歌が記録されている。

三日に守大伴宿祢家持の館にして宴する歌三首

今日のためと　思ひて標めし　あしひきの　峰の上の桜　かく咲きにけり　（巻十九・四一五一）

奥山の　八つ峰の椿　つばらかに　今日は暮らさね　ますらをの伴　（巻十九・四一五二）

漢人も　筏浮かべて　遊ぶといふ　今日そ我が背子　花縵せよ　（巻十九・四一五三）

「漢人も」とあるから唐国などの郊外への逍遥を思い描いている。三首とも「今日」と歌うから三月三日に作られたもので、山の桜の開花と奥山の椿と花縵と、いずれも花を歌い、今日のための桜を花縵にして、ますらをたちが、今日という日をあそび暮らそうというのである。三月三日で思い浮かぶのは曲水宴であることは知られていて、大伴池主の「晩春三日遊覧一首（并せて序）」（巻十九・三九七三）で「逍遙の趣を攄べ」た四韻の一節に「雲罍に桂を酌みて三清湛ひ、羽爵人を催して九曲流る」とあるので、上巳ないし三月三日の郊外への逍遥には水辺で盃（羽爵）が曲がりくねった岸辺を流れる印象をもったことは明らかである。

顕宗天皇元年　三月上巳に後苑に幸まして曲水宴をきこしめす。（日本書紀）

同二年　春三月上巳に後苑に幸まして、曲水宴きこしめす。是の時に、喜に公卿大夫・臣・連・国造・伴造を集へて宴したまふ。群臣、頻りに万歳と称す。（日本書紀顕宗天皇）

これ以後、顕宗三年、文武五年、神亀三年・五年・六年、天平二年、天平宝字六年、天平神護三年、神護景雲四年、宝亀三年・八年・九年・十年、延暦三年・四年・六年・九年・十一年・十二年・十三年（下略）（『類聚国史』歳時四）に、上巳・曲水宴の記事をみる。

延暦十二年三月三日「南園に禊す。文人をして詩を賦せしむ。」（『類聚国史』歳時四）には天皇の禊の後、文人に詩を賦せしめている。これは巳の日の禊祓の習俗の実践であろう。古代中国上巳・元巳は除日（祭日）であり、水辺で穢を祓い禊をする土俗がある。その際酒を携えて水辺で宴飲する風があり、秦の昭王が三月上巳に酒を河曲においたことより曲水に発展したという。(11) わが国では、万葉後期にあたる頃盛んであった様子が『懐風藻』山田史三方「五言三月三日曲水宴」などから知られる。

ただ、右引歌（四一五一〜三）は国守の館の宴であり、池主の逍遥の長歌は「琴罇」「手を携へ江河の畔を曠かに望み」「春の野にすみれを摘むと白たへの袖折り返し紅の赤裳裾引き娘子らは」（三九七三）など歌い、曲水の日としてより、酒食をもって河畔を歩き、野を行く趣が濃いので、野遊に近く、曲水と分けて考えるのがよい。むしろ、この日の逍遥は、災厄や穢れを祓う観念から野遊び水辺の遊びの日としての恒例の行事が基礎にあって、これに中国風な印象を重ねて家持池主たちの詩や歌があるとみるとよいだろう。その基礎となる行事の痕跡は後にも各地にみられる。三月三日に海や山野に遊ぶ風習を「磯遊び」といい九州西側沿海地方ではこの日大がかりな飲食物をもって海岸に出て一日遊び暮らす。山口県大島郡でも同じ日磯遊び、静岡県田方郡でも明治までは七浦の大瀬明神の岬の磯で終日あそび、長崎県対馬の阿連では海辺で日を過ごす。旧暦三月三日の浜下りは、ハマウリ（沖縄・奄美）、サニツ（宮古島）、サニズ（八重山）など今でもよく見かける風であり、三月遊び・御重（沖縄）ともいうがアカマタア（斑蛇）の子を人の女がこの日海岸で流産したなど伝えこれが災厄除去、禊、祓の心意に基づく行事であることを伝える。長崎県上五島では山磯遊び、長野県南佐久郡川上村では河原へ鍋をもち出して煮炊きをする外竈の行事、長野県下伊那ではこどもが川辺にゆき竈を築きあさり飯などをつくり終日あそび暮らした行事、長崎市付近では三月講という男女の子供の行事、山梨県西八代では女子が河原で竈で飯を炊く行事、岩手県上閉伊郡もこどもたちが河原で竈を築き早朝から煮炊きをして一日遊ぶ。愛媛県北宇和郡の主としてこどもたちの行う行事「こいやば」は、山上や中腹のながめのよいところに集まり食事し一日遊ぶなど、各地に広く分布する似た風習が近代現代まで行われてきた(12)。

古代中国民間と類する行事が広く日本にも行われていて、この源流がどの段階でわが国の古代に定着したか、そもそも日本にもあったかなどを見定めるかがむつかしい課題として残されているが、奈良時代の三日の日の逍遥の動機と同じものが、日本の民間行事に広く残されている。

以上がおおよそ万葉集歌と春の年中行事とのかかわるところである。ここまでみてきたものは節（折り目）を主とした、令の規定に沿った新型の年中行事に沿ったものであるが、『万葉集』には、古くわが国におこなわれてきた行事の断片が歌い込まれていることがある。『万葉集』はそうした価値をもつ集でもあるため、これについて注目しておく。それらには、暦以前から行われていた習俗もあるであろう。

明確に月日を歌うものではないとしても、季節がくるとくりかえされる暮らしの中の行事がある。これも年中行事の枠組みに入れて考える。

 古い春の行事　その二

年中行事と万葉集歌のかかわりをみるとき、注意が向きがちなのは歌の場としてみようとする行き方であるが、もうひとつ、歌の場として機能しなくとも、季節の行事が歌詞に残されることがある。

《うはぎ（嫁菜）摘み》

春日野に　煙立つ見ゆ　娘子らし　春野のうはぎ　摘みて煮らしも（巻十・一八七九）

「詠煙」の題をもつ歌で、嫁菜を春野につむ娘たちの行為を、遠くに眺め煙のたつ理由を想像している。「春の若菜摘みは国見行事の一つ。それを食すると長寿が保たれるという信仰に基づく行事」（釈註）といわれ、気が暖かさを増し木々が芽吹き土がゆるむにつれて嫁菜を摘む頃合いがはかられるのであろうから、春菜摘みの日は、自然の趨勢に沿うもので必ずしも固定的な日を指定する行事ではなかったは

ずであるが、それが春の季節の訪れを誰の心にも思わせる野の煙として印象的に表された。

《野焼き　小集楽》

おもしろき　野をばな焼きそ　古草に　新草交じり　生ひは生ふるがに　（巻十四・三四五二）
冬ごもり　春の大野を　焼く人は　焼き足らねかも　我が心焼く　（巻七・一三三六）

野に立つ煙は信仰的な素因をもたない農作業としての野焼きの煙である。ただ、冬枯れの草に点火すると風にあおられて火の走ってゆく壮観は、風流韻事に至るものではないものの、傍観する者には季節の訪れを感じさせる春の風物詩たる要素をもつ。

生業にかかわる人々の歳時における営みは季節にしたがってくりかえされてゆく。これも年中行事の一環ともいえる。ただ、民間人の生活の細部を詳細に『万葉集』は記録していないとはいえ、播種、藻刈、蚕時、雨乞いなど、褻（け）の生活の一端が切れ切れに歌に記憶されている。褻の生活にくらべて晴（はれ）の生活は人々の一年や一生を彩るものとなり、いわゆる年中行事として表立つ傾向にある。

民間の晴の行事として春秋の歌垣がよく知られている。歌垣については研究も多く周知であるので本論ではとりあげないが、近畿にも東国にもあり広い範囲の習俗であった。ところで歌垣と似た集会を

「をづめ」という。

住吉の　小集楽に出でて　現にも　己妻すらを　鏡と見つも　（巻十六・三八〇八）

右、伝へて云はく、昔、鄙人あり、姓名未だ詳らかならず。ここに郷里の男女、衆集ひて野遊す。この会集の中に鄙人の夫婦あり。その婦、容姿端正しきこと、衆諸に秀れたり。すなはちその鄙人の意に、弥妻を愛しぶる情を増す。而してこの歌を作り美貌を讃嘆す、といふ。

左注にあるように小集楽とは野遊である。ただこの集いの楽しみは季節や月日が書かれていないため時期不明である。『出雲国風土記』にも、必ずしも日を特定しない人々の集いがいくつか記録されている。（意宇郡忌部神戸。嶋根郡邑美冷水。同郡前原埼）常ににぎわう場所が地域に少なからずあることは、人の集まる遊楽の行事日が、小地域各々で共通していない可能性を推測せしめる。

夏の到来　夏の行事

《夏は来ぬ》

四月一日に掾久米朝臣広縄が館にして宴する歌四首

卯の花の　咲く月立ちぬ　ほととぎす　来鳴きとよめよ　含みたりとも

右の一首、守大伴宿祢家持作る。

（巻十八・四〇六六）

卯の花の咲く卯月となると、庭に飛んでくる時告げ鳥のほととぎすを待ち望む。例年通りの歳時の運行は花も鳥も庭に揃えて貴族の生活によろこびと調和をもたらす。四月は中古以降は衣更えの季節、冬装束を夏装束に替え夏模様を整える月であり、伊勢神宮の内宮には神衣祭を執り行い、宮廷では更衣の儀（事）を行うようになる。自然の推移に心を動かした古代日本人の中で夏の到来に感動するつぎの歌は希少である。持統天皇御歌

春過ぎて　夏来るらし　白たへの　衣干したり　天の香具山

（巻一・二八）

香具山に斎衣（伊藤全注）であろうか、清浄な白衣が干してあることから、夏の訪れを実感する。香具山に衣を干す人々にとりその営みは、季節の運行に従った例年の行事ともいうべきもので、更衣や神衣祭の先蹤といえる。

《葛引き》

ほととぎす　鳴く声聞くや　卯の花の　咲き散る岡に　葛引く娘子　（巻十・一九四二）

卯の花が咲く岡で葛を引く娘は、ほととぎすの声を聞いたから作業をはじめたのだろうかというのである。ほととぎすの声を勧農の声とする自然暦にしたがう庶民の生活を見て歌にしている。この葛引きは、繊維にもするし食用にもする。そのどちらかともいえるが、

大刀の後　鞘に入野に　葛引く我妹　ま袖もち　着せてむとかも　夏草刈るも　（巻七・一二七二）

の場合は、繊維用とし衣をつくるための作業である。生活そのもののことなので、行事というには適さない例示だが、卯の花が咲き、ほととぎすが鳴き始めると万葉びとのくらしでは、夏衣のことが気にかかるのである。

ちなみに、農事暦としてのほととぎすの到来を言い伝えとして現代までの民俗は残している。

ホトトギスが鳴くと山の藷が芽を出す　伯耆東伯郡福本附近

トットに籾蒔き、カッコに粟蒔き、ホトトギスに田を植えよ

郭公が啼くと大豆を蒔かねばならぬ。郭公が啼くと山藷の蔓が出る。

秋田県北秋田郡荒瀬村鍵滝付近の諺

越後東蒲原郡西川村室谷附近

ホトトギスのさかり頃田植えする。

山形県最上郡東小国村附近の諺

キイチゴの実がうれるとホトトギスが来鳴く。

日向高原村狭野附近の諺

粟の穂が垂れ始むるとホトトギスが雛になる。

山城比叡山附近

夏の土用に入ってホトトギスが鳴くと豊作。

陸中五葉山南麓

ハダンキョウの葉が落ちる時ホトトギスが多く出て来る。

筑前若杉山麓地方の諺

（川口孫治郎『自然暦』より引く[13]）

葛引きとホトトギスの関連を示す諺をみつけられていないが、これらによっても万葉歌の世界が近代現代の民俗に流れ込んでいることを感じ取ることができるだろう。

《女たちの鮎釣》

『万葉集』には、鮎の遡上を迎えるように、女性が鮎をつる行事をしていた松浦川辺の事情を、旅客と土地の娘との邂逅という想像上の物語に仕立てた歌が残されている。地域独自の伝統をめずらしくも書き止めているわけで、神功皇后伝説を起源とした土俗の行事を見聞したと推測されている（井村哲夫

『万葉集全注』巻五）[14]。いまは失われた地方の古俗が『万葉集』に残された貴重な記憶といえる。

松浦川　川の瀬光り　鮎釣ると　立たせる妹が　裳の裾濡れぬ　（巻五・八五五）

《五月五日　薬猟》

天皇、蒲生野に遊猟する時に、額田王の作る歌

あかねさす　紫野行き　標野行き　野守は見ずや　君が袖振る　（巻一・二〇）

皇太子の答ふる御歌［明日香宮に天下治めたまふ天皇、諡を天武天皇といふ］

紫の　にほへる妹を　憎くあらば　人妻故に　我恋ひめやも　（巻一・二一）

紀に曰く、「天皇の七年丁卯の夏五月五日、蒲生野に縦猟す。ここに、大皇弟・諸王・内臣また群臣、皆悉従ふ」といふ

日差しが強まる初夏に、古代中国の民間習俗を範として薬猟が宮廷行事として行われた（和田萃「薬狩と『本草集注』」[15]）。

推古紀十九年五月五日菟田野の薬猟、同二十年羽田の薬猟、同二十二年薬猟、天智紀七年蒲生野の

縦獦。

ところが、時代がくだるとこうした騎馬し野を疾駆し弓を射る端午の狩猟行事は急速に影をひそめ、京城内にて騎射走馬を観る行事に収縮する。

文武天皇大宝元年「走馬を出ださしむ。天皇臨み観たまふ」、聖武天皇神亀元年「天皇重閣の中門に御しまして、猟騎を観す」、天平七年「天皇北の松林に御しまして、騎射を覧す」、天平十九年「天皇南苑に御しまして、騎・射・走馬を観す」他。（いずれの年も五月五日条）

ちなみに平安時代になると桓武天皇延暦十四年「馬埒殿に御しまして、騎射を観す」、嵯峨天皇十一年以降は武徳殿での行事となるという形で固定化してゆき、広く野を駆け抜ける野性を奪い内裏内部の儀礼となる。

よく知られたことだが、和田（前掲論）によると、古代中国の北方遊牧民の間で鹿の大角の鹿茸が強精剤として知られていて、高句麗の宮廷での三月三日の鹿狩の風習に影響を受けて、薬猟に鹿の狩猟をしたといわれる。外来の宮廷行事とのことである。『万葉集』では、乞食者詠（巻十六・三八八五）が「八重畳　平群の山に　四月と　五月との間に　薬狩　仕ふる時に」として、民間にもこの行事が行われていたことを思わせるのであるが、日を端午に特定せず四～五月の間の行事であることを伝えているとともに、「さ雄鹿の　来立ち嘆かく　たちまちに　我は死ぬべし　大君に　我は仕へむ　我が角は　み笠のはやし　我が耳は　み墨坩　我が目らは　ますみの鏡　我が爪は　み弓の弓弭」と鹿の体の各部位が役立つ様子を歌いながら、肝心の鹿茸の利用に触れていないのである。ここでは、鹿の差し出す角は、み笠のはやし（飾り）に役立つと歌われていて薬猟といいつつ鹿茸は対象から外れている。民間の鹿狩を宮廷風になぞって薬猟と呼んだとしても、薬用ではない日本の古い狩の印象を留めているのであろう。

《あやめ縵》

中古には五月五日ともなると、この季節の邪気を避けるためのまじないとして、薬玉をかざったことは『枕草子』にもみえるが、古代中国（後漢代）では端午に長命縷・続命縷・辟兵繒・五色絲・朱索などと名づけ、わが国にその風俗が輸入されたという。薬玉の一種である。

『続日本紀』天平十九年（七四七）五月五日条「是の日。太上天皇詔して曰はく。昔者、五日の節には常に菖蒲を用て縵とす。比來已に此の事を停めたり。今より後、菖蒲の縵にあらずは宮中に入ること勿れ。」との詔に、菖蒲縵にあらざるものは宮中に入るなとするのは、この日宮廷内に洗練された秩序をたてようとしたものであろう。信仰と結びついた風流韻事であった。

『万葉集』には、

ほととぎす　厭ふ時なし　あやめ草　縵にせむ日　こゆ鳴き渡れ　（巻十・一九五五）

あやめ草を縵にすることは貴族・官人の生活に浸透していたようだ。（あやめ縵は四〇三五田辺福麻呂歌・四一一六大伴家持歌にもみえる。）『荊楚歳時記』は五月を悪月とし、五月五日は菖蒲をきざみ酒に浮かべ、艾の人形を門戸の上に懸けなどして毒気を禳う、また競渡し、雑薬を採る。五綵のきぬ糸を臂に繫けるを辟兵といい、流行病にならないとするなど、こうした知識をさまざま得て、わが古代人も影響を受けていたようだ。柿本人麻呂作ともいわれる巻三・四二三「石田王の卒る時に、山前王の哀傷して作る歌」に早くに「ほととぎす　鳴く五月には　あやめ草　花橘を　玉に貫き〈一に云ふ「貫き交へ」〉　縵にせむと」と歌われている。現代にまで菖蒲湯に入るなど五月に辟邪厄除けのまじないの習俗を伝えるように、五月になんらかの変調をもたらすことがありがちなことを、古代人は感じていたのであろう。これをあやめ草に橘を貫き花鬘にするみやびな楽しみに変化させる美的な生活感覚を持っていたのも万葉びとの知性であった。

 秋　相撲の季節

《七月七日の相撲》

相撲は、垂仁紀七年七月七日条に當麻蹶速と野見宿祢のことを初見として天武紀十一年（六八三）七月三日条大隅隼人阿多隼人の相撲、持統紀九年（六九五）五月十三日、『続日本紀』神亀五年（七二八）四

月二十五日、天平六年（七三四）七月七日条、同十年七月七日条など天覧相撲の記録をみる。七夕の日にかぎるものではなかったが、

「天皇、相撲の戯を観す。是の夕、南苑に徙り御しまして。文人に命せて七夕の詩を賦せしめたまふ。」（『続日本紀』天平六年七月七日条）

この日には、相撲と七夕の詩を賦すことが行われたのは、平安以降に節会として定着する先蹤である。『万葉集』には七夕歌が多くあるが、相撲と同日に歌われたという形跡がみえない。相撲を直接歌った歌は見当たらないものの、「相撲部領使」（八六四）「相撲使」（八八六）のことはみえる。

大伴君熊凝は、肥後国益城郡の人なり。年十八歳にして、天平三年（七三一）六月十七日を以て、相撲使某国司官位姓名の従人となり、京都に参ゐ向かふ。天に幸あらず、路に在りて疾を獲、即ち安芸国佐伯郡高庭の駅家にして身故りぬ。（巻五・八八六）

天平六年「相撲戯を観す」は「戯」とあることよりうかがえるように、いまのことばでいえば天覧の競技会芸能会である。相撲人が技能を競いあう会だが、奈良以前にどういう式次第であったかの記録はない。ただ、九世紀の『内裏式』『儀式』には記事があり次第の概要はおおよそ想像ができる。詳細は省くが、左右相撲司が舞を行った後、小童による占手の相撲と、ついで近衛・兵衛・白丁が一人ずつ二十番

勝負する。翌日にも二十番ある。

相撲人のことでいえば、地方からの相撲人の風紀は乱れがちで、『類聚三代格』巻十八延喜六年（九〇六）七月二十八日太政官符「応三特加二禁止一相撲人等濫悪事」引用の備後国解によると、郷里との往来で相撲人が徒党を組み、駅馬を奪い駅子を捕縛し食料を無心し国宰を罵り雑人を殺すなどの悪事が報告されている。『官曹事類』（八〇三年成立。『年中行事抄』所引）には、

「十日以前。相撲人入京事。
官曹事類云。相撲人事。諸国二三人云々。簡試部内上手。毎年限六月卅日以前進上。其宛給食馬者。並依舊例。」

毎年諸国から二―三人相撲人の上手を簡び六月三十日以前に貢進することの規定がみえ、『類聚三代格』巻十八元慶八年（八八四）八月五日太政官符では六月二十五日を以て京に至らしめるよう命令されている。万葉の大伴熊凝より七十年ほど後の記録と、百五十年ほど後の記録とであるが、熊凝が相撲部領使の従人になって京に向かったのが六月十七日とあるので、月日はこの規定と合う。華やかな芸能の会を見ずしての客死であった。

秋から冬へ

天平十一年（七三九）九月大伴坂上郎女は奈良の自宅を離れて庄園管理のために竹田庄に長期滞在をしていた。滞在中の居場所を歌では「五百代小田」の「田廬」にいるといっている。

大伴坂上郎女、竹田の庄にして作る歌二首

然とあらぬ　五百代小田を　刈り乱り　田廬に居れば　都し思ほゆ

（巻八・一五九二）

歌であるから正確な数値か不明だが、五百代すなわち一町（約1ヘクタール）(16)の田の稲刈りを管理しながら都を恋しがる貴族の女性の仕事がここに記録されている。都に遺した娘坂上大嬢に歌を贈ることもする（巻四・七六〇）。またその娘が稲の稔を管理するために庄園に滞在することもあった。母とともに家の経済をたててゆく記録ともなっている。

坂上大嬢、秋の稲縵を大伴宿祢家持に贈る歌一首

我が業なる　早稲田の穂立　作りたる　縵そ見つつ　偲はせ我が背

（巻八・一六二四）

大嬢が、「わが業なる」（我が蒔けるとの訓読もある。次の一六二五歌は「業」とする）と稲作を自分の業務だと歌う。収穫の秋に、手作りの早稲穂の稲縵を、愛しい人へ贈る際に歌を添えた。ただし、秋の実りを縵に作り女性が男性に届けることが、はたして恒例のことであるかを知り得ない。ちなみに、上野誠(17)はこれを民俗における穂かけ祀りとみようとする。稲穂をかざりつけることは、現代の日本においても歳末から正月にかけての稲穂飾りとして残されている。稲穂を飾ることは、例えば、祇園の舞妓の正月のかんざしとして稲穂を髪に挿すことや、羽子板市の羽子板に稲穂をかけ、また酉市の熊手、門松、しめ縄にも稲穂を添えることは、初春の縁起物として現在でも見かける風景である。

我妹子が　業と作れる　秋の田の　早稲穂の縵　見れど飽かぬかも　（巻八・一六二五　家持）

という返しの歌には、豊饒と愛情の充足がむかしの人の感じた幸福の一典型であることを読み取れる。新しい稲穂は、秋の実りの充足とくらしの安定感と運気のよさを予感させるものであって、古来先祖たちが願ってきた幸福への願いが、このような万葉歌の中に伝えられているとみてよい。我が門に守る田（二二二一）門田を見む（一五九六）秋田刈る仮廬（二一〇〇・二一七四）など収穫期の近づく田・仮廬・稲刈の歌は少なくない。そうして収穫の果てに人々は冬の十一月になると新嘗祭を行い神に新穀と感謝とをささげる。新嘗は、アマテラスの神話にみえ、天皇家の当祭の起源を伝え、アメワカヒコが地上においてなしたと伝える新嘗は庶民の新嘗を理由づけているととれる。雄略記長谷の百枝槻の下での豊楽における「新嘗屋に生ひ立てる百足る槻が枝は」の歌謡などは古い時代の天皇家の新嘗祭を想像せしめる。つぎの三三八六歌と三四六〇歌は民間における新嘗の折のもの、四二七三歌は宮廷の新嘗の日の宴で歌っている。新嘗は、都鄙官民を分かたず広く行われていた古来の重要な秋の年中行事であった。

にほ鳥の　葛飾早稲を　にへすとも　そのかなしきを　外に立てめやも　（巻十四・三三八六）

誰そこの　屋の戸おそぶる　にふなみに　我が背を遣りて　斎ふこの戸を　（巻十四・三四六〇）

　二十五日、新嘗会の肆宴にして詔に応ふる歌六首

天地と　相栄えむと　大宮を　仕へ奉れば　貴く嬉しき　（巻十九・四二七三）

七　十一月節から正月節へ　秋冬初春　琴歌譜のこと

本居宣長「真暦考」が、はやくに暦導入以前の歳時について考えたことの一つは、春夏秋冬の四季区分を「神代より然あり来ぬる事」とする見解である。(18)これについては、一年を四季区分する知識を大陸から導入されたものとし、我が国のそれ以前は春秋の二区分しかなかったという対抗する意見も早くに

出されている（橋浦泰雄）[19]。だがその究明は本論では手に余るので措いておきたい。ここでは宣長が、暦以前の季節の認知について何を考えたかをみる。

その春のはじめは、すなはち年の始なれば、上にいへるごとくにて、夏秋冬のはじめなかばすゑも、又そのをり〳〵の物のうへを見聞て知れりしこと、春のはじめと同じくて、天のけしき、日の出入かた、月の光の清さにぶさなどに考へ、あるは木草のうへを見て、此木の花さくは、その季のそのころ、その木の実なるは、そのときのそのほど、この草の生出るは、いつのいつごろ、その草の枯るゝは、いつのいつほどとしり、あるは田なつ物畠つものにつきても、稲のかりどきになるはそのほど、麦の穂のあからむはそのころ、といふごとくにこゝろえ、あるは鳥のとこよにゆきかへるを見、蟲の穴にかくれ出るをうかゞひなど、すべて天地のうらに、をり〳〵にしたがひて、うつりかはる物によりてなむ、某季のいつほどとはさだめたりける。（「真暦考」）

日本人の季節感が、身の回りの自然の推移を読みとることから起ることと、古代人の周期的な暮らしぶりはきわめて具体的な自然観察力に拠って成り立っていたことを宣長が推測している。上代文献は、しかし、こうした季節感の認知法を証明する充分な資料に欠ける。そこで宣長説の適正如何を判断するのには、わが国の民俗生活にみる自然観察の成果を得て有効となる。たとえば、先引川口『自然暦』より引用する。

山桜が咲いたら麻を蒔かにゃならぬ。　因幡八頭郡篠坂附近

駒形山の白馬と種蒔き。　陸中と羽後との国境

藤の花が咲き始めると稗を蒔かねばならぬ。　下野塩谷郡湯西に於ける自然暦

麦ウマセドリ。壱岐の俗諺（山口麻太郎氏）この鳥が鳴きだすと麦が熟してくる。（略）アオバズクなるべし

銀杏の葉が黄ばむと麦蒔に油断が出来ぬ。　紀伊の俗諺。安楽寺の公孫樹。

カッコウが鳴くから稗蒔き。　陸中盛町附近

タブの実が多く生る年は風が荒れる。　薩摩甑島手打村の俗信

秋の夕照鎌研げ、秋の朝焼け隣へも行くな。　安芸の諺

富士の頂上に初雪が見ゆると富士川の魚は下り始むる。　伊豆西海岸地方

弥彦山に雲がかかったら翌日は雨、雲がとれたら晴。　越後長岡在の古諺

白雁が来ると雪が来る。　陸奥中津郡西目屋村田代附近。白雁とは大白鳥の方言

ビシャコ（ヒサカキの方言）の花の咲く頃は狸が阿房になる。　紀伊有田郡俗諺

椿の花が落ちる頃には鹿が肥満している。　日向高原村狭野附近の諺

ここに引いた俗信や諺はわずかな例にすぎないがこれにおいても、生活の中での自然観察が、暦以前のいわば自然暦とでもいうべきものやひいてはその土地の季節感をもたらしていることを知り得る。そして、そのことは右の宣長説を保証するものとなり得ている。

これら諺にこもる土地土地に長く保たれた言い伝えは、生活圏における生き方の知識として、季節の

変化に対処する人の行動規範となる。鳥獣や植物や気象の一々がいかに連携して人の世界を構成しているかという認知が、生活の基盤となって年間の生業と行事にむすびついてゆく。よくない兆しがあれば予防措置をし、例年とおりのよい兆のときには作業の準備をととのえる。そして、こうした古い季節感が、先祖のくらしを支えたことはもとより、暦導入以降もその精神は薄れつつも後代まで継がれているものがあることは、現代日本人の自然に対する接し方や季節の感じ方を、各人が自身の心の底に問いかけてみればそれぞれに気づくことである。

さて、本論の最後に言い残したことを二三手短に述べておく。一は、古代宮廷の年間行事として重要な新嘗と正月行事の歌謡を担った大歌所について。大歌所は万葉集の時代よりすこし後代の機関とみられるが、秋冬初春の宮廷行事を考えるよい材料になる。

『政事要略』年中行事廿五　十月条[20]

清涼記。廿日以前奏二大歌人名簿一事

大哥所録二可レ召人名簿一。付二内侍一奏レ之。覧訖付二内侍一下二給諸司一。

式部式云。被レ召二大歌所一之輩。起レ自二十月二十一日一、至二于正月十六日一、一向直レ所。若無レ故不レ上者、五位已上不レ預二節会一、六位已下奪二季禄一、散位雑色等責以二違勅一。

これによると大歌所の活動は、十月二十一日の召集からはじまり、正月十六日をもって終える、季節に即した臨時機関として機能した。『内裏儀式』『内裏式』『儀式』等々にみる大歌所の節会とのかかわりは、十一月の新嘗会、大嘗会の時は豊明節会、正月元日豊楽殿の饗宴、同七日会式、同十六日節会など（永田和也はさらに天皇元服式後宴、講日本紀竟宴をあげる）である。[21]秋の収穫を神にささげる冬の新嘗祭から新春までの一連の行事のために、大歌所が設けられ季節限定のいわば歌謡団が結成され新嘗祭に供奉し、小正月行事をもって解散する。このことは、暦以前の古い日本の行事が日をずらしながら残りこの期間に集中していた事情に起因しその対処としての姿であると考える。[22]ちなみに大歌所の者が新嘗祭と正月賀宴において奏した歌謡は、『琴歌譜』に面影をとどめる。その歌謡群は、新嘗祭の琴歌の場合、大歌小歌を計十二首そろえ、正月元日宴では、正月元日余美歌（よみうた）、宇吉歌（うきうた）、長埴安扶理（ながはにやすぶり）に入れ替え、片降（おろし）、大直毘歌（おほなほびのうた）の歌詞を入れ替えて歌うことにしている[23]ものの重なる歌謡が多いのが事実で、年をまたぐ二つの大きな年中行事が、同質の歌群を整備している。私見ではあるが、そのことを、秋冬と初春の行事が古くは一続きの季節の推移として大掴みされてきた記憶の痕跡と考える。古くからの宮廷行事の経験の蓄積のうちに古い季節感が保たれたものとみている。

《冬の行幸》

いま一つ、日にちは不定期だが冬に行幸が多いことがあげられる。冬行幸時の万葉歌を軽皇子の安騎野への狩猟に供奉した柿本人麻呂歌をも併せて四十七首数えた吉井巖はこれを年中行事の範囲で思考するが、詳述をさけておく。[24]

八　不定期だが例年くりかえされる行事　農閑期と髪上げ

以上の他にも、生業とかかわるもので松茸とり、芹摘み、菱摘み、表現上では後世民間の成木責めを想わせる句の存在などくらしは季節とかかわり、これは例年その時期になると実施するものである。また季節感を感じさせない歌がのこされているが、坂上郎女歌にみる氏神祭りなども多忙な時期は避けたはずである。

同様に、年間の行事を考えるとき、人生行事もまた視野に入れておくべきである。成人を迎える者が毎年いることから成年儀礼の時期にも月の見当があったとおもわれる。

たけばぬれ　たかねば長き　妹が髪　このころ見ぬに　掻き入れつらむか　三方沙弥　（巻二・一二三）

人皆は　今は長しと　たけと言へど　君が見し髪　乱れたりとも　娘子　（巻二・一二四）

古歌に曰く

橘の　寺の長屋に　我が率寝し　うなゐ放りは　髪上げつらむか　（巻十六・三八二二）

「この頃見ぬに掻き入れつらむか」が諸注釈のいうように髪上げをまだ終えていないその娘（童女・放髪

のままの娘）の現状を想いやるとすると、それは世に通常の成女式の月日もしくは季節が近づくことから連想される事態であろう。

大伴宿祢家持、童女に贈る歌一首

はね縵（かづら）　今する妹を　夢（いめ）に見て　心の内に　恋ひ渡るかも　（巻四・七〇五）

なども、夢に見、歌を贈るのも、見定めるのはむつかしいことだが、一年の中で成女式の行われる季節があってのことではないか。その季節が近づくと童女のことが気に懸るようになるのである。後代のものになると、二月（『源氏物語』行幸）、『日本紀略』正暦四年二月（九九三年）、『小右記』治安三年四月（一〇二三年）、『日本紀略』応和二年四月（九六二年）、寛弘二年三月（一〇〇五年）など特に定ってはいないが、年を取るのが正月であるからそこからさほど離れないような年明け前（『栄花物語』六輝く藤壺「おほとのの姫君十二にならせたまへばとしのうちに御もぎあり」）か、春先に裳着をする例をみかける。これは貴族の例であって、農事など生業を営むものは、繁忙期は避けるであろう。共同体の組織の中では、「家ごと」としてよりも村の祝いとして一斉にするのが、近代までの民俗であった（たとえば対馬のカネツケ祝いは旧暦十一月十五日）。髪上げは、年中行事ではなく、人生行事に分類できるものであり、「家ごと」としての性質と、村落で行う共同性をあわせもつ期日の緩やかなものとみえるが、述べたように、該当者がいれば成人式は例年行われるものであるため、人生行事にもこうした年中行事としての性質をもつものがあるとみられる。万葉の歌にはそうした片鱗がみえる。

 暦以前のトシのはじめ

本居宣長は一年の各月と季節についてこうも言っている(25)。

「そもそも上代には、一年(ヒトトセ)をば、ただ春夏秋冬と四(ツ)に刻み、又其ノ四時を、各初(ハジメ)中(ナカ)末(バスヱ)と三(ツ)に刻み云るのみにして、後の如く十二月(トツキマリフタツキ)と定めて、某月某月(ソノツキソノツキ)と云ふことは無かりしかば、【一年を十二月と刻み定めて、其月々の名をもつけられたるは、仁徳天皇の御世などにやありけむ】」(『古事記伝』三十巻)

上代では一年は春夏秋冬の四時があるばかりで、各季は初中末に刻むだけであったが、一年を十二月とし月々の名をつけたのは仁徳天皇の頃であったとみた。外国からわが国に暦がもちこまれたのは、欽明紀十五年(五五四)二月条「暦博士」が来日、推古紀十年(六〇二)十月条百済僧観勒(かんろく)が「暦本(れきほん)」を貢(たてまつ)る。このとき、書生三四人を選び、観勒に暦法を習はせたことなどが初期の例である。その後、持統五年(六九一)まで元嘉暦(げんかれき)が用いられ、翌六年から儀鳳暦(ぎほうれき)が用いられたが、天平宝字七年(七六三)八月「儀鳳暦」を停め「大衍暦(たいえんれき)」が採用され、天安二年(八五八)の「五紀暦(ごきれき)」を経て、貞観四年(八六二)に「宣明(せんみょう)

暦(れき)」に改まり、これが貞享元年(一六八四)まで八二三年間用いられたという。(岡田芳朗『日本の暦』)[26]『万葉集』は、特別に古い時代を除いては七世紀から八世紀半ばを主とする歌集のため、暦の輸入後およそ一〇〇年~二〇〇年経過した時期にあたる。この時代に国内に暦法が定着してゆくわけだが、庶民の生活はというと、特に地方の農業を主とした生活は、自然の変化に対応する農業暦を容易く捨て去ったとも思い難い。

時下り、昭和初期に柳田国男は、民間暦の研究を表した。民間伝承は、さまざまな変化の末に維持されてゆくもので、民間暦に目を止め、国の果てまで年中行事を調べその総体から暦のもっとも古いわが国上代のありかたを割り出す方法を柳田はとった。「民間暦小考」(柳田　昭和六年)はこういう、

「要するに暦にもし統一の要求が伴なふものとすれば、地方には又地方自身の統一が入用であつたので、それが民間暦の存外に永く保存せられ、事実官府も亦能ふ限りこれを黙認し、譲歩し妥協しなければならなかつた所以であらうと思ふ。日本は四時の運行の至って鮮明な国である。時に一年の周期があるといふことは、恐らくはこの島居住の最初から、一人も漏れなく持つて居た経験であつたらう。しかも一年の何の月何の日を境として、トシを算へるかは又別の問題であつて、この所謂建寅の朔を以て元旦とする風が、和漢偶然に一致したものと迄は考へにくい。果してこれも新たなる暦法と共に、輸入せられた方式の一つであつたとすれば、さてその以前はどこを境にして、トシの始めを祝ひ又記念して居たか。これが問題になつて来るのである」

と、暦以前の古代の暦の始点（一年のはじまりの日）を推測しようとした。暦以前に自然暦を考えることは先の宣長説と歩調が合うが、柳田は田舎の稲作の生活を見て、トシのはじまりを見定めようとした点で、宣長よりも具体的に焦点を絞りこんだ。田舎の生活では、大晦日から元旦への年越しをオホトシといい、ワカトシという十四日から十五日への年越しとの儀式が二重になっていることは新暦正月と似るが、この若歳なるものがあるいは元の民間の新年であったのではないかというのが柳田の見立てであった。小正月のみがかつては村の正月だった時代があったとみたわけだ。加えて、「水田の農事が、将に企てられんとする直ぐ前の四月の満月が、たとへ新年と言はぬまでも、重い一つの境目であったことが無かったともいはれぬ」として、農村において、卯月八日を行事日として大切に扱う習慣をも参考にして、四月十五日を一年の重要な折り目と提案もしている。渡来の暦以前に、上代の日本人が年始をいつと知覚していたかについては、岡田芳朗『日本の暦』が「春分の頃の満月の日が一年のはじまり」と断じたが、はやくに北野博美『年中行事』が、柳田説をうけつつも、霜月の新嘗祭と冬至とに注目し、「冬至の夜を、太陽、即、祖先の更生する日」、神を迎える行事の日として、「新嘗祭りと、冬至とは、陽暦が用ゐられるやうになつてからは、約一个月間の隔たりが出来たが、以前は同じ十一月中の行事であつた」「古代の正月は、此霜月に相当する時期であつた」と解くなど、外来暦以前の古代暦の年始の時期について諸説は雁行してきた。

さて、かつてのこれらの議論から学ぶことの要点は、すでに触れたことのくりかえしになるが、1外来の暦以前に我が国に自然の変化から感受する生活に密着した自然暦があったということと、2外来の暦が普及しても、各地方の生活においては伝統的な自然暦の入用なものは存外永く維持されてゆくことであった。そのことは、上代においても同様に考え得ることである。いま、歳時・年中行事と『万葉集』の問題にこのことをかかわらせるとき、万葉の時代は、外来暦の施行から一〇〇―二〇〇年ほどの時期にあたり、暦に対する新鮮な感受性の芽生えが、自覚的に歌われることが起きてきた。その一方で、自然暦とでもいうべきものに左右されていた古来の生活は、古い面影を宿したまま、断片的にすぎないとしても、これも歌に詠まれることがあった。奥行のある『万葉集』のもつ価値は、その何れの読み取りからも究明できる。そうした意味を以て本稿は、『万葉集』以外に関連ある文献記事を求めやすい節の行事を順に並べて、あわせて民間のものや官民に普遍的な歳時・行事を拾いながら、これらを交錯させながら述べる体裁をとってみた。

注1 「年中行事」(初出日本歴史新書『年中行事』至文堂、一九五七年)『和歌森太郎著作集12』弘文堂 一九八二年に年中行事研究の意味や基本的な研究態度につき歴史学・民俗学の視野から幅広く解説がある。万葉集にかかわるものとしては、神野志隆光「万葉集」『年中行事の文芸学』山中裕・今井源衛編 弘文堂 一九八一年に略述があり、稲岡耕二編『万葉集事典』別冊国文学46学燈社一九九三年に「萬葉集四季事典」として手際のよい解説がある。

2 ○新しき年のはじめにかくしこそ仕へまつらめ万代までに 続日本紀天平十四年正月十六日(七四二

年）　＊恭仁京正月宴、六位以下の官人たちの歌

○新しき年のはじめに豊のとししるすとならし雪の降れるは　万葉集（巻十七・三九二五）葛井諸会天平十八年正月（七四六年）　＊太上天皇御在所の肆宴での応詔歌

○新しき年の初めはいや年に雪踏みならし常かくにもが　万葉集（巻十九・四二二九）大伴家持天平勝宝三年正月二日（七五一年）　＊越中国守館の正月の集宴

○新しき年の初めに思ふどちい群れてをれば嬉しくもあるか　万葉集（巻十九・四二八四）道祖王天平勝宝五年正月四日（七五三年）　＊石上宅嗣家の宴

○新しきとしのはじめの初春のけふ降る雪のいやしけよごと　万葉集（巻二十・四五一六）大伴家持天平宝字三年正月一日（七五九年）　＊因幡国庁の正月宴

○新しき年のはじめにかくしこそ千歳をかねて楽しきを経め　『琴歌譜』片降

○新しき年のはじめにやかくしこそはれかくしこそ仕へまつらめや万代までにあはれそこよしや万代までに　『催馬楽』（鍋島家本）呂　新年

3　『伴信友全集』巻四　ぺりかん社　一九七七年（明治四十年刊国書刊行会版の覆刻）

4　『万葉集』三〇八六驄馬　「あをうま」と訓読。『和名抄』巻十一「驄馬（略）青白雑毛馬也」「青驪馬（略）漢語抄云鐵馬驄馬久路美度利能宇麻」。『新撰字鏡』「馬驄驄（驄）同作、倉江反馬白色又青色阿乎支馬」

5　鈴木棠三『日本年中行事辞典』角川書店　一九七七年に、古い民俗事例を紹介。「鹿児島県下では家子と称する家来百姓が年末の十三日に山から木を伐り出して旦那の家へ運び、軒先へ山と積む。熊本県などでは、親元へ年木を贈り、これを年玉と称する風がある。」　また、伊勢両宮でも、元は宮中の御薪と同様の仕来りが、御竈木奉納神事として正月十五日に禰宜内人らが神宮へ御薪を奉納する行事があ

ったこと等々を紹介している。

6 これについてはすでに論じたことがある。藤原「日本の踏歌の黎明―飛鳥時代―」『神戸山手女子短期大学紀要』39号　一九九六年十二月。射礼については大日方克己『古代国家と年中行事』吉川弘文館一九九三年に詳しい。

7 『正倉院宝物8　南倉II』毎日新聞社　一九九六年　解説二四二頁。

8 阿部弘「玉箒のゆらぎ」宮内庁　正倉院紀要37号　二〇一五年。

9 穂井田は一八三六年正倉院古文書正集45巻を整理。本論付図は日本古典全集『観古雑帖』より転載。

10 渡瀬昌忠「万葉びと四季事典（春）」注1『万葉集事典』所収。

11 『荊楚歳時記』杜公瞻(せん)註。注5鈴木同書。

12 主に注5鈴木同書に依る。

13 川口孫治郎『自然暦』生活の古典双書4　八坂書房　一九七二年。

14 井村哲夫『万葉集全注』巻五　有斐閣　一九八四年。

15 和田萃「薬猟と『本草集注』」『日本古代の儀礼と祭祀・信仰』塙書房　一九九五年。

16 井手至は、『拾芥抄』により、方六尺＝一歩〞二百八十歩＝四十代〃五十代＝一段、五百代＝十段＝一町とした上で、「一町は約一ヘクタールになるので近代の農家としては一応標準的な経営規模であるが、当時の貴族の田庄としてはあまり大きい方ではなかったか。」（『万葉集全注』巻八　有斐閣　一九九三年）とする。

17 上野誠『万葉びとの生活空間』はなわ新書　塙書房　二〇〇〇年。

18 『本居宣長全集』八巻　筑摩書房　一九七二年。

19 橋浦泰雄『月ごとの祭』岩崎書店　一九五五年。
20 『政事要略』新訂増補国史大系本による。
21 永田和也「大歌所について」國學院雑誌91－2、一九〇〇年。
22 古い行事が、秋冬に集中する事情についてのこうした見方は北野博美『年中行事』第一～十二冊　年中行事刊行会　一九三三～一九三五年にみえるが、同書によるとすでに折口信夫「翁の発生」「大嘗祭の本義」「山の霜月舞」などの論にその考えが芽生えているとする。
23 たとえば「木綿垂での」は十一月節の折に歌われる琴歌片降と大直備歌、「新しき」は正月元日節に歌われる琴歌片降と大直備歌の歌詞である。
片降8
木綿垂での　神が崎なる　稲の穂の　諸穂に垂でよ　これちふもなし
片降14
新しき　年の始めに　かくしこそ　千歳をかねて　楽しきを経め
片降・大直備歌ともに新嘗では稲穂の歌、元日宴では新年の歌を、時宜にかなうように入れ替えるが、両行事に共通歌謡が多いことを、当代の事情によるのではなく、その因子が冬と春の祭事につながる古い事情に由来するとみることにより、両行事の問題をより深く把え得ると考える。
24 吉井巖「万葉びと四季事典（冬）」注1『万葉集事典』所収。
25 本居宣長『古事記伝』三十巻『本居宣長全集』第十一巻　筑摩書房　一九六九年（三九七頁）
26 岡田芳朗『日本の暦』新人物往来社　一九九六年。
※万葉集の本文は『萬葉集』CD‐ROM版　塙書房を使用。

万葉びとの医療への憧憬

田中夏陽子

我が盛り(さか)　いたくくたちぬ　雲に飛ぶ　薬食(は)むとも　またをちめやも

——「員外故郷を思ふ歌両首」より（『万葉集』巻五・八四七）

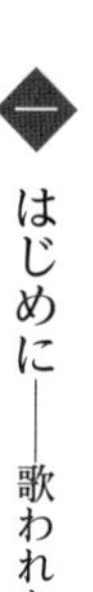

一　はじめに——歌われない生薬の効用——

『万葉集』には一六〇種以上にものぼる植物が登場し、それらを特別に「万葉植物」と呼ぶことがある。万葉植物は、植物の美しさのみならず、古代に生きた人々の想いを和歌という形を通して現代の我々に語り伝えている。

万葉植物は、万葉歌にその効用は詠まれていないが、ほとんどの植物が「生薬」としての実用性を有している。そして、奈良朝の知識階級に属していた万葉びとたちは、漢籍由来の本草学や神仙思想などを通して、生薬としての植物に関する知識を持ち合わせていた可能性が高い。現代人である我々の方が、医学が発達してしまったがゆえに、万葉植物の生薬としての側面を忘却してしまっているのである。万葉歌の魅力の一つとしてあげられる、人間と自然に区別がないプリミティブな歌の様相は、植物のそうした特性を万葉びとが身近に感受していたからこそ生まれたものなのかもしれない。

拙稿では、万葉びとの生きた時代の医療制度や医薬に関する意識について、「富山の薬売り」で有名な近世の越中富山の和漢薬の歴史と、当時名声が高かった「高岡医家」の越中万葉享受にもふれながら紹介したい。

二 「万葉の時代」の薬と医療――奈良時代知識人の医薬への憧れ――

（1）日本神話・記紀に登場する妙薬

「万葉の時代」という表現はよく使われるが、実は非常に曖昧な言い回しである。

『万葉集』には、仁徳天皇の皇后であった磐姫の歌だと伝えられる説話時代の伝承歌から、『万葉集』最終歌である天平宝字三年（七五九）に因幡国の国守大伴家持が正月を言祝いだ歌まで、約四四〇年間の歌がおさめられいる。この間、大陸から様々な文化が入り、薬や医療も大きく変化したことは想像に難くない。

因幡(いなば)の白うさぎの蒲(がま)の穂

『古事記』掲載の日本神話である因幡の白うさぎの話には、毛をむしり取られて皮膚の痛みに苦しむウサギに対し、オオクニヌシは、水で体を洗ってガマの穂を敷き散らして転がるよう教えたとある。皮膚欠損に対する湿潤(しつじゅん)治療ともいえ、神話という形で日本古来の民間療法を知ることができる。ガマの穂(雄花序部分)は「蒲黄(ほおう)」と呼ばれ、後漢頃に成立したといわれる中国最古の薬物書『神農本草経(しんのうほんぞうきょう)』(上品(じょうほん))にも見られる生薬でもあり、利尿や止血にも使われた。イソラムネチン配糖体(フラボノイド)などが含まれ、止血、収れんなどの作用があるとされる(武田薬品工業「京都薬用植物園」中央標本園ホームページより)。

書物の題名にみられる「神農(しんのう)」とは、古代中国の三皇五帝の一人で、農耕神・医薬神として日本でも信仰されている。頭に角があり、草をなめ、木の葉の衣を纏(まと)った姿で描かれることが多い。山上憶良(やまのうえのおくら)が七十四歳で亡くなる天平五年(七三三)に書いた「沈痾自哀文(ちんあじあいぶん)」(万葉集・巻五)にも、

抱朴子(ほうぼくし)に曰(いは)く、「神農云(いは)く、『百病愈(い)えず、安(いか)にしてか長生すること得む』」と。

(『万葉集』巻五「沈痾自哀文」)

と、『抱朴子(ほうぼくし)』(東晋の葛洪(かっこう)著。四世紀初頭成立。神仙・方薬・養生など道教・神仙道の解説書)からの引用である

が、神農が「諸病がいえなければ、どうして長生きできるだろうか」と言ったと引用されている。

非時香菓

記紀の第十一代垂仁天皇条にみられるタジマモリの話は、「非時香菓（ときじくのかくのこのみ）」と言われた橘をタジマモリが常世国から持ち帰った話である。橘の皮は「橘皮」「陳皮」といわれ『神農本草経』（上品）にも登場し、血圧降下、胃もたれ、消化促進、食欲増進効果があるという。秦の始皇帝のために蓬莱へ不老不死の薬を求める徐福伝説との類似性や神仙思想の影響も指摘されている（川副武胤「田道間守」『国史大辞典』）。

『万葉集』にみられる神仙思想については、中西進『ユートピア幻想――万葉びとと神仙思想――』（大修館書店・平成五年）や林田正男『万葉集と神仙思想』（笠間書院・平成十一年）などに詳しいが、先にあげた「沈痾自哀文」でも、

若し夫れ群生品類、皆尽くることある身を以て、並に窮みなき命を求めずといふこと莫し。所以に、道人方士の、自ら丹経を負ひ名山に入りて、薬を合はするは、性を養ひ、神を怡びしめて、長生を求むなり。

（『万葉集』巻五「沈痾自哀文」）

と、「生きとし生ける者は皆有限の命でありながら無限の命を求めない者はない。ゆえに神仙の道を求める者は、自ら仙薬の処方を記した書物を背負って名山に入って薬を調合するのは、体を整え精神を安らかにし、長寿を求めるからである」と主張している。

晩年長期にわたり病で苦しんだ山上憶良は、スピリチュアルな健康志向を説く神仙思想にはまっていたようである。

員外故郷を思ふ歌両首

我が盛り　いたくくたちぬ　雲に飛ぶ　薬食むとも　またをちめやも　（巻五・八四七）

雲に飛ぶ　薬食むよは　都見ば　いやしき我が身　またをちぬべし　（巻五・八四八）

右の二首は、九州大宰府で天平二年（七三〇）正月十三日に開かれた「梅花の宴」の歌群の直後に掲載されている歌で、主催者であった大伴旅人の歌だとされている。

歌の中の「雲に飛ぶ薬」とは若返りの仙薬のことである。一首目で「老身なので仙薬を服しても若返ることはあるまい」といいつつ、二首目で「仙薬を服するよりは都を見れば若返るに違いない」と、故郷の奈良の都を一目見ることに比べれば空をも飛べる仙薬もかなわないと、都を慕ぶ思いの強さがうたわれている。

和田萃氏は、正倉院薬物に鉱物性薬材があることから、不老不死になるための仙薬に対する関心が、奈良時代の貴族層を中心に高かったことを指摘されている（「薬猟と『本草集注』」『選集道教と日本 第二巻 古代文化の展開と道教』雄山閣出版・平成九年）。

古代を語る上で欠くことの出来ない文献である『古事記』『日本書紀』が編纂されたのは『万葉集』の時代区分でいうところの第三期（七一一～七三三）にあたる。記紀編纂にかかわった人々は、大伴旅人や山上憶良と同時代の人々であり、こうした日本神話や伝承時代の説話も、当時の知識人たちの教養や思想・信条の影響下にあることを前提に読むべきだろう。

（2）名医への憧れ

病身の山上憶良は、名医にかかることにも憧れていた。

憶良は「沈痾自哀文」で、次のように「昔は多くの名医が人々の病を治した」と八人の名医の名をあげ、「みな実在した良い名医であり、病をすべて快癒させた」と書いている。

我聞く、前の代に良き医多くありて、蒼生の病患を救療す。楡柎・扁鵲・華他、秦の和・緩・葛稚川・陶隠居・張仲景等のごときに至りては、皆是世に在りつる良き医にして除き愈さぬといふことなし、といふ。

（『万葉集』巻五「沈痾自哀文」）

楡柎…　中国黄帝時代の伝説的名医。

扁鵲…　『史記』に逸話を残す戦国時代の名医。憶良は心臓移植をした逸話を割注部分で紹介している。

華佗…　後漢の名医。麻酔を使った外科手術の名医とされ、曹操の侍医となるが意に沿わず殺された。憶良は割注部分で「腹を割いて病を取り出し、縫合して塗り薬をすり込めば四・五日で治ったという」と、華佗が行ったとされる腹部の外科手術を紹介している。

和…　春秋時代の名医で、景公より遣わされて晋の平公を診察した。

緩…　秦の人で、晋の景公へ往診し、不治の病を治したといわれる名医。憶良が「沈痾自哀文」で使用した「二豎」という言葉は、『春秋左氏伝』（成公十年）の景公が見た夢の説話に登場する二人の子どものことで、病魔のたとえとなっている。

葛稚川…　葛洪のことで東晋の神仙家。『抱朴子』の著者。「抱朴子」は葛洪の号。

陶隠居…　陶弘景。梁の道士。書・本草に精通。『神農本草経集注』を編述。

張仲景…　後漢の医者。長沙（中国湖南省の省都）の太守（郡の長官）。『傷寒雑病論』（急性病医学書で日本の古方派漢方の聖典『傷寒論』・慢性病医学書『金匱要略』）を記す。

そして、「これらの名医を得たいと思っても、もう間に合わないが、もし聖医・神薬に出逢うことができるのならば、五臓を切って患部を取り探り、薬や鍼の効かない内臓深くに隠れている諸々の病を取り出したい」と、文字通り神の手を持つ名医による外科手術に強い憧れを示していた。

件の医を追ひ望むとも、敢へて及ぶ所に非じ。若し聖医神薬に逢はば、仰ぎ願はくは、五蔵を割き刳り、百病を抄り探り、膏肓の隩処に尋ね達り、(中略)二竪の逃れ匿りたるを顕はさむと欲ふ。

(『万葉集』巻五「沈痾自哀文」)

当時は、「身体髪膚これを父母に受く、あへて毀傷せざるは孝の始めなり」(『孝経』)と、身体は父母から恵まれたものであるから、傷つけないようにするのが孝行の始めであるという儒教思想が広く流布していた時代である。養老二年(七一八)に選定され天平宝字元年(七五七)に施行された「養老令」(第十一学令)によれば、当時の学生は『論語』『孝経』は必須科目であった。

遣唐使の少録として唐に渡り、聖武天皇の皇太子時代の東宮侍講(家庭教師)も勤めた当代きっての知識人であった憶良だが、長期にわたり病に苦しむ老いの境地の中、儒教倫理を破ってでも名医による外科手術に憧れる思いは、現代人の我々にも容易に理解できる。

医師・薬師の渡来

史書に残る記録によれば、医師や薬師が来日した話は、四一四年に新羅王から派遣された大使の金波鎮漢紀武について、「深く薬方を知れり」とあり、允恭天皇の病を治した（『古事記』允恭天皇条・『日本書紀』允恭三年八月条）とある。また、雄略天皇時代には、天皇の要請により百済の王より高麗人の徳来が派遣され（『続日本紀』天平宝字二年四月二八日条）、欽明天皇十四年（五五三）六月には、医博士、易博士、暦博士を交代でつとめさせるよう求める勅使を百済に派遣させた（『日本書紀』）。

このように朝鮮半島経由で来日していた医師や薬師は、推古天皇の御世になると直接中国からもたらされるようになる。

徳来の子孫の恵日は大唐学問生で、遣唐使として二回、計三回も渡海している。『日本書紀』に「医恵日」（推古三十一年七月条）・「薬師恵日」（舒明二年八月条）と名が見える。渡航年は不明だが推古三十一年に帰国、舒明二年八月と白雉五年二月に遣唐使となる。激動する東アジア情勢の中で唐との通交を進言し、古代律令時代の医療制度確立に尽力した人物と目されている。[1]

恵日は、薬師を姓としていたが、『続日本紀』天平宝字二年四月二八日条には、その子孫で内薬司佑の難波薬師奈良らが難波連の姓を賜る記事が載る。難波連の一族は医薬関係の官職ついているものが多い。

また、弘仁六年（八一五）に嵯峨天皇の命で編纂された古代日本の氏族の系譜書である『新撰姓氏録』

（左京諸蕃下）には、牛乳を孝徳天皇に奉って「和薬師使主」の姓を賜わった善那という人物が見られる。その祖先の智聡は、欽明天皇の御世に朝鮮半島に遠征した大伴狭手彦と共に百済国より来日し、仏典・儒教の典籍・明堂図などの医薬書を数多くのもたらしたともある。

鑑真

日本に戒律を伝えるため天平勝宝五年（七五三）に唐から来日した鑑真も薬に精通していた。五度も渡航に失敗し失明していた鑑真であったが、大伴家持の親族で遣唐副使だった大伴古麻呂の機転によって日本への渡航が成功し、来日後は東大寺大仏殿前に戒壇を造って聖武上皇らに授戒した。

鑑真は失明していたが、薬の香りを嗅ぎ分けて鑑別することができた。皇太后（光明皇后、あるいは聖武天皇の母の藤原宮子）の病気の際に薬を進上して回復したことから大僧正の位を授与されたことが、『続日本紀』天平宝字七年（七六三）五月の記事に残されている。

また、諸の薬物を以て真偽を名かしむ。和上一一鼻を以て別つ。一つも錯失ること无し。聖武皇帝、これを師として戒を受けたまふ。皇太后の不悆に及びて、進れる医薬、験有り。位大僧正を授く。

また、淡海三船によって記された『唐大和上東征伝』（宝亀十年〔七七九〕成立）によれば、二回目の渡航準備品リストに、経典と共に麝香・沈香・胡椒・蔗糖・蜂蜜などの多数の香薬類が記されている。

さらに、寛平三年（八九一）頃に宇多天皇の命により藤原佐世によってまとめられた日本最古の漢籍目録『日本国見在書目録』には、「鑑上人秘方一」とある。十世紀初頭成立の『本草和名』（深根輔仁撰）にも「鑑真方」として引用されている。十世紀後半に丹波康頼によって編纂された『医心方』にも「鑑真方」の処方があり、鑑真のもたらした医学知識は、現在は散逸してしまった『鑑真秘方』によって平安時代にも受け継がれていた（岩波書店『新日本古典文学大系　続日本紀』天平宝字七年七月六日補注）。

万葉時代後期の医療制度——医疾令・典薬寮・吉田宜・薬物木簡・病床の家持——

（1）「医疾令」——国による初の医療制度——

古代国家の基本法となる律令制度では、「医疾令」によって日本で最初の医療制度が定められた。

「医疾令」は、医療関係の職員の任用・学生の教育・薬園の運営・投薬など医薬全般にわたる規定である。「養老令」（天平宝字元年〔七五七〕施行）では二十七条からなるが、「養老令」の「医疾令」の原文は早くから散逸したので、江戸時代に『続日本紀』『類集三代格』『令集解』などの逸文から復元されたものである。五位以上の官人が疾患した場合は、奏聞して医師が派遣され、薬も支給されたという。「大宝令」については、平城宮から出土した木簡に「医疾令」の一部が記されている。

医学生

「職員令」(官員の定員・職務を規定した編目)の典薬寮(官人の医療を担当し医師らを養成する官司・「職員令」44)によれば、学生の教官にあたる医博士・針博士・按摩・呪禁(まじない)博士・女医博士(養老六年〔七二二〕年十一月設置)がおり、医薬関係の学生は、世襲で十三~十六歳以下の者から選ばれた。各分野の学生は、医生四十人、針生二十人、按摩生十人、呪禁生六人、薬園生六人。習業期間は内科・鍼灸は七年、外科・小児科は五年、耳・目・歯は四年、按摩・呪禁は三年で、典薬寮の上部組織である宮内省で最終試験が実施された。

女医

女医は、宮廷の女性の治療にあたる女性の医師で、その養成は賤民(制度上、社会の最下層の身分とされた人々)の中から十五~二十五歳以下の聡明な女性三十人を採用し、内薬司(皇室の診察と薬の処方が主な職掌の官司)のそばに別院を造って、産科・外科・針灸が教えられた。教授方法は「口授」とあり、医学書の講読はしなかった。毎月、医博士が試験し、年末には内薬司が試験をおこなって、七年以内に修業させた。男性の医師と異なり女医は賤民出身ということで昇進はなかった。(2) 女医の養成にあたる女医博士は男性である。

（2） 典薬寮——現在の旧厚生省と医科大学——

中央政府による医療と医療者養成機関である典薬寮の官人の構成は、長官である頭（従五位下）を筆頭に以下の通りである。

【事務官】

助（従六位上・現在の部長級相当） 1人

允（従七位上・現在の課長級相当） 1人

大属（従八位下・現在の係長級相当） 1人

少属（大初位上・現在の係長補佐級相当） 1人

【医療医学官】

○教官職

医博士（正七位下） 1人

呪禁博士（従七位上） 1人

針博士（従七位下） 1人

按摩博士（正八位下）　1人
○臨床医
医師（従七位下）　10人
針師（正八位上）　5人
呪禁師（正八位上）　2人
薬園師（正八位上）　2人
按摩師（従八位上）　2人

【学生】
医生…40人　針生…20人　按摩生…10人　呪禁生…6人　薬園生……6人

【下級事務と雑用】
使部（六～八位の下級役人の嫡子で二十一歳以上のもの）…20人
直丁（五十戸ごとに二人徴発された仕丁のうち中央官司の雑役に服するもの）…2人

「職員令」には見えないが、『続日本紀』養老三年七月条には典薬寮の職種として「乳長上」（牛乳を管理する専門職）という職がみられる。また、左右衛士府にも医師が各二名（「職員令」61）、左右馬寮にも馬医が各二名配属されていた（「職員令」63、新日本古典文学大系『続日本紀　二』補注8・三十～三十二・四七五頁）。

皇室の診察と薬の処方は、宮内省の典薬寮とは別に、中務省に内薬司が設置され、正（長官）一人・佑一人・令史一人官位の下に、医療担当の侍医が四人・薬生十人を置いて実施された。使部は十人、直丁は一人で、女医の養成管理は内薬司の所轄であった。

医博士・典薬頭の万葉歌人吉田宜

吉田宜という万葉歌人がいる。

『日本文徳天皇実録』嘉祥三年十一月条によれば、出自は百済という。恵俊という名の僧であったが、その医術によって文武四年（七〇〇）八月に還俗して吉宜という名と務広肆（従七位下相当）の位を賜った。その後、和銅七年（七一四）には従五位下に昇進。養老五年（七二一）正月に、医術の学業に優れる者として報奨されている。聖武朝の神亀元年（七二四）に吉田連の姓を賜わる。天平二年三月には、陰陽・医術・陽暦は国家の要道であるため、齢が老いた吉田宜以下七人の博士は弟子をとるよう詔が下った。天平五年（七三三）十二月に図書頭、天平九年（七三七）九月に正五位下、翌天平十年（七三八）閏七月七日に典薬頭となる。平安時代初期に平城天皇の勅命で編纂された医薬事典『大同類聚方』（詳細は後述）の巻十四にも、「時の気の冷まし薬」という発熱悪寒の処方薬が宜によるものと伝えられている。

没年は不詳だが、日本最初の漢詩集『懐風藻』には、長屋王邸における新羅遣使送別の宴の漢詩と吉野従駕詩が掲載されており、享年七十歳とある。

市村宏氏は、「近代における森鷗外を髣髴せしめる人物であった。詩も歌も宜にとっては余技ながら余技の域を越えたもので、旅人の漢学・仏教・詩文についての素養のごとき、必ずやこの人に多く負うところがあったとみても、あながち附会の説とはし難かろう」[3]と述べられているが、奈良の都にいる宜が、天平二年（七三〇）七月十日付で大宰府の大伴旅人へ返信したと考えられている書簡には、次のような和歌四首が添えられている。

　諸人の梅花の歌に和へ奉る一首

後れ居て　長恋せずは　み園生の　梅の花にも　ならましものを　（巻五・八六四）

　松浦の仙媛の歌に和ふる一首

君を待つ　松浦の浦の　娘子らは　常世の国の　海人娘子かも　（八六五）

　君を思ふこと未だ尽きず、重ねて題す歌二首

はろはろに　思ほゆるかも　白雲の　千重に隔てる　筑紫の国は　（八六六）

君が行き　日長くなりぬ　奈良路なる　山斎の木立も　神さびにけり　（八六七）

　天平二年七月十日

天平二年四月に大伴旅人から宜に送られたと考えられる書簡には、梅花の宴の歌や松浦の仙媛の歌が載っており、それを絶賛しつつ、遠く離れた筑紫にいる旅人への慕情を綴った返歌である。

この宜からの返信が届いた四ヶ月後の天平二年十一月、旅人は大納言となって帰京するが、翌天平三年（七三一）七月に六十七歳で薨じた。

神亀元年（七二四）に弟子をとるよう勅命が下る医博士だった宜であるから、大納言従二位という政府の要人であり交友の厚かった旅人を医師として看取った可能性を考えてもよかろう。

典薬寮から薬を取り寄せた但馬皇女――藤原宮出土の薬物木簡――

人言を　繁み言痛み　己が世に　いまだ渡らぬ　朝川渡る

但馬皇女（巻二・一一六）

この歌の作者は、天武天皇の長男で壬申の乱の功労者の高市皇子（白雉五年〔六五四〕～持統十年〔六九六〕）という太政大臣の夫がいながら、穂積皇子との密通を詠んだ悲恋歌で知られる但馬皇女である。父は夫と同じく天武天皇で、母は藤原鎌足の娘の氷上娘。『万葉集』に四首の作歌が見える。平城京遷都の二年前の和銅元年（七〇八）六月に亡くなっている。

和銅八年（七一五）に亡くなる穂積皇子も天武天皇の皇子で、母は蘇我赤兄の娘の石川夫人。大伴家持の妻の母で叔母でもある大伴坂上郎女を妻としたことでも知られる。慶雲二年（七〇五）九月に知太政官事（太政官の長官）を拝命していた穂積皇子だが、雪の降る冬の日、但馬皇女の墓を遙かに望んで悲傷涕流して作った次のような歌が『万葉集』には伝えられている。

　降る雪は　あはにな降りそ　吉隠の　猪養の岡の　寒からまくに　　穂積皇子（巻二・二〇三）

彼らの哀切な相聞の舞台となったのは、大和三山に見守られた藤原京。

『日本書紀』では「新益都（あらましのみやこ）」と呼ばれており、持統八年（六九四）から平城京に遷都される和銅三年（七一〇）まで持統・文武・元明の三代の天皇が十六年間居住した。日本で初めて首都として計画的に造られた都市で、日本における古代国家の基本法である大宝律令が発布された。

その皇居と官庁街をあわせたところを藤原宮と呼ぶ。そしてその藤原宮跡の二カ所から、薬物の名称や「典薬」と書いた木簡・削りかすが多数出土している。

薬物・医療にかかわる官司としては宮内省の典薬寮と中務省の内薬司があるが、これら大量の薬物木簡が二ヶ所から出土したことにより、典薬寮は藤原宮の西方に、内薬司は内裏の東方に施設があったことが想定されている。[4]

平城京を見ずに藤原京で亡くなった但馬皇女であったが、晩年病臥していたのか、多治麻内親王の宮の正職員（「政人」）の陽胡甥が典薬寮に生薬を請求した際の木簡が出土している。

・「受被給薬車前子一升　西辛一両　久参四両　右三種」

受け給はる薬　車前子一升　西辛一両　久参四両　右三種

・「多治麻内親王宮政人正八位下陽胡甥」

多治麻内親王の宮の政人正八位下陽胡甥

（藤原宮跡出土・奈良県立橿原考古学研究所附属博物館蔵）

車前子はオオバコの種子を乾燥させたもので、排尿障害や膀胱炎、血尿、痰、関節痛などに使用。西辛は現在「細辛」と表記するのが一般的である。ウマノスズクサ科ウスバサイシンなどの根と根茎を乾燥させたもの。解熱、鎮痛、鎮咳、去痰などに用いる。久参は現在「苦参」と書くが、マメ科のクララの根を乾燥させたもの。発汗作用などがあり、解熱、鎮痛、止血、抗炎症、皮膚疾患に用いられる。

この但馬皇女の治療に使用された三類の薬草は、現在も漢方の生薬として使われている。

（3）病床の越中国守大伴家持――地方行政の医療制度――

地方行政でも、医師は典薬寮のシステムにならって各国内で養成された（医疾令19）。定員については、大宰府の医師は定員は二人（職員令69）、各国ごとに医師は一人、医生は大国十人・上国八人・中国六人・下国四人とある（職員令80）。しかし、人材不足で中央からも派遣されていたようである（日本思想大系『律令』補注12—27・六百頁、新日本古典文学大系『続日本紀二』補注3—10・三五四頁）。

大宰帥大伴旅人主催の「梅花の宴」には大宰府の二人の医師が出席し、次のような歌を詠んでいる。

梅の花咲きて散りなば桜花継ぎて咲くべくなりにてあらずや　薬師張氏福子（巻五・八二九）

春さらば逢はむと思ひし梅の花今日の遊びに相見つるかも　薬師高氏義通（八三五）

八二九番の作者は張福子といい、渡来人で『藤氏家伝』下（武智麻呂伝）にも藤原武智麻呂の交友した「方士」（医師の意）として、吉田宜・御立呉明らと共に名が見える。

二十九歳で国守（国の長官、現在の県知事相当の職）として越中国に赴任した大伴家持は、赴任一年目の冬に大病をして春の中頃まで起き上がれなかったことが、『万葉集』巻十七に記されている。その間、次の図のように部下で掾（現在の課長級相当の職）だった大伴池主と多くの病床歌や漢詩を交わす。

一時は、

世間は　数なきものか　春花の　散りのまがひに　死ぬべき思へば　大伴家持（巻十七・三九六三）

【図解】病気の家持と池主の歌の贈答

『万葉集』巻十七には、大伴家持が赴任先の越中の地で病の床に伏した時に、部下の大伴池主と交わした書簡が収められている。漢文の序に続き、春の風物や病に関する短歌や長歌、漢詩などが記載されている。

天平19年(747)
2月29日〈家持〉 3965序 序 → 3965 短 [14]、3966 短 [15]
3月2日〈池主〉 3967序 序 → 3967 短、3968 短 [16]
3月3日〈家持〉 3969序 序 → 3969 長、3970 短、3971 短 [17]、3972 短
3月4日〈池主〉 3972後書簡 序、3972後漢詩 漢詩
3月5日〈池主〉 3973序 序 → 3973 長、3974 短 [18]、3975 短
3月5日〈家持〉 3975後書簡 序、3975後漢詩 漢詩、3976 短、3977 短 [19]

ゴシック文字…歌番号・序や漢詩の位置をしめす略称
太枠…短歌・長歌
細枠…漢文
長…長歌　短…短歌　□…「越中万葉かるた」の番号
※日付は旧暦　※〈　〉内は作者　※矢印は内容の影響関係

人の生きるこの世とははかないものだ。春花の散り乱れる時に死んでしまうかと思うと。

山川のそきへを遠み　はしきよし　妹を相見ず　かくや嘆かむ　大伴家持（三九六四）

山や川を隔てて遠くに離れているので、いとしいあの人にも逢うこともできず、こうして嘆いていなければならないのか。

という状態だったと家持自身が歌によんでいる。記録には残らないが、越中国庁配属の医師の診療を受けていたはずである。だが、大宰府や都との医療格差は埋められるものではなかったのか、病床の家持の歌からは、父親の大伴旅人や山上憶良に見られるような当時の最先端医療ともいえる仙薬や神仙術への渇望は読み取れない。

旅人が大宰府で主催した「梅花の宴」には配属の医師（薬師）が両人とも出席しているが、家持が越中時代に開催した宴席の歌には、僧官の名は見られるが医師の姿は見られない。

現在でも外務省の在外公館には職員と職員の家族の健康管理に当たる医務官が駐在しているが、名門貴族大伴家の若き御曹司で越中国のトップである大伴家持が黄泉路をさまよう事態となり、それを家持自身が和歌や漢詩にして都の人々にも伝えたであろう状況は、国庁の医務官の立場からすれば相当なストレスになったことと想像される。

四 日本古代の医書

（1）奈良時代の医学生の教科書

「養老律令」第二十四「医疾令」には、医師や鍼灸医の卵である医生・針生の医学書と履修課程の規定がある（「医疾令」３医針生受業条・４医針生初入学条）。

以下、丸山裕美子『日本古代の医療制度（歴史学叢書）』（名著刊行会・平成十年）・小曽戸洋『中国医学古典と日本——書誌と伝承——』（塙書房・平成八年）・日本思想大系『律令』（岩波書店・昭和五十一年）丸山裕美子「律令国家と医学テキスト——本草書を中心に」（『法史学研究会会報』十一号平成十八年）などを参考に、彼らが使用していたテキストについてまとめると、次のとおりである。

○医生の必習テキスト

『甲乙経』　鍼灸の臨床書。『黄帝三部針灸甲乙経』『黄帝甲乙経』『針灸甲乙経』などとも呼ぶ。西晋時代成立。皇甫謐（二一五～二八二）撰。『令義解』に全十二巻とある。『素問』『霊枢』『明堂』の黄帝三部書を再編集したもの。後世針灸学の典範となる。

『脈経』　現存する中国最古の診脈書。王叔和撰。三世紀成立。『令義解』に二巻とある。

『本草』

中国最古の薬物書『神農本草経』は、六世紀初めに梁の陶弘景によって四冊の定本となり、それに注を加えた『神農本草経集注』七巻の形でまとめられた。令施行当時はこれを使用し、藤原宮木簡にも書名がみられる。原本は散逸している。

※典薬寮の建言により、延暦六年（七八七）五月に唐の高宗の勅命で蘇敬が増訂した『新修本草』に代えられた。『令義解』（平安時代初期に淳和天皇の命により撰集された令の解説書）にも「新修本草廿巻」とある。『新修本草』はすでに正倉院文書などにも書名が見られ、八世紀前半には日本に伝来していた。

○針生の必習のテキスト

『素問』

『令義解』に三巻とある。『日本国見在書目録』に「黄帝素問十六（巻）、新唐書全元起注」とある。『黄帝内経』の『素問』のこと。病理などの基礎的理論が中心。

『黄帝針経』

『令義解』に三巻。『日本国見在書目録』に九巻とある。『黄帝内経』の『霊枢』のこと。針灸の臨床医学について述べたもの。『素問』より内容が新しく改編を経ている。

『明堂』

針灸の書。「明堂」とは、人体の経絡や孔穴（つぼ）の部位を図示した針灸の人形や人体図「明堂図」を指すが、『令義解』に「黄帝内経明堂三巻」とあることから、『隋書』などに見られる『黄帝内経明堂』のことと考えられている。『黄帝内経明堂』は、初唐に揚上善が注をつけた十三巻のものが作られ、天平宝字元年（七五七）十一月に必須テキストとなる（『続日本紀』）。

※中国では散逸したが、日本には巻一のみの不完全なものではあるが平安時代の古写本が三点残る（前田育徳会尊経閣文庫一点・仁和寺二点）。

『脈決』

『令義解』に二巻とある。『隋書』に「脈経決二巻　徐氏新撰」とある。『新唐書』には三巻とある。現存しない。脈を見る法を述べた本。

○医生の選択テキスト（『小品』・『集験』などから二つを選択）

『小品』

『小品方』のこと。『令義解』に十二巻とある。南朝宋の陳延之編。平安時代に入ってからもテキストとして使用され、『医心方』でも引用率が高い書。

※長らく散逸していたが、昭和五十九年に前田育徳会尊経閣文庫から巻一の残巻が発見された。

『集験』

『集験方』のこと。北周の桃僧垣（四七八～五八三）編。『令義解』に十二巻とある。現在は散逸し、『医心方』に引用が残る。

※陸奥国多賀城跡から出土した医書断簡の漆紙文書が、散逸して現存しないこの医書の断簡である可能性が高いことが指摘されている（丸山裕美子『日本古代の医療制度』）。

○針生の選択テキスト（『流注』・『偃側図』・『赤烏神針』などから二つ選択）

『流注』　『令義解』に一巻とある。現存しない。針灸経穴図か。

『偃側図』　『令義解』に一巻とある。現存しない。針灸経穴図。

『赤烏神針』　『令義解』に一巻とある。『隋書』『旧唐書』『新唐書』に一巻とある。隋の張子在の撰。針灸の書。現存しない。

医生は最初に『本草』を読み、薬の効能・性質を習得する。その後に『甲乙』『脈経』を読む。針生は最初に『明堂』『脈決』を読み、明堂図を見ながらツボを習得、『脈決』を読んで針生同士が互いに診察して時間による脈の状態と変化を習得。その後に『素問』と『黄帝針経』を読む。

医生針生ともに、それぞれの書を精読して熟知するようにとある。

この他にも『続日本紀』天平宝字元年（七五七）十一月条には、医生の必須テキストとして『太素』があげられている。『太素』とは、『黄帝内経』に唐の楊上善（五八九〜六八一）が編注した『黄帝内経太素』三十巻のこと。

なお、『黄帝内経』とは中国医学三大古典の一つで、秦・漢にかけての中国最古の医学書。黄帝と臣下六人の名医との問答の形で、生理・病理・診断法・治療法が述べられており、『素問』・『霊枢』（『九巻』とも呼ぶ）に分けられる。『黄帝内経』の原本は散逸しているが、『黄帝内経太素』が一番原形に近いとされる。
このように、奈良時代の国家が養成した医生・針生は、東洋医学の原典であり中国医学の三大古典と言われる『黄帝内経』（医療に関する原典）・『神農本草経』（薬物に関する原典）・『傷寒雑病論』（急性性病に関する『傷寒論』と慢性病の治療法の『金匱要略』の二部構成）のうち、『傷寒雑病論』を除く二書を学んでいた。唐の医制をほぼそのまま受容しているが、唐では玄宗皇帝の時代の開元二十五年（西暦七三七年、日本は天平九年）に『集験方』から『傷寒論』にテキストが変更された。なお、『傷寒論』が日本に伝来するのは鎌倉時代以降のことである。

（2）平安時代初期に編纂された日本独自の医学書

日本独自の医学書が成立するのは平安時代初期である。有名なものとして次の二書があげられる。

『大同類聚方』

大同三年（八〇八）、平城天皇の勅命によって桓武天皇の侍医として名が知れていた出雲広貞、典薬頭の安倍真直らによって編纂。全百巻。中国伝来の医療の影響が強くなる中、諸国の神社や豪族・民間などに秘伝されていた医薬処方の亡失を懸念して編纂された日本で最初の医薬事典である。
現存する写本で最も古いのは室町期のもので、完本はない。後世の人々により仮託された偽書と断じられているが、日本古来の医療の痕跡をかいま見る余地は残されているだろう。

たとえば、巻二十一には大伴宿禰の秘方として、オケラ（朮）・マツホド（茯苓・アカマツやクロマツの生きた根に菌糸が寄生するサルノコシカケ科の菌類）・ホオノキの樹皮（厚朴）・柑橘類の果実の皮（橘皮）などを使った「須佐免薬」という夏バテの胃腸薬を伝える。三十八巻にも、大伴宿禰の秘方として「大伴薬」というアタフリ病（阿多不利病、癲癇のこと）の薬が載る。ワラビの根・硫黄・スッポン・甘草を粉末にしてワラビの根で作った糊で丸めて一日三十粒を与えるとある。[5]

『医心方』

永観二年（九八四）成立。丹波康頼によって編纂された現存する日本最古の医学書。全三十巻。円融天皇に奏進された。隋の煬帝の勅命で編纂された『諸病源候論』や唐代の代表的医書『千金方』をはじめとする多くの中国医書を引用して病気別に編集したもの。原書が散逸している中国隋・唐時代の東洋医学資料としての価値も高い。性生活における養生と技法をまとめた二十八巻「房中篇」によって好色本と誤解されることもあった。

丹波康頼（延喜十二（九一二）～長徳元年（九五五））は、丹波国天田郡（現在の福知山市）出身の医博士・針博士。左衛門佐兼丹波介、従五位上。康頼の功績により、丹波氏は和気氏と並んで典薬頭を世襲するようになる。

平安時代の『万葉集』にみる本草学的視点

延喜年間（九〇一～九二三）に醍醐天皇の命を受けて編纂された日本最初の本草書『本草和名』（深根輔仁撰）は、薬物の分類や配列を唐代に編纂された『新修本草』に倣って作られている。また源　順が承平年間（九三一～九三八）頃に編纂した漢和辞典『和名類聚抄』にも中国古典医学書が多数引用されている。

『万葉集』の歌を題材によって再編集した平安末期の写本『類聚古集』の巻七は、本草学的見地より編纂されており、成立が早いとされる十巻本『和名類聚抄』の注記部分との一致が指摘されている。(6)

仏教と医療

持統天皇と薬師信仰――薬師寺――

日本の医療は、薬師信仰という形で仏教とも密接な関係がある。その象徴が奈良の薬師寺である。

薬師寺は、天武天皇九年（六八〇）に、天武天皇が妻（後の持統天皇）の病気平癒を願って藤原京の地に造営された寺である。天武天皇は完成を待たずに崩御し、文武朝に完成する。平城京遷都後は現在の西ノ京に移転。本尊は薬師三尊像で、白鳳期の仏像の最高傑作とされる。

大講堂内には、天平勝宝五年（七五三）作と刻まれた唐伝来の仏足石（仏陀の足跡を刻んだ礼拝用の石）

があり、その脇には仏足石を讃えた「仏足跡歌碑」を安置する。

薬師（久須理師）は　常のもあれど　賓客の　いまの薬師　貴かりけり　珍しかりけり

高さ一九四センチのこの石碑には、右の歌をはじめとする二十一首の歌が万葉仮名で刻まれている。この歌の「薬師」は、薬師如来像と解釈する説と医師と解釈する説がある。

施薬院――父藤原不比等の遺産で光明皇后が設立――

また、仏教の教義に基づき、貧窮の病人を薬草を栽培して施薬治療する施設も存在した。それが施薬院で、聖徳太子が難波の四天王寺に設けたのが最初と伝えられている。その後、興福寺にも建てられた。多くの処刑者を出した凄惨な政変となる橘奈良麻呂の乱が勃発した天平宝字元年（七五七）の十二月には、越前国の墾田百町を山階寺（興福寺）の施薬院に施入する勅が下っている（『続日本紀』）。

四天王寺と興福寺の施薬院は私営のもので、国の制度として整ったのは、天平二（七三〇）年四月である。光明皇后の皇后宮職に設けられた。

皇后宮職とは、皇后や夫人などの天皇の配偶者のための中務省にある中宮識とは別に設置された令外の新設の官司。光明皇后が立后した天平元年八月の翌月九月に設置された。施薬院で使用する薬草は、光明皇后が父である故太政大臣藤原不比等から引き継いだ莫大な俸禄を投じ、諸国の薬草を買い取って集められた。

大仏に奉納された正倉院に伝わる薬物

正倉院の北倉には奈良時代の薬物が伝えられている。天平勝宝八歳（七五〇）六月二十一日の聖武天皇の七七忌に、妻である光明皇太后によって他の正倉院宝物と共に東大寺の盧舎那大仏に奉納されたものである。

この時奉納された正倉院宝物には目録があり、「東大寺献物帳」と呼ばれる五巻の巻物からなる。その第二巻は「種々薬帳」と呼ばれ、薬物の目録となっている。

「種々薬帳」は、全一巻の巻物で、献納された薬物名と数量・質量などが列記されている。桂心（クスノキ科ニッケイの樹皮）・甘草（マメ科カンゾウの根）など今日でも使われる生薬も含め、植物由来の薬物以外にも麝香（雄のジャコウジカの麝香腺分泌物を乾燥させたもの。ムスクとも）や犀角（インド産クロサイの角）などの動物、雲母粉・密陀僧（黄色の顔料）・石水氷（氷晶石）などの鉱物を合せ約六十種の薬物名が記されている。ただし、現在残っているのは三十九種で、ほとんどが外国産である。

天皇の御璽が一面に捺されており、巻末には次のように、『万葉集』にも歌が見られる藤原仲麻呂をはじめ、藤原永手・巨萬福信・賀茂角足・葛木戸主といった奈良時代後期の官僚たちのサインが役職名と共に見ることができる（「　」内の名前の部分が直筆のサイン）。

従二位行兼紫薇令中衛大将近江守藤原朝臣「仲麻呂」
従三位左京大夫兼侍従大倭守藤原朝臣「永手」
従四位上行紫薇少弼兼中衛少将山背守巨満朝臣「福信」
紫微大忠正五位下兼行左兵衛率左右馬監賀茂朝臣「角足」
行微少忠葛木連「戸主」

「種々薬帳(しゅじゅやくちょう)」の巻末部分

 結びにかえて――国学者本居宣長(もとおりのりなが)と漢方・越中富山の薬売り・高岡の医家――

以上駆け足で眺めてきたように、万葉びとが生きた時代には、大陸から膨大な薬学医学の知識が日本にもたらされていた。そこに中国の金・元王朝の「金元(きんげん)医学」が伝わり、室町時代終わり頃から日本独自に進化しはじめる。それがいわゆる「中医学(ちゅういがく)（中国伝統医学）」に対する日本で独自発達した「漢方」である。

「漢方」には、金元医学の立場をとる概念的保守的な「後世方派(ごせいほうは)」、中国古医学書『傷寒論(しょうかんろん)』『金匱要略(きんきようりゃく)』を聖典としつつ日本独自に同化させた実証的開明的な「古方派(こほうは)」、両派を合せた「折衷派(せっちゅうは)」といった流派がある。

（1）生薬を駆使した医師「春庵」としての本居宣長

近世国学者は、こうした江戸期の漢方医学や本草学の急速な発展の中で『万葉集』を読んでいた。江戸時代の国学者本居宣長（享保十五年〔一七三〇〕〜享和元年〔一八〇一〕）は、二十三歳から五年半、京都に留学して儒学や医学を学んでいたが、宣長が留学中の京都は、古方派の山脇東洋が、宝暦四年（一七五四）に死刑囚の人体解剖を行って吉益東洞ら同じ古方派から批判を浴びるなど、医学史的には変革期の真っただ中であった。

宣長は、宝暦七年（一七五七）二十八歳で郷里の伊勢松坂に帰郷して開業する。医師としては「春庵」と号していた。この年、江戸では蘭学の杉田玄白が日本橋で開業している。

周知の通り、蘭学が入る江戸後期までの日本の医術の主流は漢方である。本居宣長が様々な生薬を駆使して治療にあたったことは、投薬・謝礼の記録『済世録』など、医師「春庵」としての生活資料を収録した『本居宣長全集』十九巻（筑摩書房・昭和四十八年）を見れば明白である。

本居宣長記念館のホームページには、同館所蔵の宣長が往診に用いた「久須里婆古（薬箱）」が掲載されているが、その四段重ねの箱には「葛」「朴」「防」等と書かれて整然と整理された合計百種の生薬と調剤用のスプーンがおさめられている（「13医者としての宣長　其の四」本居宣長記念館ホームページ・HP版「ようこそ宣長ワールドへ」より）。また同館では、宣長が調合販売していた小児用の薬「小児胎毒丸」の引札（チラシ）も収蔵されている。

国学者の大家で医師でもあった本居宣長に対しては、加賀藩からの召し抱えの打診があったが、それを聞きつけた紀州侯が針医格で召し出し、神道の祭祀に用いられる祝詞の一つ『大祓詞』などを進講した記録も残る(『本居宣長全集』十九巻解題)。

薬種商だった国学者田中大秀

また、本居宣長の晩年の弟子である飛騨の国学者田中大秀も高山一之町で薬種商を営む「田中屋」の三男であった。『竹取物語』注釈史上重要な著作を残し、越前の橘曙覧や越中礪波郡(現在の高岡市東五位)の国学者五十嵐篤好とも交流があった幕末の国学者である。越中に万葉故地を訪ねた時の紀行文や、越中国守としての大伴家持を顕彰する銘文も残している。詳しくは拙稿を参考されたい。(7)

(2) 越中富山の薬売り

江戸幕府の医薬政策は、八代将軍徳川吉宗の享保改革から本格的に始まった。貧民救済施設である小石川養生所の設置や全国薬草調査、庶民向けの医学書『普救類方』が刊行された。その後、寛政元年(一七八九)には、救急治療法をまとめた『広恵済急方』が刊行された。これら庶民向けの医学書は村役人層に広く利用され、天保の大飢饉の時には名主層が薬を調合販売するなどして医薬情報が地域社会に定着していった。(8)

置き薬発祥の地・富山藩——二代藩主前田正甫・十代藩主前田利保——

「富山の薬売り」として有名な富山配置薬のはじまりは、[9]元禄時代、江戸城内で三春藩（現在の福島県）の藩主が腹痛を起こし、居合わせた富山藩二代藩主の前田正甫が携帯していた「反魂丹」を与えたところ、たちまち痛みが治まり、それを見ていた他藩の大名たちが、こぞって自藩への販売を要望したことにはじまるという。

この非常に有名なエピソードについては史料的裏付けがないそうだが、当時の富山藩は度重なる河川の氾らんで財政が逼迫していたこともあり、正甫は当時異例だった「他領商売勝手（領地外で商売してよい）」の触れを出し、全国各地で先用後利による薬の行商販売を行わせた。富山市新庄町の富山県民会館分館「金岡邸」は、母屋部分が明治初期の商家で薬種商店舗の遺構をとどめており、三百年の歴史をもつ富山売薬業に関する資料を中心に、薬業全般にわたる多くの資料が保存展示されている。

また、富山藩十代藩主前田利保（寛政十二年〔一八〇〇〕～安政六年〔一八五九〕）は、相次ぐ凶作などで藩財政が困窮したため、薬草栽培などの産業を奨励して財務再建を図った。江戸後期の「殿様博物学者」としても有名で、『本草図譜』の編者の本草学者岩崎灌園に師事し、江戸で研究会「赭鞭会」を結成した。『本草通串』（九十四巻五十六冊）とその絵図『本草通串証図』（五巻五冊）など植物に関連した著作を残している。[10]

越中富山を発祥とする富山の売薬業は当時のビジネスモデルとなり、奈良・滋賀・佐賀でも配置薬販売が始まり、富山の「反魂丹」・奈良の「陀羅尼助」など多くの配置薬を生み出していく。

平成二十九年二月、富山県は佐賀県と共同でこうした配置薬業に関する文化財群に関して「日本遺産」（文化庁）認定を目指して申請を行った。「江戸時代から続く『置き薬』のまち　越中富山と肥前田代」と題し、富山の薬売りから佐賀県の田代地区が販売手法を学んで配置薬業が発展した経緯を踏まえてのものである。

申請対象の主な文化財群は、富山市売薬資料館が所蔵する売薬用具のほか、高岡市立博物館・滑川市立博物館・富山県［立山博物館］が所有する売薬関係の資料など。佐賀県は、鳥栖市と三養基郡基山町にある売薬用具や旧売薬商家である(11)。

一〇五四巻の本草書を編纂した加賀藩――五代藩主前田綱紀――

加賀藩の支藩である富山藩（現在の富山市を中心とする神通川流域）の財政難からはじまった富山の配置薬であるが、現在の石川県をはじめ越中国の射水郡・砺波郡・新川郡も含まれていた隣国加賀藩では、加賀（金沢）藩第五代藩主前田綱紀（寛永二十〔一六四三〕～享保九〔一七二四〕）が、本草学者の稲生若水を召し抱え、全一〇五四巻の本草書『庶物類纂』を編纂させた。

また、金沢市長町にある「金沢市老舗記念館」では、藩政時代からの薬種商であった「中屋薬舗」の復元展示をしている。中屋家は現在も金沢市で営業を続ける薬局の老舗で、前田家伝来の門外不出の秘薬

「加賀三味薬」の処方を綱紀から拝領した代々町年寄りをつとめる家柄である。所有していた売薬製造・販売用具一〇六七点は、平成二十五年に国の有形民俗文化財に登録されている。[12]

(3) 越中国守大伴家持を憧憬した越中高岡の医家

高岡市守山町の「高岡御車山会館」の土蔵棟は、高岡最古の医家・佐渡家が所有していたものである。佐渡家は、慶長十四年(一六〇四)、高岡開町にあわせて加賀前田家二代当主の前田利長に召されて高岡に移住し、幕府の奥医師坪井信良を輩出した医家である。佐渡家の資料の中には、幕末のペリー来航の様子が詳細に記された書簡などもあり、総数三七〇一件一一二五二点にわたるその資料は『佐渡家資料目録』として公開されている。[13]

他にも高岡の医家からは、長崎家からはジャポニスムの仕掛け人となった美術商の林忠正、津島家からは本草学者津島恒之進、高峰家からはアドレナリンの発見者高峰譲吉を輩出している。

蘭方医の長崎家に伝わる古文書・古典籍・書簡・肖像画・洋書など計八五三点については、平成二十八年に高岡市中央図書館に寄贈された(野口允子「長崎家の資料について」『高岡の図書館』第一〇二号・高岡市中央図書館編集発行・平成二十九年一月四日)。義祖父林忠正研究の第一人者で作家の木々康子氏の『蒼龍の系譜』(筑摩書房、一七七六年)は、幕末から明治維新にかけての長崎家を舞台にした田村俊子賞受賞作品である。長崎浩斎は名を健と言い、高岡の詩人結社「鳳鳴社」を取り仕切った人物で、越中礪波郡(現在の高岡市東五位）の国学者五十嵐篤好とも交流があり、篤好から国学の指南書「真木柱」を送られている。浩斎の長子の言定も、五十嵐篤好に国学を、富士谷御杖に和歌を学ぶ。その言定の次男が林忠正である。[14]

また、津島家は大方脈（内科の意）の医家だったが、津島北渓（文化十年〔一八一三〕〜文久二〔一八六二〕）は詩文にも長じた人物で、大伴家持の「英遠の浦に寄する白波いや増しに立ちしき寄せ来あゆをいたみかも」（巻十八・四〇九三）の歌の一節から命名した紀行文『英遠紀行』を残している（津島北渓『高岡詩話』篠島先生顕徳会発行・昭和二年五月、篠島満『歴史に学ぶ高岡』平成十九年一月）。

北渓には、高岡の文人墨客たちとの交流や逸話を安政年間に記した『高岡詩話』という著作がある。そこには、越中万葉に関連する富山県内最古の碑で氷見の布勢の円山にある「大伴家持卿遊覧之地碑」（享和二年〔一八〇二〕建立）を建てた服部叔信（服部家は高岡の町年寄を勤める家柄）や、撰文の書を担当した大方脈の利屋町の医者内藤元鑑、撰文の文を作った高岡出身で京都油小路の医師山本有香（封山）の名がみられる。[15]

このように高岡の近世医家たちは、中国医薬の神をまつる「神農講」という形で、[16]今日で言うところのカンファレンスを行いながら文芸にも親しみ、越中国守大伴家持の歌世界を憧憬しつつ高岡の近世文化を先導していったのである。

※本稿執筆にあたっては、多くの文献資料をお貸しくださった北陸医史学研究会代表幹事・日本医史学会評議員でいらした故正橋剛二(まさはしこうじ)氏と、正橋氏をご紹介くださった元高岡市中央図書館館長太田久夫氏に、記して感謝申し上げます。

※紙面の都合で割愛した『万葉集』に見られる大伴家持の代表歌にみられる植物の生薬としての特性については、高岡市万葉歴史館『高岡市万葉歴史館紀要』二十七号（平成二十九年三月刊）を合わせてご覧いただければ幸いである。

注1　森公章「遣隋・遣唐留学者とその役割」（『専修大学社会知性開発研究センター東アジア世界史研究センター年報』4・平成二十二年三月）

2　渡部育子「律令制下のキャリアウーマンとジェンダー」（『秋田大学医短紀要』第六巻一号・平成十年）

3　市村宏「吉田宜考」（『文学論藻』29号、東洋大学文学部紀要日本文学文化篇・東洋大学日本文学文化学科・昭和四十年二月）

4　立木修「藤原宮出土の薬物木簡と古代医療の一側面――7・8世紀における石薬使用の可能性をめぐって――」（『古代文化』四十一巻十二号・平成元年十二月）、『飛鳥・藤原宮発掘調査概報19』（奈良国立文化財研究所・平成元年五月）、木簡学会『日本古代木簡選』（岩波書店・平成二年）

5　槇佐知子『全訳精解大同類聚方［上］用薬部』『全訳精解大同類聚方［下］処方部』（平凡社・昭和六十年）

6　小島憲之「類聚古集考」（『国語国文』九巻一号・昭和十四年一月）、和田義一「類聚古集の本草項目とその注記――萬葉集の本草学的研究の萌芽――」（『国文学（関西大学）』七十九号・平成十一年九月）

7　田中夏陽子「勝興寺蔵・田中大秀「遊覧越中旧国府大伴家持卿古蹟述懐辞」（上）――影印・翻刻・解題――」（『高岡市万葉歴史館紀要』第二十一号・平成二十三年）、同「勝興寺蔵・田中大秀「遊覧越中旧国府大伴家持卿古蹟述懐辞」（下）――訓読・語釈（校異）・現代語訳――」（『高岡市万葉歴史館紀要』第二十二号・平成二十四年）

8　市民公開講座「江戸時代の和漢薬と人々の暮らし」要旨集（日本生薬学会第六十三回年会・富山、主催…日本生薬学会、共催…富山大学和漢医薬学総合研究所・国文学研究資料館、平成二十八年九月二十四日、於富山国際会議場）、伏見裕利（ひろとし）「古典籍を活用した和漢薬に関する総合研究の進捗状況」『ふみ』第七号（国文学研究資料館・古典籍共同研究事業センター、平成二十九年一月）

9　一般社団法人富山県薬業連合会ホームページ・広貫堂ホームページ

10　富山市郷土資料館「博物館だより」21号（平成十年十月二十八日）他

11　「配置薬業に係る関連文化財群の日本遺産への認定申請について」（平成二十九年一月十九日付富山県庁厚生部くすり政策課広報資料）

12　三浦孝次『金沢大学薬学部創立百周年記念　加賀藩の秘薬――秘薬の探究とその解明――』（石川県薬剤師協会・昭和四十二年十一月）、金沢市老舗記念館ホームページ、中屋彦十郎薬局ホームページ

13　高岡市立博物館「『佐渡家資料目録』刊行記念ミニ展示高岡町医・佐渡家あて前田利長書状展開催要項」（平成二十七年四月十七日付）。なお、佐渡家の古文書は、金沢市立玉川図書館近世史料館「蒼龍館文庫」にも保管されている。

14　『高岡市古書古文書文献シリーズ第九集　高岡詩話（現代語訳）』（高岡市中央図書館・平成十七年三月）、関隆司「布勢の円山紀行――田中大秀・山本章夫・津島北渓――」（『高岡市万葉歴史館紀要』第二

十六号・平成二十八年）

15　注14、正橋剛二「『高岡詩話』にみる医学的記述（上）（下）」（『北陸医史』第十六巻一号・第十七巻一号、平成七・八年）、津島北渓『高岡詩話』（篠島（ささじま）先生顕徳会発行・昭和二年五月）、篠島先生顕徳会編『復庵遺稿』（昭和二年）九九頁。

※篠島久太郎（ささじま・きゅうたろう）…文久元年（一八六一）～大正十五年（一九二六）。明治・大正時代にかけて高岡で活躍した教育者・郷土史家。号は復庵。砺波郡高田島村（現高岡市）生れ。明治四十一年高岡市史編纂委員、大正十二年富山県教育会参事、大正十四年福光町史編纂を嘱託される。

16　村山吉廣「日本における神農崇拝」（神農五千年刊行委員会編『神農五千年』・平成七年・東洋書院）

【参考文献】

・丸山裕美子『日本古代の医療制度（歴史学叢書）』（名著刊行会・平成十年）
・小曽戸洋『中国医学古典と日本――書誌と伝承』（塙書房・平成八年）
・小曽戸洋『新版　漢方の歴史』（大修館書店・平成二十六年）
・森鹿三『本草学研究』（財団法人武田科学振興財団杏雨書屋・平成十一年十一月）
・服部敏良（としろう）『奈良時代医学史の研究』（吉川弘文館・昭和二十年）
・大住優子「製薬薬剤師セミナー　奈良と薬の関わり　古代から現代そして未来へ　その1・その2」資料（奈良県薬事研究センター、平成二十七年十一月十二日・十二月十日）
・和田義一「上代文学における本草学の影響」（『福井工業大学研究紀要』三十五号・平成十七年）

・川﨑晃「生きる――万葉びとの医療（医術と呪術）」（高岡市万葉歴史館論集13『生の万葉集』笠間書院・平成二十二年）

○テキストは以下のものを使用したが、私に改めところもある。
新日本古典文学全集『日本書紀』（小学館）、新日本古典文学大系『続日本紀』（岩波書店）、日本思想大系『律令』（岩波書店）、神道体系古典編六『新撰姓氏録』（神道大系編纂会編・精興社）、『万葉集』の引用は『万葉集』（塙書房）によったが越中万葉部分は高岡市万葉歴史館編『越中万葉百科』（笠間書院）による。

『萬葉集』に見える「虫」

——「音」へのこだわりを通して——

新谷秀夫

一 はじめに——歌われないホタル——

今では都会で目にすることが難しいホタルだが、高岡市周辺ではまだまだ目にすることができる場所がある。そのひとつ、高岡市中田から講演を依頼されたとき、「できればホタルのお話をお願いします」と言われて困ったことがある。

春はあけぼの。やうやう白くなりゆく山ぎは、少しあかりて、紫だちたる雲の細くたなびきたる。
夏は夜。月のころはさらなり、闇もなほ、蛍のおほく飛びちがひたる。また、ただ一つ二つなど、
ほのかにうち光りて行くもをかし。雨など降るもをかし。秋は夕暮。夕日のさして山の端いと近う
なりたるに、烏の寝どころへ行くとて、三つ四つ、二つ三つなど飛び急ぐさへあはれなり。まいて

雁などの連ねたるが、いと小さく見ゆるは、いとをかし。日入り果てて、風の音、虫の音など、はた言ふべきにあらず。……

言わずと知れた『枕草子』の冒頭部分である。ここで清少納言は、「夏は夜」だと言って、月夜とともに闇夜のホタルを「をかし」と発言している。おそらくこの発言が、のちの美意識に影響し、後世「蛍狩り」が生まれるほどにホタルが愛でられるようになったのであろう。

しかし、『萬葉集』では、つぎに掲げた歌にしかホタルは歌われていない。

この月は　君来まさむと　大船の　思ひ頼みて　いつしかと　我が待ち居れば　もみち葉の　過ぎて去にきと　玉梓の　使ひの言へば　蛍なす　ほのかに聞きて　大地を　炎と踏みて　立ちて居て　行くへも知らず　朝霧の　思ひ迷ひて　丈足らず　八尺の嘆き　嘆けども　験をなみと　いづくにか　君がまさむと　天雲の　行きのまにまに　射ゆ猪の　行きも死なむと　思へども　道の知らねば　ひとり居て　君に恋ふるに　音のみし泣かゆ

反歌

葦辺行く　雁の翼を　見るごとに　君が帯ばしし　投矢し思ほゆ

（巻十三・三三四四～三三四五　なお、引用にあたっては左注を省略している）

この作者未詳の挽歌に詠われた唯一例のホタルだが、あくまでも「ほのかに」の譬喩として歌われており、ホタルそのものが詠歌対象であるわけではない。言葉として歌われていることからすると、ホタルの存在は認知していたはずであり、譬喩として使われていることからすると、その生態も認知していたはずである。それでは、なぜこの一首にしかホタルは登場しないのか。すでに指摘されているが、古代人たちのホタルに対する意識が大きく影響したと考えられている。

天照大神の子正哉吾勝勝速日天忍穂耳尊、高皇産霊尊の女栲幡千千姫を娶り、天津彦彦火瓊瓊杵尊を生みたまふ。故、皇祖高皇産霊尊、特に憐愛を鍾めて崇養したまふ。遂に皇孫天津彦彦火瓊瓊杵尊を立てて、葦原中国の主とせむと欲す。然れども彼の地に、多に蛍火なす光る神と蠅声なす邪神と有り。復、草木咸能く言語有り。故、高皇産霊尊、八十諸神を召集へて、問ひて曰く、「吾、葦原中国の邪鬼を撥ひ平けしめむと欲ふ。……

（『日本書紀』巻二「神代下」）

この部分の記述からすると、古代人がホタルにあまり良いイメージを持っていなかったことがうかがえる。さらに、古代人が読んでいたと考えられている漢籍に見える「腐草、化して蚈となる」（『呂氏春秋』）や「腐草螢となる」（『礼記』）などの「腐草」がホタルになるという記述も影響したかと言われている。ただ、あまり良いイメージを持っていなかったとしても、生態を把握していたのならば、そのイメージをもとにいま少し歌われていてもおかしくないのではないだろうか。そこには、別の理由があったのではないかと稿者は考える。そこで、『萬葉集』に歌われている虫を取りあげ、ホタルが詠歌対象とならなかった理由を明らかにしてみたい。

 『萬葉集』に見える「虫」——歌われなかった「虫」——

まず、ホタルと同様に言葉として歌われているが、そのものが詠歌対象となっていない虫を取りあげたい。

・大和には　群山あれど　とりよろふ　天の香具山　登り立ち　国見をすれば　国原は　煙立ち立つ
海原は　かまめ立ち立つ　うまし国そ　蜻嶋［あきづ島］大和の国は
（舒明天皇　巻一・二）

・蜻嶋［あきづ島］　大和の国は　神からと　言挙げせぬ国　然れども　我は言挙げす……
（作者未詳　巻十三・三二五〇）

・大君の　命恐み　秋津嶋［あきづ島］　大和を過ぎて　大伴の　三津の浜辺ゆ　大船に　ま梶しじ
貫き……
（作者未詳　巻十三・三三三三）

・蜻嶋［あきづ島］ 大和の国を 天雲に 磐船浮かべ 艫に舳に ま櫂しじ貫き い漕ぎつつ 国見しせして……

（大伴家持 巻十九・四二五四）

・……安吉豆之萬［あきづ島］ 大和の国の 橿原の 畝傍の宮に 宮柱 太知り立てて 天の下知らしめしける 天皇の 天の日継と 継ぎて来る 君の御代御代……

（大伴家持 巻二十・四四六五）

これらに歌われている「あきづ」は、トンボのことである。ただし、これらの用例はいずれも「大和」を導く枕詞「あきづ島」の一部として歌われており、トンボそのものが詠歌対象であるとは言えない。神武天皇が国見をした時、大和の国は「あきづ」が交尾しているようなつくりであると言ったという伝説（『日本書紀』神武天皇三十一年条）に由来する枕詞だと考えられているように、あくまでも譬喩として使われていると言えよう。

・秋津羽之［あきづ羽の］ 袖振る妹を 玉くしげ 奥に思ふを 見たまへ我が君

（湯原王 巻三・三七六）

・つぎねふ 山背道を 他夫の 馬より行くに 己夫し 徒歩より行けば 見るごとに 音のみし泣かゆ そこ思ふに 心し痛し たらちねの 母が形見と 我が持てる まそみ鏡に 蜻領巾［あきづ領布］ 負ひ並め持ちて 馬買へ我が背

（作者未詳 巻十三・三三一四）

「大和」の枕詞として使われた「あきづ」以外の用例だが、これらもトンボそのものが詠歌対象であるとは言えず、あくまでもトンボの形態を認知した上で、それぞれ「袖」や「領布」の譬喩として歌われているにすぎない。つまり、ホタルの場合と同様にトンボもまた、存在は認知していたことはまちがいないが、そのものが詠歌対象となることはなかったようである。

ちなみに「あきづ」に充てるのに使われている「蜻」という文字には、

①地名「あきつ・あきづ」をあらわすのに用いた用例

・「蜻蛉乃宮（あきつのみや）」（巻六・九〇七）
・「蜓野（あきづの）」（巻十・二二九二、巻十二・三一七九）
・「蜻野（あきづの）」（巻七・一四〇五）
・「蜻乃小野（あきづのをの）」（巻十二・三〇六五）

②枕詞「たまかぎる」や「かぎろひの」をあらわすのに用いた用例

・「玉蜻蜓（たまかぎる）」（巻八・一五二六）
・「玉蜻（たまかぎる）」（巻二・二〇七、巻十・一八一六、巻十・二三一一、巻十一・二七〇〇、巻十二・三〇八五）
・「珠蜻（たまかぎる）」（巻二・二一〇）

・「蜻蜓火之」（巻九・一八〇四）
・「蜻火之」（巻二・二一〇、巻十・一八三五）

などの用例もあるが、やはりいずれもトンボそのものが詠歌対象であるとは言えないであろう。
同様な虫に「蝶」と「蛾」がいる。

・天平二年正月十三日に、帥老の宅に萃まりて、宴会を申べたり。…（中略）…庭に新蝶舞ひ、空には故雁帰る。……
（巻五・八一五の前の序文）

・……紅桃灼々、戯蝶は花を廻りて舞ひ、翠柳依々、嬌鶯は葉に隠りて歌ふ。……
（大伴池主　巻十七・三九六七の前の手紙）

・鳥が音の　かしまの海に　高山を　隔てになして　沖つ藻を　枕になし　蛾羽の　衣だに着ずに
いさなとり　海の浜辺に　うらもなく　臥したる人は……
（作者未詳　巻十三・三三三六）

前二つの「蝶」に関しては、序文や手紙の用例であり、歌そのものに詠まれた用例ではない。後の「蛾」は、トンボの場合の「あきづ羽・あきづ領布」に近しく「蛾羽の衣」が歌われている。「蛾羽の衣」の実体は不明だが、おそらく蛾の羽は薄くもろいので、粗末な衣服の譬えとして使われたのであろう。

ちなみに「蛾」に関しては、

・燈之　陰尓蚊蛾欲布　虚蟬之　妹蛾咲状思　面影尓所見（作者未詳　巻十一・二六四二）

・酢蛾嶋之　夏実の浦に　寄する波　間も置きて　我が思はなくに（作者未詳　巻十一・二七二七）

など、ガの音をあらわす文字として使われた用例もある。とくに前の二六四三番歌は「蛾」以外にも「蚊」や「蟬」が使われていることから、それぞれの虫を認知していたことはまちがいない。「燈之陰」に「かがよふ」と歌うのに「蚊」や「蛾」を用いたのは、灯火の火に近づく生態を認知した上でのことと推定しうるが、それでも「蚊」や「蛾」そのものを歌っているとは言えまい。

つまり、トンボの場合と同様、「蝶」も「蛾」も存在は認知していたことはまちがいない。しかし、「蝶」は歌に詠まれなかったし、「蛾」も譬えの用例しかない。

「蛾」に近しい状況にある虫に「蠅」と「蚊」がある。

・……万代に　かくしもがもと　頼めりし　皇子の御門の　五月蠅なす　騒く舎人は　白たへに　衣取り着て……（大伴家持　巻三・四七八）

・……ことことは　死ななと思へど　五月蠅なす　騒く子どもを　打棄てては　死には知らず　見つ

つあれば　心は燃えぬ　かにかくに　思ひ煩ひ　音のみし泣かゆ　（山上憶良　巻五・八九七）

・網児の山　五百重隠せる　佐堤の崎　左手蝿師子之［さて延へし子が］　夢にし見ゆる　（市原王　巻四・六六二）

まず「蝿」の用例であるが、最初の二つは、「五月」の「蝿」がうるさく飛び騒ぐことから「騒く」の譬喩（枕詞）として使われた用例で、最後の一つは、ハへの音をあらわす文字として使われた用例である。状況は「蛾」に同じい。

「蚊」に関しては、助詞「か」をあらわすのに用いた用例（巻十一・二六二四、巻十一・二六三二、巻十一・二六四六、巻十三・三三三五［2例］）をはじめ、「か青く」の「か」（巻二・一三八）、助詞「が」（巻十三・三三二六）など、カ（ガ）の音をあらわす文字として使われた用例が多く、「竹取の翁の歌」（巻十六・三七九一、三七九四）では、助詞「が」や「髪」の一部など、さまざまな語の一部として十六例使われている。さらに、

・あしひきの　山田守る翁　置く蚊火の　下焦れのみ　我が恋ひ居らく　（作者未詳　巻十一・二六四九）

・朝霞　鹿火屋が下に　鳴くかはづ　声だに聞かば　我恋ひめやも　（作者未詳　巻十・二二六五）

・朝霞　鹿火屋が下の　鳴くかはづ　偲ひつつありと　告げむ児もがも　（河村王　巻十六・三八一八）

という「カヒ」を詠んだ用例がある。引用に使用した小学館刊『新編日本古典文学全集』に従って表記してはあるが、この三例については、田畑を荒らしに来る動物を追い払うためにくすべる「鹿火」と考えるか、田の草取りの時に、蚊やブヨを駆除するために、藁や竹の皮で包んだぼろきれに点火してくゆらす「蚊火」かで、意見が分かれている。『新編日本古典文学全集』に従うならば、二六四九番歌は「蚊火」を詠んだ歌となるが、それでも「蚊」そのものを歌った用例とは言えないし、「蚊」の用例とするには、いささか疑問が残る用例でもある。

つまり、「蠅」も「蚊」も、トンボや蝶・蛾と同様に、存在は認知していたことはまちがいないが、歌われることはないのである。

最後に、少しく状況の異なる虫を取りあげたい。

・春されば　すがるなす野の　ほととぎす　ほとほと妹に　逢はず来にけり　（作者未詳　巻十・一九七九）

・しなが鳥　安房に継ぎたる　梓弓　末の珠名は　胸別の　広き我妹　腰細の　すがる娘子の　その
姿の　きらぎらしきに　花のごと　笑みて立てれば……　（高橋虫麻呂　巻九・一七三八）

・……水縹の　絹の帯を　引き帯なす　韓帯に取らせ　海神の　殿の甍に　飛び翔る　すがるのごと
き　腰細に　取り飾らひ……　（竹取の翁の歌　巻十六・三七九一）

この三首に歌われている「すがる」は「蜂」の一種ジガバチのことである。最初の一九七九番歌は、春になると「すがるなす野」、つまりジガバチが羽音を立てる野と歌われている。後の二首はいずれも「腰細」の譬喩として「すがる」が歌われている。さらに、

・垂乳根之　母我養蚕乃　眉隠　馬声蜂音石花蜘蛛荒鹿　異母二不相而
［たらちねの　母が養ふ蚕の　繭隠り　いぶせくもあるか　妹に逢はずして］
（作者未詳　巻十二・二九九一）

という、「蜂音」の二字でブの音をあらわした用例がある。さきの「蛾」にもあったが、この歌で「蚕・蜂・蜘蛛」という虫と「馬・石花・鹿」という動物類を多用した戯書を試みた萬葉びとは、それぞれの生態を認知していたことはまちがいない。とくに、最初に掲げた一九七九番歌で「春さればすがるなす野」は、詠歌対象とまではいかなくとも、「すがる」そのものが歌われた用例とすることもできよう。その点で、この節で取りあげたほかの虫とは少しく状況は異なるかもしれない。

あと一首、具体的な虫の名は詠まれていないが、つぎのような歌がある。

・……花のごと　笑みて立てれば　夏虫の　火に入るがごと　湊入りに　船漕ぐごとく　行きかぐれ

人の言ふ時……　（高橋虫麻呂　巻九・一八〇七）

「夏虫」が具体的に何を示しているのか不明ではあるが、「夏虫の火に入るがごと」という譬喩は、この節で検討してきた虫たちと同様に、生態を認知しているからこそ成り立つものであろう。

さて、「あきづ」より始めていくつか虫を取りあげたが、いずれも、それぞれの虫の存在は認知していたことはまちがいないが、そのものが詠歌対象であったとは言えないことが確認できた。前節で取りあげたホタルも含め、そのものが詠歌対象にならなかったのは、おそらく次節で取りあげる虫たちの存在が関わると稿者は考える。そこで、まだ取りあげていない『萬葉集』に見える「虫」について見てみたい。

 歌われた「虫」——「音」にこだわった萬葉びと——

さて、前節で取りあげなかった虫にヒグラシ・蝉がある。

・隠りのみ　居ればいぶせみ　慰むと　出で立ち聞けば　来鳴くひぐらし　（大伴家持　巻八・一四七九・夏）

・黙もあらむ　時も鳴かなむ　ひぐらしの　物思ふ時に　鳴きつつもとな

・ひぐらしは　時と鳴けども　恋しくに　たわやめ我は　定まらず泣く
（作者未詳「蝉を詠む」巻十・一九六四・夏）

・夕影に　来鳴くひぐらし　ここだくも　日ごとに聞けど　飽かぬ声かも
（作者未詳「蝉に寄する」巻十・一九八二・夏）

・萩の花　咲きたる野辺に　ひぐらしの　鳴くなるなへに　秋の風吹く
（作者未詳「蝉を詠む」巻十・二二五七・秋）

・夕されば　ひぐらし来鳴く　生駒山　越えてそ我が来る　妹が目を欲り
（作者未詳「風を詠む」巻十・二二三一・秋）

▼石走る　瀧もとどろに　鳴く蝉の　声をし聞けば　都し思ほゆ
（遣新羅使人　巻十五・三五八九・夏）

・恋繁み　慰めかねて　ひぐらしの　鳴く島陰に　廬りするかも
（遣新羅使人　巻十五・三六一七・夏）

・今よりは　秋付きぬらし　あしひきの　山松陰に　ひぐらし鳴きぬ
（遣新羅使人　巻十五・三六二〇・夏）

・ひぐらしの　鳴きぬる時は　をみなへし　咲きたる野辺を　行きつつ見べし
（遣新羅使人　巻十五・三六五五・秋）
（秦八千島　巻十七・三九五一・秋）

冒頭に▼を付したものが「蝉」の用例で、残りは「ひぐらし」の用例である。現代的な感覚では「ひぐらし」は「蝉」の一種であり、厳密な意味では別物と考えてしまうであろう。しかし、一首目の家持歌の題詞に「晩蝉の歌」とあること、遣新羅使人の歌で近接したところで「ひぐらし」と「蝉」が歌われていること、さらに歌番号の末尾にそれぞれ記したが、歌われた季節が夏と秋の二季に渡り、蝉は夏、ヒグラシは秋というような現代的な感覚での分類が不可能であることから、萬葉びとたちは、歌の音律を考えて詠み替えていただけで、同じものを指していたと考えておいた方がよいのかもしれない。

さて、前節で取りあげた虫たちとヒグラシ・蝉との根本的な違いは、「晩蝉の歌」・「蝉を詠む」・「蝉に寄せる」など、ヒグラシ・蝉そのものが詠歌対象となっている点である。この差異は、おそらく、いずれの歌も「鳴く」ことが歌われていることに関わると考える。ホタル・トンボ・蝶・蛾・蠅・蚊・蜂などの《鳴かない虫》たちに「鳴く」ことを求めるのは無理だが、「蜂音」や「五月蠅」という表記例があったことからすると、羽音を歌うことは可能であったはずであろう。しかし、それはあくまでもたんなる「音」であって、ある種美的対象として歌われることが多い「鳴き声」ではない。そこが、前節で取りあげた虫との根本的な差異である。つまり、萬葉びとたちは《鳴く虫》のみを詠歌対象としていたと考えられるのである。

したがって、冒頭に引用した『枕草子』で夏の闇夜のホタルと別に、「秋は夕暮」だと言って、「日入り果てて、風の音、虫の音など、はた言ふべきにあらず」と述べた秋を代表する「虫の音」として、萬葉びとたちは、《鳴く虫》のコオロギを詠歌対象にしている。

・夕月夜　心もしのに　白露の　置くこの庭に　蟋蟀鳴くも　（湯原王　巻八・一五五二）

・秋風の　寒く吹くなへ　我がやどの　浅茅が本に　蟋蟀鳴くも　（作者未詳「蟋を詠む」　巻十・二一五八）

・影草の　生ひたるやどの　夕影に　鳴く蟋蟀は　聞けど飽かぬかも　（作者未詳「蟋を詠む」　巻十・二一五九）

・庭草に　村雨降りて　蟋蟀の　鳴く声聞けば　秋付きにけり　（作者未詳「蟋を詠む」　巻十・二一六〇）

▼蟋蟀の　待ち喜ぶる　秋の夜を　寝る験なし　枕と我とは　（作者未詳「蟋に寄する」　巻十・二二六四）

・草深み　蟋さはに　鳴くやどの　萩見に君は　いつか来まさむ　（作者未詳「花に寄する」　巻十・二二七一）

・蟋蟀の　我が床の隔に　鳴きつつもとな　起き居つつ　君に恋ふるに　寝ねかてなくに

（作者未詳「旋頭歌」　巻十・二三一〇）

冒頭に▼を付した一首を除き、いずれも「鳴く」ことが歌われている。さらに、ヒグラシの場合と同様に、一首目の湯原王の歌が「蟋蟀の歌」と題され、「蟋を詠む」や「蟋に寄する」とあるようにコオロギそのものが詠歌対象となっていることはまちがいない。

つまり、萬葉びとたちが歌った「虫」を分類すると、《鳴く虫》と《鳴かない虫》の二種類に分かれ、いずれも生態（形態）は認知していたが、《鳴く虫》のみ詠歌対象となり、《鳴かない虫》は文字としてか譬喩として歌われているに過ぎない状況が確認できた。これは、あくまでも「虫」に限ったことではあるが、鳥や動物においても、萬葉びとたちは美的対象としての「鳴き声」にこだわっていた痕跡は確認できる。

・かくしてや　猶八成牛鳴〔なほやなりなむ〕　大荒木の　浮田の社の　標にあらなくに

（作者未詳「標に寄せて思ひを喩へたるなり」巻十一・二八三九）

の歌でムの音に「牛鳴」を充てていることから、萬葉びとたちが牛の鳴き声を認知していたことが確認できる。しかし、「無心所著の歌」と題された意味の通じない歌（巻十六・三八三八）の「双六の牡の牛の鞍の上の瘡」のように、牛そのものが詠歌対象となっているとは言えない。ただ、「乞食者が詠ふ二首」のなかで「牛にこそ鼻縄著くれ」（巻十六・三八八六）と歌われていることと、おそらく牛に鼻縄をハク（はめるの意）ことに関わるのであろうか、ウシハクに「牛吐」（巻六・一〇二〇～一〇二一）や「牛掃」（巻九・一七五九）を充てた用例があったり、屯倉で米運搬用の牛を飼っていたことによると考えられている地名「三宅」の枕詞「牡牛の」の用例（巻九・一七八〇）などからすると、牛は萬葉びとたちの身近にいた動物であることはまちがいなかろう。しかし詠歌対象とはならなかったようだ。

同様に、犬の場合も、

・赤駒を　厩に立て　黒駒を　厩に立てて　それを飼ひ　我が行くごとく　思ひ妻　心に乗りて　高山の　峰のたをりに　射目立てて　鹿猪待つごとく　床敷きて　我が待つ君を　犬な吠えそね

（作者未詳　巻十三・三二七八）

と歌われていることから、その鳴き声を認知していたことはまちがいなく、

・垣越しに　犬呼び越して　鳥狩する君　青山の　葉繁き山辺に　馬休め君

（作者未詳　巻七・一二八九）

の歌などから、牛同様に身近にいた動物であることはまちがいなかろう。しかし詠歌対象ではなかったようである。

身近にいなかった動物であっても、鳴き声が歌われている動物が『萬葉集』には登場する。

・……整ふる　鼓の音は　雷の　声と聞くまで　吹き鳴せる　小角の音も　あたみたる　虎か吼ゆると　諸人の　おびゆるまでに……

（柿本人麻呂　巻二・一九九）

あくまでも壬申の乱の描写のなかで「小角の音」の譬喩として歌われているのだが、虎の鳴き声を認

知しているからこそ、このような表現が成り立つのであろう。この虎も、牛の場合と同様に少しく戯れた歌のなかで、

・虎に乗り　古屋を越えて　青淵に　蛟竜捕り来む　剣大刀もが　（境部王　巻十六・三八三三）

と歌われてはいるが、詠歌対象であったとは言えまい。

「鳴く」ものとして数多くの歌に詠まれている「鹿」とは違い、牛・犬・虎などは、その鳴き声が認知されていたとしても詠歌対象とはならなかった。このことは、『萬葉集』において「鳴く」ものとして歌われることが多い鳥類の大半が詠歌対象となっていることとも関わると考える。たんに「鳴く」だけでは、萬葉びとたちは詠歌対象とはしなかったのであろう。春のウグイス、夏のホトトギス、秋の鹿など、季節と密接に関わる《鳴き声》が美的対象であり、そのような「鳴く」動物が詠歌対象になっていたのではなかろうか。さらには、身近にいることで頻繁に聞くことができるであろう馬や犬・牛などの《鳴き声》は季節と関わっているわけではないので、《鳴き声》を持った動物であっても詠歌対象ではなかったのではなかろうか。

四 さいごに

虫を中心にして、萬葉びとたちが「鳴く」ことにこだわって詠歌対象を選択していたことを見てきた。今回はあまり取りあげなかったが、家持のホトトギスへのこだわりもまた「鳴く」ことに由来したものであることは、以前述べたことがある（拙稿「《来鳴く》ことへのこだわり―越中時代の家持のホトトギス詠をめぐって―」『美夫君志』84　平24・3）ので参照願うとして、鳥や動物の場合もやはり「鳴く」ことにこだわっていたことはまちがいなかろう。しかも、それは季節との密接な関わりにおいて詠歌対象となっていたのである。この点については、いずれあらためて述べてみたいと考えている。

ただ、季節と密接に関わっていたとしても、《鳴き声》を有さないホタルは詠歌対象となることはなかった。あくまでも「音」にこだわり、その「音」によって季節を感じていたために、ホタルは歌われることはなかったのである。後世「蛍狩り」として鑑賞対象となったのは、けっして「音」によるものではない。あくまでもホタルは「見る」対象であって「聞く」対象ではなかった。このことがホタルを萬葉びとたちが歌わなかった理由なのだろう。

さて、『萬葉集』には、あと一首「虫」を詠んだ歌がある。

・この世にし　楽しくあらば　来む世には　虫に鳥にも　我はなりなむ　（大伴旅人　巻三・三四八）

旅人の「酒を讃むる歌十三首」のなかの一首である。この世で酒さえ飲んで楽しければ、あの世では虫にでも鳥にでもなってもよいという旅人がどんな虫を意識していたかは、この歌からは判らない。しかし、来世では人でなくて虫でもよいとまで言った旅人もまた「虫」を認知していたことだけは確かである。ただ、この歌も「虫」を詠歌対象にしているとは言えないであろう。

季節に結びつく《鳴く虫》、それが萬葉びとたちの美意識を刺激していた、そのことについて述べてきた。はなはだ煩雑な上に性急な結論であるが、ご教示・ご叱正をお願いする次第である。

※本文中の萬葉歌および『日本書紀』・『枕草子』の引用は、小学館刊『新編日本古典文学全集』に拠る。ただし、適宜引用の表記を改めたところがある。

【参考文献】
・浅見徹氏「蝶と髪―歌に詠まれぬもの―」（吉井巖氏編『記紀萬葉論叢』塙書房刊　平4・5）
・浅見徹氏「歌われぬ動植物」（『萬葉集研究　第十九集』塙書房刊　平4・11）
・小山内昪氏「『萬葉集』に現われる昆虫類について」（『創価女子短期大学紀要』12　平4・6）

編集後記

高岡市では、来たる平成二十九年度を大伴家持生誕一三〇〇年の記念の年として位置づけ、さまざまな記念事業を計画している。平成二十八年度はプレの年と位置づけ、いくつかのイベントを企画し、本館も夏の特別展示「『ちはやぶる』と百人一首の世界」を開催した。そして、プレの年の締めくくりとして、高岡市万葉歴史館論集の十七冊目『万葉の生活』をお届けする。

「家持」については生誕一三〇〇年記念の年である次年度に取り上げるとして、今年度は「衣・食・住」をはじめとした万葉時代の《生活》をテーマとした。万葉歌に見える「衣」や「食」に関わる歌、万葉時代の「住」をめぐる発掘の最新情報、さらには年中行事や宴席などの万葉びとたちの暮らしを垣間見ることができるもの、そして、万葉びとたちの身近にあった動植物などを取りあげ、家持をはじめとする万葉びとたちの《生活》の一端を明らかにするのが、本論集の趣旨である。

さらに、この十七冊目からは、本館で毎夏開催している「高岡万葉セミナー」と連動させた形での刊行となったことをお知らせしたい。昨年まではセミナー講義録を別途『高岡市萬葉歴史館叢書』として刊行していたが、出版社を経ずに公刊していたため、なかなか手にすることができないとの声を聞くことが多かった。万葉研究最前線の講義を高岡まで聞きに来ていただくのが本館の望みであるが、なかなか高岡までは…という方にとっては講義録の存在はありがたいものであろう。そこで、少しでも多くの方にセミナーの講義内容を知っていただこうと思い、それまで別途刊行していたものをひとつにまとめ。本論集に組み入れることとなった。

今回も国文学・歴史学の分野で第一線に立つ先生方のご協力を得ることができた。また、高岡万葉セミナーでの講義だけでなく、その内容をあらためてまとめていただいた先生方をはじめとして、ご多忙にもかかわらずご執筆いただいた先生方に深謝申し上げたい。

さて、来る平成二十九年度は、いよいよ大伴家持生誕一三〇〇年記念の年である。本館だけでなく高岡市全体でさまざまな記念事業を展開する予定である。そこで、来年度は高岡万葉セミナーのテーマを「大伴家持歌をよむI」とし、越中国守になる前の若き家持の歌を取りあげて開催する。したがって十八冊目は『大伴家持歌をよむI』と題し、若き家持の歌について探ってみたい。

末筆ながら、出版不況とも言われているなか、高岡市万葉歴史館論集の刊行を引き受けていただいた池田圭子代表取締役をはじめとする笠間書院の皆さまには、深甚なる謝意を申し上げたい。

平成二十九年三月

「高岡市万葉歴史館論集」編集委員会

執筆者紹介（五十音順）

海野　聡（うんの　さとし）　一九八三年千葉県生、東京大学大学院博士課程中退、博士（工学）、奈良文化財研究所研究員。『奈良時代建築の造営体制と維持管理』（単著・吉川弘文館）『古建築を復元する―過去と現在の架け橋』（単著・吉川弘文館）「双建築の再検討」（『佛教藝術』320号）ほか。

影山尚之（かげやまひさゆき）　一九六〇年大阪府生、関西学院大学大学院博士課程後期課程単位取得退学、博士（文学）（奈良女子大学）。武庫川女子大学文学部教授。『萬葉和歌の表現空間』（塙書房）ほか。

坂本信幸（さかもとのぶゆき）　一九四七年高知県生、同志社大学大学院修士課程修了、高岡市万葉歴史館館長、奈良女子大学名誉教授。『万葉事始』（共著・和泉書院）、『セミナー万葉の歌人と作品（全12巻）』（共編著・和泉書院）、『萬葉集CD-ROM版』（共編・塙書房）、『萬葉拾穂抄影印翻刻（全4冊）』（共著・塙書房）、『萬葉集電子総索引（CD-ROM版）』（共編・塙書房）ほか。

新谷秀夫（しんたにひでお）　一九六三年大阪府生、関西学院大学大学院修了、高岡市万葉歴史館学芸課長。『万葉集一〇一の謎』（共著・新人物往来社）、『越中万葉うたがたり』（私家版）、「藤原仲実と『萬葉集』」（『美夫君志』60号）、「『挹乱』改訓考」（『萬葉語文研究』4集）ほか。

鈴木崇大（すずきたかお）　一九七七年福島県生、東京大学大学院単位取得退学、高岡市万葉歴史館研究員。「「歌」を「思」ということ――山部赤人の伊予温泉歌――」（『上代文学』115号）、「詠歌と伝承と――山部赤人の場合」（古橋信孝他編『古代歌謡とはなにか　読むための方法論』笠間書院）ほか。

関　隆司（せき　たかし）　一九六三年東京都生、駒澤大学大学院修了、高岡市万葉歴史館主幹。「大伴家持が『たび』とうたわないこと」（『論輯』22）、「藤原宇合私考（一）」（『高岡市万葉歴史館紀要』第11号）ほか。

田中夏陽子（たなかかよこ）　一九六九年東京都生、昭和女子大学大学院修了、高岡市万葉歴史館主任研究員。「武蔵国防人の足柄坂袖振りの歌」（『高岡市万葉歴史館紀要』17号）、「万葉集におけるよろこびの歌」（同20号）ほか。

藤原茂樹（ふじわらしげき）　一九五一年東京都生、慶應義塾大学文学研究科博士課程単位取得退学、慶應義塾大学名誉教授。『催馬楽研究』（編著・笠間書院）『万葉びとの言葉とこころ』（共著・NHK出版）『藤原流万葉の歩き方』（NHK出版）。雑誌監修『NHK日めくり万葉集』（二〇〇八～二〇一二年講談社・月刊）。論文：「春は皮衣を著て」「山村幸行の歌」「万葉集と催馬楽」「天平二年皇后宮踏歌考」「万葉集終焉歌の芸能史的意義」「山と人と―三輪山の原始性と神話と歌と」「椿は王の木」「潟の記憶」ほか。

高岡市万葉歴史館論集 17

万葉(まんよう)の生活(せいかつ)

平成 29 年 3 月 25 日　初版第 1 刷発行

編　者　高岡市万葉歴史館 ©
装　幀　笠間書院装幀室
発行者　池田圭子
発行所　有限会社　**笠間書院**
〒 101-0064　東京都千代田区猿楽町 2-2-3
電話 03-3295-1331(代)　振替 00110-1-56002
印　刷　太平印刷社
NDC 分類：911.12
ISBN 978-4-305-00247-1

乱丁・落丁はお取り替えいたします。

出版目録は上記住所または下記まで。

http://kasmashoin.jp/

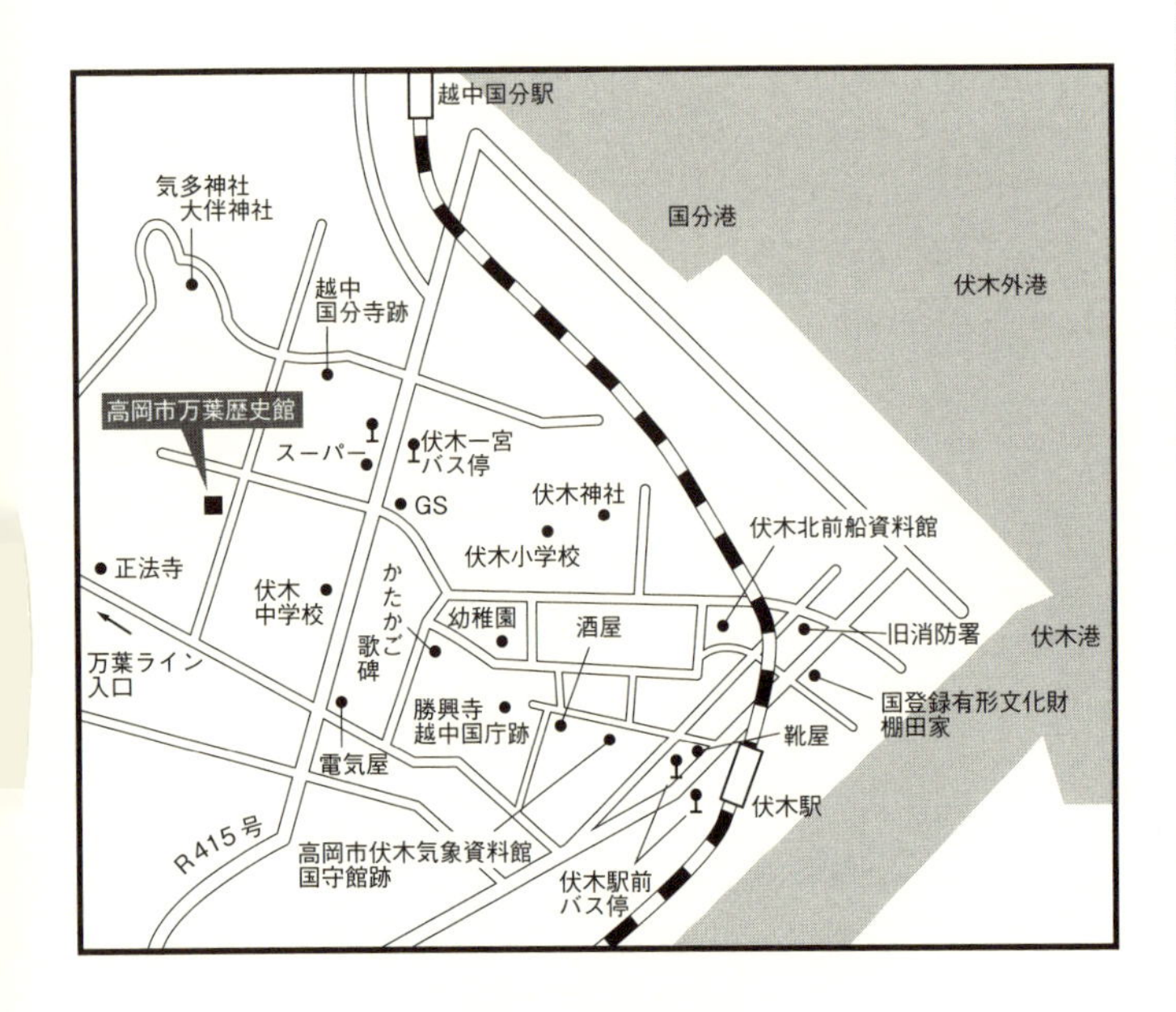

高岡市万葉歴史館

〒933−0116　富山県高岡市伏木一宮1-11-11

電話 0766-44-5511　FAX 0766-44-7335

E-mail : manreki@office.city.takaoka.toyama.jp

http://www.manreki.com

交通のご案内

● JR・あいの風とやま鉄道高岡駅から

【バス】加越能バス伏木方面（西回り）・伏木方面（東回り）のいずれかに乗車（30分）し「伏木一の宮バス停」で下車、徒歩約７分

【タクシー】約20分

※「北陸新幹線新高岡駅」と「JR・あいの風とやま鉄道高岡駅」の間は、10分間隔でバス便があります。（所要時間約10分）

◆高岡市万葉歴史館のご案内◆

高岡市万葉歴史館は、『万葉集』に関心の深い全国の方々との交流を図るための拠点施設として、1989（平成元）年の高岡市市制施行百周年を記念する事業の一環として建設され、1990（平成２）年10月に開館しました。

万葉の故地は全国の41都府県にわたっており、「万葉植物園」も全国に存在していました。しかしながら『万葉集』の内容に踏みこんだ本格的な施設は、それまでどこにもありませんでした。その大きな理由のひとつは、万葉集の「いのち」が「歌」であって「物」ではないため、施設内容の構成が、非常に困難だったからでしょう。

『万葉集』に残された「歌」を中心として、日本最初の展示を試みた「高岡市万葉歴史館」は、万葉集に関する本格的な施設として以下のような機能を持ちます。

【第１の機能●調査研究機能】『万葉集』とそれに関係をもつ分野の断簡・古写本・注釈書・単行本・雑誌・研究論文などを集めた図書室を備え、全国の『万葉集』に関心をもつ一般の人々や研究を志す人々に公開し、『万葉集』の研究における先端的研究情報センターとなっています。

【第２の機能●教育普及機能】『万葉集』に関する学習センター的性格も持っています。専門的研究を推進して学界の発展に貢献するばかりではなく、講演・学習講座・刊行物を通して、広く一般の人々の学習意欲にも十分に応えています。

【第３の機能●展示機能】 当館における研究や学習の成果を基盤とし、それらを具体化して展示し、『万葉集』を楽しく学び、知識の得られる場となる常設展示室と企画展示室を持っています。

【第４の機能●観光交流機能】 １万m^2に及ぶ敷地は、約80％が屋外施設です。古代の官衙風の外観をもたせた平屋の建物を囲む「四季の庭」は、『万葉集』ゆかりの植物を主体にし、屋上自然庭園には、家持の「立山の賦」を刻んだ大きな歌碑が建ち、その歌にうたわれた立山連峰や、家持も見た奈呉の浦（富山湾）の眺望が楽しめます。

以上４つの大きな機能を存分に生かしながら、高岡市万葉歴史館はこれからも成長し続けようと思っています。